KB051341

청춘
Youth

'중국문학전집'을 출간하면서

마오둔矛盾은 루쉰魯迅과 함께 중국 현대문학의 발전에 이바지한 진보적 선구자이자 혁명문학가로 평가받는 인물이다. 그의 뜻에 따라 1981년에 제정된 마오둔문학상은 4년을 주기로 회당 3~4편, 2015년까지 총 9회 수상작을 발표하면서 중국 문학계에서 가장 권위 있는 문학상으로 자리매김했다.

특히 중국 인민문학출판사가 1998년부터 '마오둔문학상 수상작 시리즈'를 출간하면서, 수상작들은 중국 현대 장편소설 중 최고의 걸작으로 인정받아 광범위한 독자들로부터 지속적인 사랑을 받고 있다. 노벨문학상 수상자인 중국 소설가 모옌莫言도 2012년 제8회 마오둔문학상을 수상한 바 있다.

출판사 '더봄'은 중국 최대의 출판사인 인민문학출판사의 특별한 협조를 받아 '중국문학전집'을 기획하고, 마오둔문학상 수상작과 수상작가, 그리고 당대 유명 작가의 대표작을 중심으로 중국 현대 장편소설을 지속적으로 펴낸다.

출판사 '더봄' 대표 김덕문

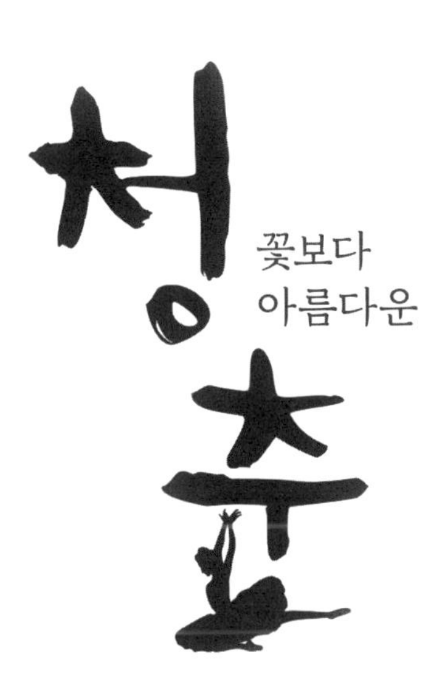

옌거링(嚴歌苓) 장편소설 | 문현선 옮김

더봄

류펑劉峰을 다시 만나면 못 알아볼 줄 알았다. 스무 살 때의 그는 무척 익숙하면서도 고개를 돌리면 어떻게 생겼는지 떠올릴 수 없는 유형이었다. 못생겼다는 뜻이 아니다. 못생김은 일종의 로고Logo 같아서 어느 수준이 되면 놀라움을 자아낸다. 하지만 류펑은 못생기지 않았다. 추남부터 미남까지를 열 단계로 나눌 때 류펑의 외모는 오 단계쯤이었다. 군복과 군모를 착용하면 미남 쪽으로 한 단계 높일 수 있었다. 특히 우리가 공연할 때 입는 군복은 신경 써서 재단하고 구김이 가지 않는 양모와 화학섬유 혼방의 좋은 재질이었다. 류펑의 생김새에는 아무 문제가 없었다는 뜻이다.

문제는 아무 문제가 없다는 데에 있었다. 그래서 같은 대열에서 훈련을 하든, 같은 연습실에서 발을 차고 허리를 굽히든, 같은 식당에서 볶음요리를 먹든, 같은 건물에서 교육을 받으며 시비를 따지든 마찬가지였다. 아무리 긴밀하게 오가며 함께 청춘(자그마치 팔 년이나!)을 낭비했어도 그의 생김새를 떠올릴 수 없었다. 하지만 왕푸징王府井

대로의 엄청난 인파 속에서 내 눈은 류펑을 수면 위로 단숨에 건져 올렸다. 그것도 옆얼굴만으로. 류펑을 부르려다가 나는 잠시 생각한 뒤 그만두었다.

그의 이름은 류펑이지만 사십여 년 전 우리는 레이유펑이라고 불렀다. 풀자면 또 한 명의 레이펑雷峰(22살에 순직한 뒤 희생과 봉사의 상징으로 여겨지는 인민해방군 모범병사-역주)이라는 뜻이다. 성의 원음인 Liu를 L-i-u로 길게 늘여 발음하면서 L 뒤에 십분의 일 초 멈춰 e를 넣으면 류가 레이유와 거의 비슷하게 발음되기 때문에 우리는 류펑을 레이유펑이라고 놀리듯 불렀다. 빈정댔다는 뜻은 아니다. 당시 우리 여군은 미덕으로 무장한 그를 진심으로 숭배해 좋은 뜻에서 살짝 장난을 치곤 했다. 류펑의 이미지를 틀에 맞춰 묘사하라면 얼마든지 할 수 있었다. 얼굴형: 원형, 눈: 진한 눈썹에 홑꺼풀, 코: 둥근 코끝과 단정한 콧대, 피부: 부드럽고 뽀얀 살결……. 그런데 레이펑의 생김새를 먼저 묘사한 뒤 비교해도 류펑에게 그대로 적용되었다. 물론 류펑은 레이펑보다 십 센티미터 더 큰 169센티미터였다. 우리는 전국 방방곡곡에서 뽑혀온 사람들로, 진짜 레이펑이라면 우리 대열에 선발될 가능성이 없었다. 무도대형이 어느 한 자리에서 뚝 떨어질 수는 없을 테니 말이다. 사십여 년 전 우리 홍루紅樓에서 지낸 사람들은 전부 군대판 재자가인으로 신체 조건에서는 누구 하나 떨어지지 않았다.

우리가 군영으로 썼던 홍루는 지난 세기 말 철거돼 널찍한 도로 아래로 사라졌다. 홍루의 크고 작은 마흔여덟 개 방에 류펑이 남긴 흔적도 먼지가 되었다. 그가 덧칠했던 벽과 천장, 그가 막았던 쥐구멍, 그가 달았던 문고리, 그가 바꿔주었던 흰개미가 갉아먹은 마룻

바닥…….

사십여 년 전에도 홍루는 고희古稀에 가까운 아주 오래된 건물이었다. 그 위태위태한 건물의 붕괴 속도를 극도로 늦춰준 게 바로 류평이었다. 뛰어난 미장이와 목수 실력으로 삼 층짜리 위태로운 건물을 금이 간 거대한 달걀처럼 조심스럽게 떠받쳤다. 덕분에 우리는 알박기라는 개념이 생기기도 전에 무심코 알박기를 한 셈이 되었다. 그 위태로운 건물에서 아무 걱정 없이 십여 년을 살 수 있었던 것은 홍루의 부식이 심해지고 붕괴 속도가 빨라질 때마다 이구동성으로 "누가 류평 좀 찾아와"라고 외쳤기 때문이다. 붕괴가 갑자기 빨라지면 하룻밤 새 벽면이 쩍쩍 갈라지거나 파초 잎만 한 석회가 천장에서 투두둑 이유도 없이 떨어져 내렸다. 그런 상황에 맞닥뜨릴 때마다 우리는 "레이펑을 불러!"라는 방법으로 무사히 넘어갈 수 있었다.

그날 나는 책을 사러 왕푸징에 나갔다. 왕푸징 쇼핑몰 입구에서 장애아동들이 모금함을 둘러싼 채 노래를 부르고 있었다. 아이들은 열심히 노래했지만 오고가는 관중은 빠르게 스쳐갈 뿐이었다. 가끔씩 인파를 뚫고 기부하러 나오는 사람들은 하나같이 쭈뼛거리며 돈을 집어넣고는 날듯이 달아났다. 요즘은 사람 많은 공공장소에서 좋은 일을 하면 오히려 부끄러워하는 듯했다. 나는 살짝 민망해져서 시선을 돌렸다. 그리고 바로 그 순간 사람들 속에 서 있는 류평을 발견했다. 쉼 없이 오가는 관중 속에서 안정적으로 서 있는 모양이 꽤 오래 그러고 있었던 듯했다. 옆에서 보는데도 그의 평범한 얼굴이 세월에 많이 침식돼 보였다.

나는 류평의 옆쪽에서 앞쪽으로 돌아갔다. 그렇게 평범한 얼굴은 쉽게 늙지도 않고 잘 변하지도 않아 동년배보다 최소 일고여덟 살은 젊어 보였다. 그가 '접촉' 사건 때문에 중대로 강등된 이듬해 베트남전쟁이 터졌다.

대형 관광버스가 창안제長安街 입구에서 멈추더니 오륙십 명의 서양 관광객이 내렸다. 왁자지껄 혼잡해지는 바람에 잠시 기다렸다가 다시 자리를 잡고 살펴보자 류펑은 이미 사라지고 없었다. 나는 인파를 헤치고 나와 왕푸징 거리 양쪽을 둘러보았다. 나를 일부러 피하지 않은 이상 그렇게 빨리 사라졌을 리가 없었다. 나는 대로 남쪽으로 한 블록을 걸어갔다가 되돌아와 북쪽으로 향했다. 거리에 낯선 사람만 가득했다. 그 순간 류펑은 내가 자신도 낯선 사람으로 취급해주길 바란 게 틀림없었다.

그러니까 사십여 년 전의 일이다. 우리의 오래된 홍루가 아직 꿈을 꾸던 때, 아름답고도 대담한 꿈을 수없이 꾸던 때였다.

홍루의 이층과 삼층에는 긴 복도가 있고, 복도 위쪽으로는 길게 처마가 드리워졌다. 해질녘 삼층 복도에서 클라리넷이나 바이올린 연습을 하다가 느긋하게 시선을 돌려, 아래층의 처마 밑 복도를 지나 복도 끝의 작은 연습실 너머로 오른쪽의 감탕나무 오솔길을 바라보면 커다란 물통 두 개를 지고 가는 사람이 보이곤 했다. 류펑이었다.

물통은 이웃 골목에 사는 사내아이를 위해서였다. 열일곱 살의 부모가 없는 사내아이는 동네에서 '괄호'라고 불렸다. 똑바로 섰을 때 두 다리가 완벽한 괄호 모양이었기 때문이다. 동네 아이들은 공놀이할 때 괄호의 두 다리를 골문으로 삼으면 공이 날아가도 '골대'에 스치지 않겠다고 놀렸다. 괄호는 높은 걸상을 끌고 다녔다. 걸상을 먼저 앞으로 옮긴 뒤 거기 기대서 한 걸음을 옮기는 식으로 걸었다. 자신의 두 다리와 걸상의 네 다리, 그렇게 여섯 다리로 걸으면 이백 미터를 가는데 십오 분이 걸렸다.

저녁마다 동네 사람들은 너 나 할 것 없이 골목 입구에서 파는 수돗물을 사기 위해 줄을 섰다. 물을 사서 돌아올 때 괄호의 여섯 개 다리는 한층 더 바빠졌다. 물통과 걸상을 옮겨야 할 뿐만 아니라 괄호 모양의 두 다리까지 옮기느라 정신이 없었다. 양철 물통 절반을 채운 물은 집에 오면 바닥이 보일 정도로 줄어들었다. 그렇다고 물을 받아오지 않을 수도 없었다. 낡은 아궁이에서 물을 끓여 내다파는 게 괄호의 생계수단이었다. 류펑은 매일 우리 마당에서 물을 두 짐 지어다 괄호에게 가져다주었다. 상사가 이유를 묻자 류펑은 군대 수돗물은 어쨌든 공짜가 아니냐고 되물었다. 상사는 잠시 생각한 뒤 맞는 말이라고 인정했다. 사병들이 먹고 입는 것 모두 인민에게서 나왔으니 인민에게 물 두 짐을 선사하지 못할 이유가 어디 있겠는가? 더군다나 괄호처럼 가난하고 장애를 가진 인민이라면 더 말할 필요가 없을 터였다.

늦여름의 어느 저녁, 모두들 복도에 멍하니 서서 소화를 시키고 있을 때 류펑이 그들의 무료한 시선에 잡혔다. 금방이라도 넘칠 듯한 물통 두 개를 최대한 조심스럽게 나르고 있었다. 한껏 배부른 트롬본 연주자 가오창高强이 트림을 낮고 길게 팡파르처럼 울리고는 감탕나무 오솔길에서 재게 멀어지는 그림자를 멍하니 바라보며 탄식했다.

"아니, 힘이 남아도나? 저 사람 이름이 뭐래?"

그러자 옆에 있던 베이스 연주자 쩡다성曾大勝이 "류-펑"이라고 대답했다. 트롬본 연주자 가오창은 방금 전의 팡파르처럼 성조를 길게 늘이며 말했다.

"Li-u-Feng, 레이유펑이라니, 젠장, 또 레이펑 나셨네."

이렇게 해서 류펑은 '레이유펑'이라는 별명을 얻었다.

내가 처음 가까이에서 류펑을 관찰한 것은 그가 우리 연대로 옮겨오고 얼마 지나지 않았을 때였다. 그날 점심식사가 거의 끝나갈 무렵 어떤 사람이 쪼그리고 앉아 쇠망치로 바닥을 두드리기 시작했다. 바닥이 어느 정도로 낡았는가 하면, 이쪽에서 누군가 발을 힘껏 구르면 저쪽 탁자에 놓인 그릇이 뒤집히거나 최소한 부들부들 떨렸다. 그는 말도 안 되게 튀어나온 나무판자를 쇠망치로 두드리는 중이었다. 저택의 구십여 년 전 주인은 군벌 정치가였고, 우리가 군영으로 쓰던 홍루는 1920년대까지는 첩 둘이 쓰던 이층집이었다가 1930년대 초에 첩이 한 명 더 늘어나면서 한 층을 증축한 건물이었다. 동북에서는 만주사변이 발발하는데 서남에서는 아직도 첩을 들였으니, 그렇게 위태로운 시기에도 청두成都 사람들은 죄의식 없이 안락함을 즐겼다는 뜻이었다. 내막을 아는 사람은 삼층의 붉은색이 아래 두 층과 살짝 다르다는 것을 눈여겨보았다.

홍루에서부터 시작되는 붉은 벽돌길은 푸른 기와가 덮인 복도와 양쪽의 검푸른 나무 기둥을 따라 정자까지 이어졌다. 우리 소연습실은 정자를 확장한 건물이었다. 그래서 형태도 기이할 뿐만 아니라 겨울에는 춥고 여름에는 더웠다. 소연습실에서 대문 쪽으로 좀 더 걸어가면 식당이 나왔다. 예전에는 첩들이 애용하던 소극장이었는데 항일전쟁 시기 청두를 후방기지로 만들면서 연극무대를 철거한 뒤 무도장으로 개조했다. 저택의 마부와 행랑어멈, 계집종들이 지냈던 건물은 제대로 지어지지 않았던 탓에 해방군이 쓰촨[四川]을 점령했을 때 이미 망가질 대로 망가져 있었다. 그래서 철거한 뒤 행랑어멈과 계집종의 거처보다도 간소한 단층건물을 두 줄로 짓고는 문예공작단 간부 가족을 거주시켰다. 최신 건물은 리허설홀이라고도 불렸던 우리의 대연습실이었다. 1960년대에 지어진 대연습실은 한눈에도 '더 많이, 더 빨리, 더 좋게, 더 아끼며'의 슬로건 아래 지어진 건물이라는 게 보였다.

그날 점심때도 평소와 똑같았다. 우리는 나지막한 탁자에 둘러앉아 빈 그릇 앞에서 소화를 시키며 한담을 나누고 있었다. 남녀 병사들은 아무 말이나 내뱉고 멋대로 해석하며 시시덕거릴 뿐, 누구도 류펑의 일에 흥미를 보이지 않았다. 내 시선이 류펑을 향한 이유는 그가 신발을 짝짝이로 신고 있어서였다. 오른발에는 군대에서 일률적으로 배급한, 옛 해방구 아주머니들이 디자인한 전사용 검은색 신발을 신고, 왼발에는 부드러운 밑창의 꼬질꼬질한 흰색 무용신발을 신고 있었다. 나중에야 그가 왼발 회전이 준비 자세에서부터 흔들릴 만큼 잘 안 되자 틈이 날 때마다 연습하는 바람에 신발이 그렇게 됐다는 사실을 알았다.

류펑은 망치질을 끝낸 뒤 부드러운 무용신발로 바닥을 밟아보고 딱딱한 신발로 굴러본 다음, 다시 망치로 몇 차례 확인하고 나서야 몸을 일으켰다. 그가 똑바로 섰을 때 기대했던 키가 아니라 살짝 실망스러웠다. 류펑은 그렇게 앉거나 쪼그리고 있을 때는 꽤 커 보였지만 막상 일어나면 별로 크지 않았다. 문제는 다리였다. 다리가 길지 않아서였다. 하지만 공중회전 때 다리가 길면 거추장스러운 것도 사실이었다. 류펑은 원래 야전군 공병이었다가 공중회전 기술로 발탁되었다. 류펑의 공중회전은 어렸을 때 익힌 기술이었다. 산둥山東성의 현縣급 모 전통극단에서 어린 시절을 고생스럽게 보낸 류펑은 자신이 자란 지역이 얼마나 빈곤한지 "볼기짝을 드러낼 정도로 가난한 사람도 있었어!"라고 말했다. 전통극단에 들어가 공중회전을 배우지 않았다면 류펑도 어린 시절을 알궁둥이로 보냈을 수 있었다.

류펑이 옮겨온 지 반년 뒤에야 나는 정식으로 그를 접하게 되었다. 본대를 따라 쓰촨 서북부의 산악지역으로 행군을 나가 이레 동안 야영하면서 훈련할 때였다. 우리가 일 년에 한 번 진짜 군인 '행세'를 하는 때가 바로 그 칠 일이었다. 사격 및 수류탄 투척 훈련도 전부 그때 진행되었다. 우리에게 '사병 행세'는 일종의 놀이였다. 무용연습도 안 하고 실컷 총을 만져보면서 건빵을 간식처럼 먹을 수 있을 뿐만 아니라 '적진 초병'을 해치운다며 정말로 몸싸움을 벌일 수도 있었다.

사격 훈련이 시작되기 전 훈련처 부처장이 사격장 외곽을 통제할 경계병 두 명을 뽑았다. 혹시라도 주민이 들어와 눈 먼 총탄의 살아 있는 과녁이 되는 상황을 막기 위해서였다. 나와 류펑이 선발되었다. 야전군 출신이라 사격이 전혀 신기하지 않은 류펑은 다른 사람에게 총을 만져볼 기회를 넘겨주기 위해 자원했고 나는 추천을 받았다. 총알이 과녁 근처에도 못 가는 내 형편없는 사격솜씨가 전체 성적을 갉아먹을까 봐 모두들 우려한 때문이었다.

그때 나는 열세 살 생일을 한 달 앞두고 있었다. 신장 161센티미터, 체중 38킬로그램의 나는 1972년 한겨울의 쓰촨 서북지역에서 군인과 백성 사이를 나누는 피와 살로 된 만리장성이 되어 서 있었다. 오후 1시부터 4시까지 다발의 총소리가 계속되는 동안 나는 내

위치에서 '이탈'을 시도했다. 그 세 시간 동안 발이 동상에 걸리지 않도록 무용수업의 여러 자잘한 점프를 연습했던 것이다. 과녁이 한 줄로 꽂힌 고구마밭에는 고구마 수확이 이미 끝나 까맣게 변색된 줄기와 잎만 폐그물처럼 널려 있었다. 나는 무용 담당 양楊 선생님의 커다란 손목시계를 차고 있었다. 뛰고 나서 시계를 보면 고작 사오 분 지났을 뿐이라 고독과 피로, 추위는 오 분을 평생으로 바꿔놓을 수도 있겠다는 생각이 들었다. 4시에서 오 분이 지났을 때 총소리가 완전히 멈췄다. 사격 훈련이 4시에 끝났구나 싶었다. 그때 통통한 두더지 한 마리가 내 발 옆을 지나 뛰어갔다.

눈으로 녀석을 쫓다 보니 곧이어 밭두렁 밑에서 둥글고 반들반들한 구멍이 보였다. 구멍을 들여다보고 싶은 마음에 나는 바닥에 엎드린 뒤 주위를 경계하라고 받은 고배율 망원경으로 속을 들여다보았다. 하지만 아무것도 보이지 않았다. 나뭇가지를 집어 동굴을 쑤시면서 두더지와 고양이가 원수지간인지 몰라도 일단 고양이 소리를 냈다.

그때 탕 소리가 울리더니 총알이 내 정수리 위의 느릅나무 가지 끝을 스치며 빈 호루라기 소리를 냈다. 사격 훈련이 끝난 게 아니었어? 삼십 초도 지나지 않아 또다시 탕 소리가 울렸다. 무슨 상황인지 알아차리기도 전에 누가 나를 바닥에서 일으켰다. 고개를 돌리자 하얀 얼굴이 보였다. 양 볼이 빨갛고 입에서는 하얀 김이 나오고 있었다. 알 것도 같은 얼굴이었지만 너무 가까이라 크기만 하고 알아볼 수가 없었다. 그가 강하게 비난했다. "뭐하는 거야? 왜 주민을 사격장으로 들여보내?"

산둥 어조 때문에 정신이 들었다. 또 다른 경계병인 류펑이었다.

그는 다른 손으로 등이 굽은 노부인을 부축하고 있었다. 내가 두더지를 괴롭힐 때 사격장으로 들어온 게 분명했다. 노부인은 부상을 당했는지 신음소리를 내며 류펑의 손을 따라 미끄러지듯 주저앉았다. 검은 눈동자마저 풀려 눈꺼풀 틈새로 두 줄기 회백색만 보였다. 류펑이 "어르신네, 어르신네" 하고 소리칠 때 나는 너무 놀라서 정신을 차릴 수가 없었다. 다음 순간 류펑은 노부인을 안고 내 앞을 날듯이 지나가면서 소리쳤다. "정말 무책임하군! 그렇게 놀고 싶어 하는 사람이 어떻게 군인이……."

맞은편 산비탈에서 적십자 깃발이 휘날리고 있었다. 류펑은 노부인을 전투지역 구호대로 안고 갔다. 나는 뛰다 넘어지기를 반복하며 뒤따라갔다. 넘어져서인지, 놀라서인지, 아니면 류펑의 호통 때문인지 두 뺨이 눈물로 뒤덮였다. 지금 돌아보면 세 가지 이유가 모두 해당됐던 듯싶다. 류펑과 내가 노부인을 구급천막으로 데려가자 전투지역 구호대원을 '연기'하는 외래진료부 의사와 간호사들이 둘러쌌다. 이어서 우리는 천막 바깥으로 나와 비보를 기다렸다. 한참 뒤 류펑이 서 있기 힘들었는지 쪼그려 앉고는 고개를 들고 물었다. "몇 살이지?" 나는 모기처럼 작은 소리로 "열셋이요"라고 대답했다. 그는 더 이상 아무 말도 하지 않았다. 그의 뒷목 옷깃에서 바늘자국조차 보이지 않게 잘 덧대놓은 긴 헝겊조각이 눈에 들어왔다.

마침내 천막 문이 열리더니 응급 군의관이 들어오라고 불렀다. 나와 류펑의 눈이 마주쳤다. 시체를 확인하라는 뜻인가? 류펑이 떨리는 목소리로 어디에 총을 맞았느냐고 물었다. 의사는 아무 데도 맞지 않았다며 삼십 분이나 검사했는데 아주 멀쩡하다고 알려주었다. 회충약도 먹어본 적이 없으니 아스피린은 말할 것도 없을 거라며, 허기 때문에 쓰러진 게 아니면 총소리에 놀라서 쓰러졌을 거라고 말했다.

우리가 고개를 들이밀어 살펴보니 노부인은 군용 과일통조림을 들고 한 숟가락에 파인애플을 두 개씩 떠서 입으로 집어넣고 있었다. 류평이 나를 끌어당겨 함께 천막으로 들어갔다. 류평은 노부인에게 경례를 한 뒤 사과했다. 하지만 노부인은 후루룩후루룩 먹고 마시면서 자신을 진정시키는 데만 집중할 뿐 우리한테는 신경도 쓰지 않았다.

간호사가 우리에게 운이 좋았다고 조용히 말했다. 정말로 노부인이 맞았다면 그 집 식구들은 더 이상 고구마를 먹을 필요 없이 문예공작단 군량미를 먹었을 거라고 했다.

주둔지로 돌아오자 상황이 훨씬 명확해졌다. 베이스 연주자 쩡다성이 남은 몇 발로 10점짜리를 세 개 연속 맞추겠다는 내기를 해서였다. 모두들 사격을 마친 뒤 쩡다성 혼자 엎드렸을 때 반자동총에는 두 발이 남아 있었다. 그는 삼 분 동안 조준했지만 한 발도 쏘지 못했다. 그러다가 뒤쪽에 있는 훈련과 부과장에게 손수건을 빌려 한쪽 눈을 가린 뒤 다시 조준을 시작했다. 누군가 이번에 정말 10점을 맞추지 못하면 과장님의 예쁜 손수건에게 면목이 없겠다고 놀렸다. 또 다른 사람은 한층 더 심하게, "10점이 이렇게까지 조준해야 돼? 11점을 맞추지 않으면 안 되겠네!" 하고 놀렸다. 그러자 쩡다성이 벌떡 일어나 빈정대는 사람을 걷어찬 뒤 다시 세 번째 조준을 시작했다. 그때는 이미 칠 분이 지난 뒤였다. 내가 사격 훈련이 끝난 줄 알고 자리를 떠난 이유가 바로 거기 있었다.

그날 저녁식사는 고구마쌀밥과 대파고구마볶음, 고구마돼지고 기쁨이었다. 그곳에서는 고구마만 날 뿐 다른 것은 나지 않으며, 노부인이 몰래 사격장 경계선을 넘은 것도 수확이 끝난 고구마밭을 다시 한 번 뒤지기 위해서라고 했다. 누락된 작은 고구마나 잘려나간 고구마 토막을 얻을 수 있기 때문이었다. 우리 중 누군가가 별안간 상황을 깨닫고는 "레이유펑이 반나절 동안 난리를 치고 구한 사람이 보통 인민이 아니라 인민공사의 고구마를 훔치러 온 낙후된 인민이었네!" 하고 소리쳤다. 또 누군가는 "게다가 낙후된 인민한테 속아서 수장의 특별 보급품인 파인애플통조림까지 먹였다"고 말했다. 이어서는 군민이 친밀한 관계라지만 낙후된 인민은 해당되지 않는다는 말도 나왔다. 연극대의 탕산唐山 사람은 레이유펑이 어르신도 아닌데 어르신이라고 잘못 불렀다며, 진료부 홍보원 말에 따르면 그 어르신이 그저께 공짜 콘돔을 받아갔다고 말했다. 모두들 하하 웃으며 레이유펑이 이번에는 레이펑 노릇을 못하고 엉뚱한 사람을 구했다고 놀렸다.

류펑은 특대 찻잔을 끌어안은 채 한쪽에 쪼그리고 앉아 고구마쌀밥을 입으로 밀어 넣기만 했다. 모두들 조용해졌을 때에야 입을 열고는, "무슨 선진이니 낙후니 할 것 없이 어쨌든 전부 인민 아닌가? 낙후된 인민이면 쩡다성이 총을 쏴도 돼? 게다가 인민은 낙후되지 않을 수 없어. 모두들 농촌 인민으로 살아보라고, 겨울 한 철을 굶은 다음에도 낙후되지 않는지, 공사의 고구마를 훔치지 않는지 보자고!" 하고 말했다.

나는 그의 곁으로 다가갔다. 뭔가 고맙다는 말을 하고 싶은데 류펑에게 고맙다고 해야 할 사람은 그 낙후된 인민일 것 같았다. 류펑은 커다란 찻잔을 보면서 말했다. "여기 고구마는 정말 다르네, 밤 같아. 샤오쑤이쯔蕭穗子 네가 장난을 좋아해서 이렇게 맛있는 고구마 어르신을 오늘 밤에 못 먹을 뻔했다."

어쨌든 치고 두드리거나 고쳐야 할 물건이 있는 곳에는 언제나 류펑이 있었다. 심지어 여자 목욕탕 옷걸이가 비뚤어졌을 때도 류펑을 불러 고칠 정도였다. 워낙 손재주가 좋아서 목공이면 목공, 철공이면 철공, 전기공이면 전기공 못하는 일이 없었다. 그것은 스스로를 하찮다고 여기는 사람이 하찮은 일을 무수히 쌓아 중요하게 만들려는 노력이었다. 류펑은 아주 빠르게 우리 속에서 중요해졌다.

우리가 류펑과 정말 친해진 것은 그가 마루운동수업을 맡은 이후였다. 우리에게 가장 힘든 시간은 아침 구보도 아니고 저녁 정치학습도 아니며 오후 문서 전달도 아닌, 매일 오전 7시의 마루운동수업이었다. 당시는 장칭江靑(마오쩌둥의 아내로, 문화대혁명을 추진했다가 마오쩌둥 사후 권력에서 축출되었다－역주)이 아직 '장칭 동지'로 불리던 때로, 그녀가 무용수들에게 전통극을 연습하고 노동자와 농민, 군인의 기질을 키우라는 '성지'聖旨를 내렸다고 했다. 실제로 전해지지 않았던 걸 보면 사실 '성지'는 우리가 두말없이 마루운동을 하도록 수장들이 만들어낸 이야기일 가능성이 크다. 우리 여군은 최고 열일곱 살부터 최하 열두 살까지였고 일렬로 늘어서면 칠팔 미터가 되었다. 마루운동수업의 한 시간 반 동안 류펑은 우리 허리와 다리를 잡아주며 앞구르기, 뒤구르기, 공중 옆돌기, 도약판 공중회전을 한 사람씩 가르쳤다. 특히 도약판 공중회전을 할 때면 류펑은 공중에서 우리를 받아 바닥까지 안전하게 내려놓아야 했다. 우리는 마루운동을 증오했다. 첫째는 불필요하다고 생각했고, 둘째는 담력이 약해서였다. 도약판을 굴러 몇 미터 높이까지 올라간 뒤 공중에서 제비를 돌고 나면 모두들 순간적인 공포와 쇼크에 휩싸여 어떻게 내려와야 할지 알 수 없었다. 그래서 류펑이 "허리에 힘 줘"라고 주의를 줄 때마다 우리는 눈을 흘기며 힘을 더 빼고 그에게 몸을 맡겼다.

우리는 류펑이 인민해방군 '레이펑 모범병사'에 선정되었을 때에야 눈 흘김을 멈췄다. 모범병사가 질투할 일은 아니지만 솔직히 선정되고 나면 입당, 승진 등 후속 결과가 너무 좋았다. 특히 간부로 승진하면 연애하고 결혼해 집을 받고 아이를 낳을 수 있는 등 한층 혜택이 많아졌다. 그러다 보니 누구나 모병병사가 되기 위해 음으로 양으로 경쟁했다. 입당도 우리 같은 십대 소년병에게 최고는 아닐지라도 나름 중요했다. 정치적 대우 및 그에 뒤따라오는 우월감 때문이었다. 가령 어떤 문서들은 당원만 접할 수 있었다. 문서를 받는 것도 그 자체로 중요하다기보다 당원들이 간이의자를 들고 질서 있게 소연습실로 향하는 태도 때문에 중요했다. 그들은 하나 같이 국가대사를 책임진다는 얼굴로 자신들을 바라보는 우리 같은 진보 청년을 텅 빈 허공을 대하듯 바라보았다. 그런 태도 때문에 우리는 눈에 핏발을 세우며 샘을 내지 않을 수 없었다.

우리 가운데 가장 마지막까지 류펑을 흘겨본 사람은 하오수원郝淑雯이었다. 그녀는 우리 단체의 평균 체중을 끌어올릴 만큼 풍만한 여군으로, 키도 169센티미터에 이르고 미처 닿기도 전에 젊은 체온의 충격파가 느껴지는 인물이었다. 하오수원의 아버지는 고사포병 사단을 거느린 공군 수장이었다. 하오수원은 눈을 뜨고 있는 순간이라면 언제나 누군가에게 도움을 청했다. 자전거를 타고 거리에 나가서도 바로 내리는 게 아니라 길가는 사람에게 뒤쪽 받침대를 잡아달라고 부탁했다. "어머, 저기요, 좀 잡아주세요!" 물론 남자들은 득달같이 달려와 미색이 풀풀 풍기는 여군을 기꺼이 도와주었다. 도와준 뒤에도 미진한 듯 두 번, 세 번 더 부축해주지 못해 안달했다. 그러니 누구라도 도와주는 류펑이 온 뒤 하오수원의 입에서 "류펑"이 떠날 리 없었다. 한 번은 정말 어려운 일, 이불을 꿰매다가 솜에 바늘을 떨어뜨렸다며 찾아달라는 부탁까지 해서 류펑은 솜뭉치를 헤치며 바늘을 찾기도 했다.

류펑은 우리 군관구 대표로 뽑혀 인민해방군 레이펑모범병사대회에 참석하기 위해 베이징에 갔다. 그때서야 우리는 매일 우리 뒤치다꺼리를 해주는 사람이 군대의 유명인사가 되었다는 사실을 깨달았다. 류펑이 베이징에서 돌아오던 날 우리 무용대는 두 그룹으로 나누어 겨울 태양 아래서 문서를 학습하고 있었다. 그러다가 뭔가에 씐 것처럼, 부대로 복귀하는 살아 있는 레이펑을 보고 전부 자리에서 일어났다. 이어서는 한층 더 바보 같은 일을 벌였다. 모두들 박수를 치기 시작한 것이다.

순간 레이유펑의 얼굴이 붉어졌다. 당장이라도 고개를 숙이고 대문 밖으로 도망칠 기세였다. 하지만 종일 장난만 쳐대던 여군들에게 장난기가 조금도 없는 것을 금세 알아차렸다. 진지하게 숭배하는 듯한 눈빛이 증거였다. 우리의 냉대에 늘 차가운 무관심으로 맞서는 허샤오만何小曼까지 감격했는지 먹물 같이 까만 눈을 반짝이며 류펑을 바라보았다. 허샤오만은 다른 건 아무것도 아니었지만 두 눈만큼은 남달랐다. 그녀의 눈동자는 비밀 자체라고 할 만큼 새까맸다.

"학습하나?" 류펑이 말했다.

어김없이 성실한 어투로 그렇게 안부를 물었다. 마을 어귀에서 신발 밑창을 꿰매는 아가씨나 새댁들을 우연히 마주친 것처럼 어색하게 말을 붙였다. "일하는 중이야?"

류펑의 가슴에는 3등 무공훈장이 달려 있었다. 진짜 금 같은 훈장은 겨울날의 미약한 햇빛 아래서 우리에게 밝고 따뜻한 기운을 불어넣어주었다. 어떤 바보가 앞장섰는지 우리는 차례로 류펑과 악수하기 시작했다. 류펑은 한 손에 무겁고 지저분한 짐 보따리를 들고 있어서 나머지 한 손으로 그 많은 사람들과 정신없이 악수를 나눴다. 그가 마침내 짐을 바닥에 내려놓자 쨍 하고 찻잔 부딪히는 소리가 울렸다. 그는 어디를 가든 커다란 찻잔을 들고 다녔다. 마실 때나 세수할 때나 항상 그것을 사용하고 남성 병사들과 웃고 떠들 때도 그 찻잔을 들고 상대했다.

하오수원은 류펑과 악수할 때 〈해방군보〉에 실린 회의 사진에서 그를 찾아보았노라고 말했다.

베이징에 집이 있고 부모와 사이가 좋은 여군들은 레이유펑의 짐을 무겁게 만들었다. 류펑은 베이징 출신 여군과 악수할 때 집에서 물건을 보냈다고 알려주었다. 나 혼자만 악수도 경의도 표하지 않았다.

우선 나는 연애편지를 주고받다가 처벌 받은 전력 때문에 류펑처럼 대단한 모범병사와는 대척관계라고 할 수 있었다. 또 류펑처럼 극도로 단점이 적은 사람은 살짝 조마조마했다. 뭐랄까, 조마조마한 마음으로 류펑이 진짜 사람이라는 게 증명되기를 기다리는 기분이었다. 너무 좋은 사람에게는 소위 말하는 동질감이 바로 생기지를 않았다. 사람이라면 누구나 어느 정도 인성이 있고, 사람이기 때문에 어느 정도 추한 면모가 있지 않겠는가. 가령 허샤오만 같은 약자를 골탕 먹이거나 하오수원 같은 강자를 뒤에서 흉보거나, 심하게는 경계가 느슨해진 틈을 타 조용하면서도 재빠르게 취사반에서 기름을 따라 온다거나, 더 심하게는 절대 치약을 사지 않고 이 사람 저 사람 남의 치약을 돌려쓴다거나 하는 식으로 말이다.

그런데 류펑은 인간미가 부족할 정도로 좋은 사람이었다. 그런 선함 때문에 나는 음험한 생각을 품고 그의 실수나 마각 같은 것이 드러나기를 바랐다. 그때 나는 열여섯 살에 불과했지만 그렇게 어두운 생각에 빠지곤 했다. 훗날 정말로 '접촉사건'이 벌어졌을 때에야 나는 조마조마함에서 벗어날 수 있었다.

하지만 그건 그 따뜻한 겨울 오후로부터 일 년이나 더 지난 뒤의 일이었다. 류펑은 환영인파 바깥에 있는 나를 보고는 가까이 다가와 말했다. "샤오쑤이쯔, 네 아버지도 물건을 보내셨어." 그의 투박한 사투리 억양이 "보내셨어"라고 말할 때 유난히 도드라졌다.

일반적으로 물건이란 고급 치약, 스타킹, 광택 나는 수건 등 자잘하지만 품질이 좋은 생활용품이나 간식이었다. 어쩌다 21세기의 겔랑 나이트크림에 해당하는 레몬연고나 요즘의 샤넬만큼 각광 받던 양모스웨터가 오면 여군 사이에서 흠모의 열띤 토론이 벌어졌다. 모두들 부모가 물건을 보내주길 바라고 모든 여군이 누구네 집에서 보내온 물건이 제일 좋고 많은지 속으로 비교했다. 고급 제품이 풍족하게 자주 온다는 말은 자연히 그 집안이 우월하고 부모의 사회적 지위도 높다는 의미였다.

나와 허샤오만처럼 부모가 별 볼 일 없고 가정형편이 암울한 사람은 남들이 열광적으로 물건을 소비하는 동안 옆에서 지켜보는 수밖에 없었다. 우리는 그녀들이 맥아분유를 한 순가락 푹 떠서 입에 넣고는 뽀드득뽀드득 씹거나 아침식사 때 시큼한 장아찌 대신 설탕에 절인 과일을 죽에 섞어 먹는 모습을 멍하니 지켜보았다. 초콜릿 같은 간식은 어떻게 즐기는지 한 번도 보지 못했다. 우리는 문 뒤쪽 쓰레기통에 점점 늘어나는 색색의 은박지 껍질을 힐끔거릴 뿐이었다.

또 무슨 들러리를 섰더라? 어느 날은 연습을 마치고 느릿느릿 복도를 지나갈 때 문이 열리면서 머리통이 하나 나오더니 비밀스럽게 턱짓을 했다. 그건 성대한 초대였다. 그 문으로 들어가자 비밀스러운 연회가 기다리고 있었다. 탁자에 각자의 부모들이 보내온 맛있는 음식이 가득했다. 그런 상황은 세 가지 이유에서 벌어졌다. 첫째, 주최자가 무척 통이 크거나, 둘째, 상하이 라오다팡老大房의 고기월병이나 베이징 톈푸하오天福號의 잣순대처럼 빨리 먹지 않으면 상하는 신선한 음식이 왔거나, 셋째, 집안배경이 좋고 부모의 사랑을 듬뿍 받는 여군이 자신의 우월한 가정과 부모의 사랑을 더 많이 자랑하기 위해 나와 허샤오만을 증인으로 초대하는 경우였다.

류펑이 회의 참석차 베이징으로 가기 전에 나는 아버지의 편지를 받았다. 노동개조를 받던 댐에서 베이징 영화제작소로 옮겼다는 내용이었다. 나는 답장을 써서 류펑에게 전해달라고 부탁했다. 내 의미는 베이징에서 정말 갈 곳이 없는데 시간이 나면 오랫동안 만나지 못한 아버지를 나를 대신해서 만나달라는 거였다. 당연히 편지는 형식에 불과했다. 내가 진짜 하고 싶은 말을 쓸 리 없었다. 그때 나는 어디에도 진심을 적지 않았다. 일기에는 더더욱 쓰지 않았다. 일기의 거짓말은 누가 훔쳐봐도 볼 만하게 특히 신경 써서 지어내고 예쁘게 썼다. 나는 진심이 점점 사라져도 전혀 속상하지 않았다. 나와 아빠는 서로의 듬성듬성한 글귀 속에서 진짜 하고 싶은 말을 읽어낼 수 있었다.

나는 멍청하게도 아버지가 내게 무엇을 보냈느냐고 류펑에게 물었다.

류펑은 안 봤지만 우리 아버지의 소포가 제일 무겁다고 대답했다. 나는 모두를 흘낏 훔쳐보면서 우리 아빠가 더 이상은 반동 문인, 한 달 임금이 12위안으로 동결된 문명거지가 아니라 베이징의 영화제작소에 출근하면서 딸에게 물건을 보내주는 아버지임을 그녀들이 똑똑히 들었기를 바랐다. 하지만 누구도 내 신분 변동과 해방에 관심을 기울이지 않았다. 여전히 류펑에 대한 숭배에 빠져 있을 뿐이었다. 류펑은 바닥에서 그레이하운드 같은 보따리를 들어 올리며 조금 이따가 물건을 전달하겠노라고 말했다. 숙소에서 분류해야 한다는 의미였다. 모든 부모가 세심하게 소포에 이름을 적는 게 아니어서 제대로 분류하지 않으면 엉뚱한 사람이 부모의 사랑을 잘못 누릴 수 있었기 때문이다.

우리가 흩어지기 전에 류펑이 보따리를 들고 되돌아왔다. 개인용품을 전부 빼냈는데도 보따리는 전혀 줄어든 것 같지 않았다. 류펑은 개인용품이 극히 적은 데다 나갈 때는 한층 더 간결해졌다. 우리 여자무용2분대에는 베이징 출신이 네 명 있었다. 류펑은 허름한 보따리에서 소포 네 개를 먼저 꺼냈다. 마지막 다섯 번째가 아버지가 내게 보낸 물건이었다. 부피가 가장 컸다. 그때는 비닐봉지를 환경쓰레기가 아니라 애지중지하며 쓰고 또 쓸 수 있는 좋은 물건으로 취급했다. 아버지는 일부러 베이징우의상점 마크가 찍힌 커다란 비닐봉지를 두 겹으로 사용한 게 분명했다. 그런 호사스러움이 안에 무엇이 들었든 화려하게 보이도록 만들었다.

다음은 류평이 했던 말이다.

"네 아버지가 계시는 영화제작소 초대소로 전화를 걸어서, 죄송하지만 회의 일정이 빡빡한데 영화제작소는 도심에서 멀고 서로 얼굴도 모르는 데다 길도 낯서니 이번에는 찾아뵙기 힘들겠다고 말씀드렸어. 그리고 네 편지를 우체통에 넣어서 부쳐드려도 되겠느냐고 여쭸지. 그랬더니 네 아버지께서 어느 초대소에 묵느냐고 물으시더라. 나는 베이징에 처음 와서 잘 모른다고 대답했고. 그런데 이튿날 아침 찾아오신 거야. 깜짝 놀라서 내가 묵는 곳을 어떻게 찾으셨냐고 여쭸더니, 초대소 알아보는 게 어렵겠냐면서 꼭 식사대접을 하고 싶다고 하시더라. 나는 회의장 식사도 좋다고 국에 반찬이 네 가지 나온다고 했어. 그랬더니 그게 뭐가 잘 나오는 거냐면서 베이징 오리구이를 사주시겠다는 거야! 내가 회의 대표는 회의장을 마음대로 벗어날 수 없고 점심식사 뒤에 조별 토론도 있다고 하니까 그때야 포기하시더라. 저녁에 다시 오셔서 이 소포를 주셨고. 내 몫으로 담배 한 보루도 주셨는데, 나는 담배를 피우지 않는다고 거절했어. 네 아버지께서는 이렇게 무거운 물건을 삼천리 멀리 보내는데 미안해서 안 된다며 담배를 피우지 않으면 술은 마시냐고 물으시더라. 나는 그건 더욱 못한다고 말씀드렸지. 그랬더니 또 뭘 못하느냐고 물으셨어. 내가 할 수 있는 걸 찾아보시겠다면서. 나는 신경 쓰지 마시라고, 샤오쑤이쯔에게 물건을 가져다주지 않느냐고 대답했지. 당연한 일이라고."

류평은 딸을 사랑하는 아버지의 절박함과 갈망을 마치 보고하는 것처럼 한바탕 읊어주었다. 나를 타이를 때와 비슷한 어투였다. 6개월에 걸친 내 서면 연애가 폭로되고 연애편지를 모두 압수당했을 때 류펑은 담장 사이의 베란다로 나를 찾아왔다. 내 손에는 가방끈이 있고 머리 위에는 오래 전 군벌귀족의 계집종과 아가씨가 얼마나 많이 매달렸을지 모를 튼튼한 대들보가 있었다. 류펑은 가방끈을 빼앗고는 "샤오쑤이쯔, 너 정말 어리석구나?" 하고 말했다. 조직에서 정확한 순간에 그를 보내 나를 구한 셈이었다. 한 발만 늦었어도 돌이킬 수 없었을 것이다.

"……샤오쑤이쯔, 절대 비관하지 마. 사상적 책임을 안고 어디서 넘어지든 거기서 다시 일어서야지. 열심히 스스로를 개선하면 모두들 네 복귀를 환영해줄 거야. 탕아의 개과천선은 금보다 귀하다고 했잖아. 모두에게 금보다 귀한 가치를 보여주라고, 알겠어?"

소설가로서 나는 인물의 대화를 소설에 직접 인용하기보다 간접 인용을 선호한다. 내가 전체 혹은 부분적으로 각색한 내용을 큰따옴표에 넣었다가 소설 인물의 원형이 된 사람이 알아보고 "내가 언제 그렇게 말했어!"라고 항의할까 걱정스러워서다. 분명 내가 각색했으니 그들의 항의는 타당하며 직접 인용을 한 이상 책임을 져야 한다. 그래서 나는 여기까지 쓰고 나서 류펑의 말을 다시 떠올려본 다음 최대한 각색 없이 따옴표 안에 넣었다.

아버지에 대해 이야기할 때 류펑의 어조는 단조로웠지만 나는 코끝이 시큰해졌다. 오랫동안 계급의 적으로 살아온 아버지가 비속한 사교수단을 얼마나 서툴게 배웠을지 상상이 됐다. 아버지가 류펑에게 선물을 주고 싶었던 이유는 멀리 물건을 가져다주는 노고에 감사하는 것처럼 보이지만 사실은 대접 받지 못했을 딸을 위해 류펑에게 아부하는 거였다. 류펑은 인민군의 레이펑모범병사로 선발된 사람이니 정치적 후광이 내게 조금은 떨어질 수 있겠다고 생각했을 터였다. 역경 때문에 아버지 같은 사람이 비속해지고 아부하는 법을 배우다니 나는 정말 가슴이 쓰렸다.

저녁식사 때 베이징우의상점은 우리 여군 전체와 일부 남군 사이에서 이미 유명해져 있었다. 그곳은 원래부터 유명한 장소였다. 소식에 밝은 베이징 남군에 따르면 우의상점은 특별인사, 외국전문가, 외교관, 화교, 중국해외방문대표단 단원 같은 사람들만 들어갈 수 있다고 했다. 인민폐는 통용되지 않고 외국돈만 쓸 수 있어서 전문화폐를 가진 소세계라고 했다. 우리 아버지의 당시 신분이 어느 수준인지 모두들 짐작할 수 있는 대목이었다. 사실 아버지는 그런 특권층이 아니었지만 아버지가 베이징에서 만난 사회계층은 정말로 그런 특수한 신분의 사람들이었다. 나중에, 아주 한참 뒤에 류펑이 베트남전쟁의 최전선에서 부상을 입은 뒤, 또 허샤오만이 부상대원을 업고 십여 킬로미터를 걸어가 공훈을 세운 뒤에야 나는 당시 아버지가 셰謝 감독 덕분에, 그의 여권에 빌붙어 우의상점에 들어갔다는 사실을 알았다. 1976년 셰 감독 주변에는 시나리오를 써주는 사람이 많았고, 그들 무리는 '집단창작'이라고 불렸다. 우리 아버지는 그때도 당신 이름 없이 그들 무리와 같이 '집단창작'이라고 불렸다.

저녁 연습이나 내무반회의 전까지 한 시간 정도 자유시간이 주어졌다. 우리는 그 짧은 한 시간의 자유를 최대한 알차게 소비하려 했다. 으슥한 구석에서 몰래 입을 맞추거나 한두 장짜리 연애편지를 교환하고, 서로의 혁명화를 도와준다면서 시시덕거리고, 마음에만 품었을 뿐 아직 고백하지 않은 연인의 방에 잠시 머물기도 하고, 서로 도와준다는 명분하에 부상당한 허리나 다리를 어루만지는 식으로…… 그 한 시간의 자유는 정말 너무도 달콤하고 짜릿해서, 세상

절반을 돌아다니며 광활한 자유를 누리게 된 지금도 나는 사십여 년 전의 그 한 시간 자유를 떠올리면 한없이 탐이 난다. 그 시간은 당연히 간식을 즐기는 새참시간이 되기도 했다. 군대 식사야 굳이 언급할 필요도 없겠지만, 매주 목요일의 두부와 금요일의 국수, 토요일의 찐빵이 그나마 기대할 만하고 나머지 절반이 넘는 요일은 기대할 수 없을 만큼 식단이 나빴다. 간식의 중요성이 바로 여기 있고 간식 부족의 심각성도 바로 여기 있었다. 그래서 류펑이 가져다준 물건은 하룻밤 사이에 뚝 떨어진 보물 같았다. 맞다. 류펑은 우의상점의 커다란 보따리를 건네줄 때 "쑤이쯔에게 꼬맹이들과 나눠먹으라고 해요"라는 아빠의 당부도 전해주었다. 어렸을 때부터 아빠는 내 친구들을 전부 꼬맹이라고 불렀다.

나는 지금까지도 그날 저녁에 만끽했던 신분 전환의 기쁨과 주인으로서의 자부심을 잊지 못한다. 류펑이 천 리 길 멀리서 가져다준 엄청난 변화로 나는 순식간에 빈농에서 부호가 되었다. 모두에게 내 창고를 개방해 양식을 나누어줄 때는 머릿속에서 기쁨의 태평소가 울리고 모내기춤을 추는 듯한 움직임이 절로 나왔다. 비닐봉지를 열자 자그마치 2킬로그램의 초콜릿이 나왔다! 12평방미터의 숙소가 한순간에 화려한 색색의 껍질로 뒤덮였다. 내 허영과 몽상을 아버지는 이해하고 전부 이루어주셨다. 류펑, 우리의 레이유펑을 통해 내가 흥청망청하는 벼락부자가 되어 인민폐로는 살 수 없는 우의상점의 고급 외제식품을 평소 나를 동정했던 '꼬맹이'들에게 아낌없이 나눠줄 수 있게 만들어주었다.

이튿날 아침 마루운동 시간이 되었을 때 류펑은 평소와 마찬가지로 매트 옆쪽에 섰다. 공중회전을 잡아주는 힘든 일을 모범병사가 계속한다고? 우리는 전부 속으로 그렇게 소리쳤다. 우리 여군들 몸무게는 최소 40킬로그램에서 최고 50킬로그램 초반이었다. 나쁜 음식을 먹으면 살이 찐다는 사실을 우리는 그때부터 잘 알았다. 한 시간 반의 수업시간 동안 류평은 부둣가에서 가외로 짐을 나르는 것처럼 우리를 한 사람씩 들어 올려 공중에서 돌린 다음 바닥에 내려놓았다. 심지어 깨지기 쉬운 화물을 다루듯 조심스러웠다. 처음 류평이 짐꾼 역을 맡은 이유는 누구도 우리를 운반하고 싶어 하지 않아서였다.

공중회전의 대가는 자세잡기부터 설명했다. "두 다리를 어깨넓이로 벌리고 살짝 무릎을 구부려 엉거주춤한 기마자세를 취하는 동시에 두 팔을 교차하면서 주먹을 쥐고 몸을 뒤로 젖혔다가 재빨리 공중으로 솟아올라. 그리고 그때 단전에 힘을 주며 '가자!' 하고 소리쳐." 류평은 왜 그렇게 소리쳐야 하는가에 대해서는 부둣가 짐꾼에게 왜 구령을 붙이는지 물어보라고 했다. 받쳐주는 사람은 실행자의 도움닫기와 자세 확립, 도약을 도와 옆공중돌기나 앞공중돌기를 완성시켜야 했다. 류평의 불행은 우리 가운데 누구도 도약은커녕 자세조차 제대로 잡을 생각이 없다는 데 있었다. 그때 우리의 태도는 마루운동을 시킨 것도 지도층이고 공중회전 따위를 원하는 것도 지도층이니 지도층이 보낸 사람이 알아서 도우라고 해, 라는 식이었다. 결국 류평이 매일 마주하는 상대는 사람 형태의 마대자루나 다름없었다.

받쳐주는 일은 힘들 뿐만 아니라 스스로에게도 안 좋은 영향을 끼쳤다. 류평처럼 공중회전을 하는 사람은 하반신이 가볍고 다리가 날렵한 게 매우 중요했다. 하지만 받쳐주기 위해서는 그와 반대로 중심과 무게를 모두 다리에 놓아야 해서 다리가 점점 무거워지고 공중회전도 갈수록 둔해지는 부작용이 생겼다. 류평에게는 그런 부작용을 없애는 방법, 적어도 스스로 효과적이라고 믿는 방법이 있었는데, 바로 물구나무서기였다. 한 시간 동안 물구나무를 서면 열 시간의 운송을 상쇄할 수 있다고 했다. 그래서 마루운동수업 때 공중제비를 끝낸 뒤 우리는 쪼그리고 앉아 휴식을 취하고 그는 늘 물구나무를 선 채로 쉬었다. 우리를 한 시간 동안 나르고 나면 반드시 십오분 동안 물구나무를 섰다. 그렇게 머리를 아래로, 다리를 위로 뒤집고 있으면 다리에 쏠렸던 무게를 되돌릴 수 있는 듯했다. 류평은 물구나무를 설 때 두 다리도 허공에서 끊임없이 흔들었다. 콩이 담긴 죽통이나 시멘트 포대를 뒤집어서 흔들면 내용물이 다른 쪽으로 쏠리는 것처럼 자신도 그럴 것이라고 여기는 듯했다.

당시에는 남자 병사가 여자 병사에게 음식을 내줄 경우, 샀든 만들었든 고백으로 받아들여졌다. 1976년 설날, 아마 초이튿날이었던 것 같은데, 류평이 내게 간식을 만들어주었다. 꿈에도 생각하지 못한 일이었다. 비좁은 숙소에서 봄날처럼 따스하게 동지를 대하는 레이유평을 보고 있자니 머리가 어질어질해졌다. 내 연애편지를 상사에게 팔아넘긴 그 병사는 분명 내 마음에서 똥만도 못한 존재였지만 그렇다고 누구든 그의 빈자리를 메울 수 있다는 뜻은 아니었다. 나는 어질어질하게 웃으며 새빨개진 얼굴로 그가 마분지상자에서 석유난로를 꺼내 우리 셋의 공용 책상에 놓은 뒤 까맣게 그을린 작은 솥을 올려놓는 모습을 지켜보았다. 뚜껑을 열자 안에 기름기가 좔좔 흐르는 덩어리가 들어 있었다. 류평은 미리 치대놓은 반죽이라고 알려주었다. 그러면서 자기 고향에서 설에 먹는 음식을 만들려 한다며, 설이 아니면 이렇게 많은 기름과 설탕을 쓸 수 없다고 말했다. 그러면서 내게 웃음을 지었다. 류평의 웃음은 수줍고 공손했지만 한껏 웃을 때는 살짝 억지스럽고 심지어…… 뻔뻔해 보였다. 그때 내가 뻔뻔함이란 감정을 떠올린 것은 열여섯 살의 직감에서였다.

지금 돌아보면 그의 공손함과 수줍음에는 이유가 있었다. 그는 본능적으로 '모범병사'가 편안한 삶이나 생계수단을 보장해 줄 수 있는 어떤 능력이 아님을 알았던 듯싶다. 그렇게 류평은 현명하고 선견지명이 있었다. 그가 또 웃으며 반죽 중인 간식을 턱으로 가리키고는 투박하지만 맛있어서 틀림없이 좋아할 거라고 말했다. 사투리 억양이 고스란히 느껴지는 그의 표준어가 내 텅 빈 가슴에서 메아리쳤다. 레이펑이라도 이랬을까? 음식으로 고백했을까? ……혼란스럽고 어두운 내 마음을 지배하는 감정은 과분한 총애를 받을 때의 기쁨과 두려움이었다. 류평은 간부일 뿐만 아니라 이제 당위원회 일원이기까지 했다. 그가 범포帆布(굵은 실을 사용하여 짠 두꺼운 평직물. 주로 텐트, 돛을 만든다－역주)가방에서 기름종이 꾸러미를 꺼내 펼치자 시커먼 가루가 나왔다. 고소하면서 느끼한 참깨향이 곧장 내 혼란스럽고 어두운 가슴으로 스며들었다. 류평은 밀가루반죽을 조그맣게 떼어 빠르게 손바닥에 펼치더니 까만 참깨설탕을 넣고 금세 새알처럼 뭉쳤다가 다시 가볍게 눌렀다. 나는 작업장 노동자처럼 능숙한 류평의 손놀림을 보면서 군대를 나가도 호떡가게를 열면 잘 되겠다고 생각했다.

솥에서 기름이 보글보글 끓으며 연기가 올라오기 시작하자 류평은 방에 있는 사람들을 부르라고 말했다. 나는 안심하는 한편 실망했다. 혼자 착각해 김칫국부터 마신 스스로가 부끄러웠다. 우리 방의 여군 세 명은 모두 집이 청두가 아니었다. 한 명은 상하이 출신의 독창자인 린딩딩林丁丁이고, 나머지 한 명은 바로 육감적인 매력의 하오수원이었다. 류펑은 린딩딩에게 이미 말해두었다고도 했다. 점심때 세탁실에서 이불홑청을 빠는 그녀를 초청했는데 뭔지는 말해주지 않고 저녁 때 맛있는 음식이 있으니 4시에 식당에서 적게 먹으라고 말했다는 거였다. 딩딩이야말로 류펑이 처음 초대한 손님이었다. 이어서 류펑은 먹는 것을 좋아하는 샤오하오(중국에서는 나이가 어린 사람 성 앞에 샤오小를 붙여 부른다 – 역주)가 진즉부터 자기한테 음식을 해달라고 부탁했노라 말했다. 아, 그렇다면 처음 초대한 사람은 하오수원이라는 의미였다. 하오수원이 먹을 것을 요구할 때 어떤 병사가 거부할 수 있겠는가? 그녀가 내놓으라면 남자들은 모두 기꺼이 받아들였다.

세 사람 중 빈대 붙는 사람이 나라는 것을 확실히 알 수 있었다. 나는 하오수원은 어디에 있느냐고 물었다. 그는 걱정 말라면서 조금 뒤에 올 거라고 대답했다. 류펑이 창문을 열었다. 창밖은 사람들이 다니지 않는 좁은 골목으로, 넓고 깊은 배수로가 있었다. 밤에 용변 때문에 깬 여군들은 요강을 몰래 거기에 비우곤 했다. 배수로 건너편은 초등학교 담장인데 책 읽는 소리는 한 번도 들리지 않고 늘 '최신지시'가 새로 내려왔다고 알리는 꽹과리 소리와 챙챙, 쿵쿵 하는 북소리만 들렸다. 담장은 무척 오래돼 벽돌이 툭툭 부서질 뿐만 아니라 여름이면 초록 우단처럼 이끼가 깔리고 듬성듬성 야생 패랭이꽃도 피었다. 류펑은 손과 입을 쉬지 않고 놀리다가 우리 아버지에 대해 이야기하기 시작했다. 우리 아버지 같은 사람은 처음 만나보았다면서 옷차림과 행동거지 모두 자신이 아는 사람들과 달랐다고 말했다.

"살짝 기이했어, 하하……. 진회색에 가늘고 하얀 줄무늬가 있는 모직 옷을 입으셨고 머리카락은 길고 구불구불했지. 뒷머리가 옷깃에 닿아 머릿기름이 묻었더라. 구세대 분 같았어. 노동개조를 칠팔 년 받지 않으셨어? 그럼 안 받았다면? 더 이상해졌을까? 내 말은 이상해도 노동개조를 받지 말았어야 된다는 거야, 그게 맞지! 그래, 그래서 숙부님이 누명을 벗은 거고!"

나는 잠시 생각한 뒤에야 그가 말하는 '숙부'가 우리 아버지라는 것을 깨달았다. 류펑은 무척 만족스럽고 시원하다는 표정이었다. 마침내 정의가 실현되었다며 우리 아버지 일에 기뻐하고 있었다.

그는 또 정확히 이렇게 말했다.

"마음에 담아두지 마. 남들이 이러쿵저러쿵 떠들어도 신경 쓰지 마. 네 아버지는 좋은 분이셔. 정말 좋은 사람이야. 누가 그걸 모르겠어? 샤오쑤이쯔, 허리 펴고 살아, 알겠어?"

여전히 건조한 어투였다. 하지만 말을 마친 뒤 나를 보는 그의 눈빛은 깊고도 깊었다. 나중에 류펑의 얼굴은 잊어버려도 그 눈빛만큼은 계속 간직하고 싶었다.

순간 나는 류펑이 나를 위해 설음식을 만들고 은밀히 새해를 맞으려 한다고 믿기 시작했다. 잘 나가는 두 친구를 끌어들였지만 그녀들은 들러리에 불과했다. 내 사건이 폭로됐을 때 동정의 말을 건넨 사람은 몇 명에 불과했다. 그때도 류펑은 완전히 다른 차원에서 최고의 미덕으로 동정했다. 류펑과 나는 극과 극에 속하는 사람이었다. 그는 위에 속하고 나는 당연히 바닥, 아마 허샤오만보다도 낮은, 바닥에 속했다. 허샤오만을 위험하다고 생각하는 사람은 없었지만 나는 적으로 삼을 경우 뭔가 모를 위험에 빠질 수 있다고들 생각했다. 나에 대한 류펑의 관심과 동정이 우리 아버지에 대한 인정을 기반으로 했기 때문에 나는 그를 사랑할 수 있을 것 같았다. 그건 몸과 마음 모두 사랑으로 가득한 염치없는 나이여서였다. 사랑이 온몸과 마음을 헤집고 다녀서 상대가 누구든 중요하지 않았다.

류펑이 "울지 마. 자, 닦아" 하고 말했다. 그러면서 지저분한 손수건을 꺼내 건네주었다. 평소의 나라면 질색했겠지만 그 순간만큼은 더러운 게 따스함과 친밀함을 상징하고 있었다. 나는 촌스러운 전병을 나를 위해 특별히 만들었다고 확신했다. 너무 오래 외롭고 너무 오래 이상한 사람으로 취급되면 뭔가 감정이 비스름하기만 해도 전부 가져다 자신이 필요로 하는 '그런' 관심과 동정으로 바꿀 수 있는 법이다. 하지만 다음 순간 나는 진짜 사랑이나 관심이 무엇인지 깨달았다. 린딩딩과 하오수원이 동시에 들어왔을 때 창밖의 촉촉한 겨울밤을 바라보던 류펑이 두 사람에게로 고개를 돌렸는데 홑꺼풀 아래 반짝이는 눈빛이 나를 볼 때와는 완전히 달랐다. 레이유펑의 신분 때문에 자중하고 있었지만 그 눈빛은 원색적으로 빛났다. 지금 생각해보면 호르몬 때문이었다. 류펑의 심장이 그 눈빛 속에서 북처럼 쿵쿵 울렸다.

그때 깨달았다. 류펑은 두 사람 중 한 명을 사랑하는 거였다. 생각할 것도 없이 하오수원이 분명했다. 지난해 하오수원은 류펑과 출장을 나가 류펑이 힘든 어린 시절을 보낸 전통극단에서 단막극을 배워왔다. 하오수원이 어느 정도 부를 수 있게 되자 노래가 최고 수준은 아니어도 가수 중에는 그녀처럼 춤출 수 있는 사람이 없고, 춤도 최고가 아니어도 무용수 가운데 그녀처럼 노래할 수 있는 사람이 없어서 그녀는 노래와 춤이 어우러진 전통극에서 대체할 수 없는 여자

1호가 되었다. 류펑은 악역을 맡아 마지막에 여자 1호 손에 쓰러졌다. 두 사람이 사랑을 싹틔우기에 더할 나위 없는 기회였다. 나중에 '접촉사건'이 터진 뒤에야 당시의 내 판단이 얼마나 잘못됐는지 알았다.

문학소녀 분위기의 린딩딩은 하오수원보다 한 살 많으니 당시에 스무 살이었다. 살결이 보들보들한 딩딩은 상하이 여자 특유의 애교가 있고 소아마비 후유증이 남은 듯 손발 움직임이 살짝 부자연스러웠다. 그런 부자연스러움 때문에 어린애처럼 보여서 걷거나 뛸 때마다 모두들 그녀가 넘어질까 봐 조마조마했다. 린딩딩은 말수가 많지 않았고 늘 몸이 안 좋았다. 당시 우리가 제일 부러워하는 사람이 그렇게 잔병치레가 많은 유형이었다. 아픈데도 기를 쓰고 일한다며, 경상으로는 물러서지 않는 군인정신을 가졌다고 칭찬과 표창이 전부 그런 여군들에게 돌아갔다.

우리는 모두 아프기를 바랐다. 젊고 건장한 청년 무리는 아무리 애써 보아야 표창 받을 행동이 제한적이었다. 기껏해야 취사반을 도와 돼지를 먹이거나 감자를 채 썰고, 마당을 좀 더 쓸거나 복도를 몇 번 더 닦고 변소를 몇 번 더 치우는 일밖에 없었다. 하지만 변소는 적고 사람은 많았다. 백여 명의 사람들이 모두 레이펑을 따라 솔선수범하려면 변소가 얼마나 많고 마당이 얼마나 커야 하겠는가? 그래서 잔병이 많은 사람은 우리처럼 건강한 사람보다 조건이 좋을 수밖에 없었다. 천성적인 '경상' 덕분에 그들은 본분만 다하면 영웅이 되었다.

딩딩은 또 순진무구하다는 장점도 있었다. 그 나이에도 누가 알바니아는 독수리를 즐겨 먹어서 독수리의 국가라고 불린다고 말하면 눈을 동그랗게 뜨며 “정말?” 하고 물었다. 나보다 네 살 위였지만 함께 길을 나서면 분명 누구라도 그녀가 더 어리다고 여겼을 것이다. 우리 세 사람은 책상을 같이 썼는데 서랍 세 개를 동시에 열면 딩딩만 여자 같고 나와 하오수원은 땅굴병이 따로 없었다. 사실 딩딩에게도 좋은 물건은 없었다. 그저 그녀의 꼼꼼한 손길을 거쳐 낡은 물건이 귀중품처럼 가지런히 정리됐을 뿐이다. 딩딩은 눈이 크지는 않아도 동그랗고, 속눈썹도 길지는 않아도 요즘 사람들이 보면 아이라이너를 그렸다고 오해할 만큼 풍성했다. 당시 나는 정말 멍청해서 린딩딩이 류펑한테 남몰래 얼마나 많은 도움을 받는지 몰랐다. 확실히 류펑은 누구든 잘 도와주었기 때문에 그가 슬그머니 린딩딩을 더 많이 도와주는 줄은 아무도 몰랐다.

우리 세 여군은 침대 밑에서 간이의자를 꺼냈다. 식탁은 류펑이 석유난로를 담아온 마분지상자였다. 류펑은 바닥에 쪼그려 앉으면서 자기 고향 사람들은 모두 이렇게 쪼그려 앉아 밥을 먹거나 이야기한다고 말했다. 쪼그려 앉는 게 의자에 앉는 것보다 편하다고도 했다. 우리는 레이유펑이 편하다는 대로 내버려두는 수밖에 없었다.

류펑이 만든 전병은 무척 맛있었다. 그는 하나만 먹고 아버지나 큰오빠처럼 우리 셋이 먹는 모습을 만족스럽게 지켜보았다. 린딩딩의 손이 네 번째 전병을 향할 때 류펑이 말했다. “샤오린小林, 이런 건 소화가 잘 안 돼. 전부 기름이거든. 나중에 속이 안 좋으면 어떡하려고.” 딩딩의 손이 허공에서 머뭇대는 사이 하오수원이 냉큼 가로챘다. 하오수원도 그때 오해하고 있었다. 당연히 류펑이 자신을 위해 전병을 만들었고 우리 둘이 꼽사리를 끼었다고 여겼다. 어떤 남자든 호의를 보이면 그녀는 깊이 따질 것 없이 일단 웃으며 받아들였다.

하지만 감정의 대가에 대해서는 아무런 약속도 하지 않았다.

취사반 마馬 반장은 요리를 만들면 파킨슨병에 걸린 듯 국자를 덜덜 떨면서 하오수원에게 고기 두 덩이를 건네주었다. 그래 봐야 하오수원은 국자를 빼앗아 마 반장의 머리통을 때리고 그만이었다. 한 번은 동계 야영훈련으로 보슬비 속에서 삼십 킬로미터를 행군한 뒤 모두들 꽁꽁 얼어붙은 진흙덩이가 되어 복귀했을 때였다. 취사반의 커다란 솥 두 개가 동시에 발 씻을 물을 끓이기 시작했다. 도처가 흙탕물이라 앉을 곳이 없어서 우리는 대부분 서 있어야 했다. 한 발을 먼저 대야에 넣어 녹인 뒤 양말과 신발을 신고 다른 발을 넣었다. 남은 한 발까지 풀리기를 기다리다 보면 앞서 담갔던 발이 녹작지근한 상태에서 도로 얼었다. 그런데 하오수원은 어디선가 기다란 나무상자를 찾아와 앉아서는 더할 나위 없이 편안하게 두 발을 따뜻한 물에 녹이는 거였다.

수석 비올라 연주자가 대야를 들고 와 자신도 앉아야겠으니 옆으로 좀 가라고 말했다. 하오수원은 두 사람이 앉으면 상자가 버티지 못할 거라며 합판상자가 어떻게 엉덩이 두 개를 감당하겠냐고 거절했다. 비올라 연주자는 안 될 것 같으면 네가 일어나라고 말했다. 그녀는 그를 보며 웃었다. '무슨 생각이야? 자리를 양보하라고?'라는 의미였다. 비올라 연주자는 나무상자에 뭐가 담겼었는지 아느냐고 물었다. 하오수원은 몰랐다. 그는 비올라를 담았던 상자라고 알려주었다. 기존 비올라 상자가 망가지자 무대미술팀이 합판을 이용해 임시로 만들었다는 설명이었다. 하오수원은 여전히 그를 보며 웃기만 할 뿐 양보하지 않았다. 비올라 연주자가 다급해져서, "내 비올라가 들었던 상자니까 샤오하오 네 궁둥짝으로 괴롭히지 말라고!"

하고 소리쳤다. 하오수원은 여전히 웃으며 그의 쓰촨 사투리를 흉내 내, "그럼 너를 괴롭혀주지!" 하고 대꾸했다. 남성 병사들은 하오수원에게 속수무책이었다. 요구를 들어주지 않으면 빼앗겼다.

전병을 먹은 뒤 어느 토요일이었다. 노천 영화를 보고 돌아온 나와 하오수원은 방에 들어서자마자 느끼하고 고소한 냄새를 맡았다. 하오수원이 또 전병을 먹었느냐고 묻자 딩딩이 반문했다. "무슨 전병? 아니!" 하오수원은 공기를 핥아서라도 딩딩의 거짓말을 밝혀내려는 듯 목을 쭉 내밀었다.

나중에 '접촉사건'이 터졌을 때 돌아보니 린딩딩에 대한 류펑의 사랑은 전병을 먹었던 밤보다 훨씬 빨리 시작된 듯싶었다. 얼마나 일찍부터였을까? 어쩌면 린딩딩이 처음 합류했을 때부터일지도 모르겠다. 원래 딩딩은 인민공사에 속한 지식청년이었다가 지방가무단에 뽑혔기 때문에 우리 가무단에 왔을 때는 이미 공연자로서 상당히 나이든 축에 속했다. 무대 바깥의 한없이 어린애 같은 딩딩만 보면 그녀가 무대에서 주축이 되는 독창가라고 상상하기 어려웠다. 또 윗사람과 술을 마시고 지방극단에서 성질부리는 딩딩도 연상하기 힘들었다. 어떤 린딩딩이 진짜 딩딩인지 몰라도 분명 하나는 꾸며낸 모습이었다.

린딩딩은 신병교육중대를 나온 지 얼마 되지 않아 우리 합동훈련에 합류했다. 합동훈련 기간에는 성악대원도 자세교정 수업을 받고 기본 팔 동작, 발차기, 달리기 등도 연습해야 했다. 무용대 대원은 돌아가며 그들에게 자세교정을 가르쳤다. 그날은 류펑 차례였다. 여러 소문을 종합해 내가 상상한 장면은 이렇다. 류펑은 소연습실 앞에서 몸이 둔한 남녀 성악대원들이 키득거리며 자기 쪽으로 앞차기하는 모습을 지켜보고 있었다. 류펑의 각도에서 보면 항아리바지를 입은 다리는 대부분 그의 이마께까지 올라오고 좀 떨어지면 코끝 높이에 닿았다. 그런데 린딩딩은 그의 울대뼈까지밖에 발을 올리지 못해 류펑은 "좀 더 세게!"라고 소리쳤다. 딩딩의 눈이 어려움을 호소했지만 류펑은 그녀가 왜 힘든지 알 수 없었다. 이어서는 딩딩의 다리가 그의 연습복 지퍼 높이에 그치고 눈빛도 한층 고통스러워졌다. 그렇지만 류펑은 여전히 알아듣지 못하고 "성의껏 좀 차!"라고 말했다. 딩딩이 다시 찼지만 류펑의 배꼽까지밖에 올리지 못했다. 그런데 그때 그녀의 바지통에서 뭔가가 튀어나와 류펑에게 곧장 날아가서는 바닥만 하얀 병사용 검정 신발 사이로 떨어졌다. 남에게 보여서는 안 되는 물건이었다. 얼굴이 순식간에 핏빛으로 빨개진 린딩딩이 얼른 달려들어 자기 목숨이라도 줍듯 집어서는 문을 박차고 달려나갔다. 제대로 본 사람은 류펑뿐이었을 것이다. 딩딩이 죽기 살기로 울어대지 않았다면 그토록 많은 사람이 흥미를 갖지 않았을 수도 있다. 한편 류펑은 하얗게 질린 얼굴로 제자리에 서 있었다. 그는 규방의 비밀을 엿보았다. 고의가 아니었어도 죄책감이 들었다. 피에 젖은 생리대 반 토막은 끝부분만 하얗고 나머지는 처참할 정도로 빨갰다.

여군이 매달 겪는 그 일은 남군에게도 비밀이 아니었다. 아침 구보 때 어느 여군이 "보고합니다" 하고 소리치면 당직 분대장은 "열외!"라고 허가하지 않을 수 없었다. 그 "보고합니다"는 다달이 찾아오는 유혈사건이 자신에게 발생했다고 모든 남군에게 보고하는 셈이었다. 유혈사건이 일어난 무용단원은 마루운동과 무용 수업을 받을 필요가 없었지만 반드시 '참관'해야 해서 연습실의 긴 걸상에는 늘 잠에 취한 무용단 여군 몇이 무료하고 무심하게 앉아 있었다.

린딩딩은 소연습실에서 공중변소로 돌격해 변기에 올라서서는 큰 소리로 울기 시작했다. 우리 공중변소는 남자 칸과 여자 칸 사이에 벽이 있었지만 지붕까지 닿지 않아, 동일한 식당의 음식이 인체를 한 바퀴 돌아 나온 냄새가 벽 위로 유통되는 구조였다. 이쪽에서 여군이 저녁 훈련이 뭐냐고 물으면 저쪽에서 남군이 "악단과 함께 〈티베트 여성〉 연습해!"라고 대답하는 일도 다반사였다. 또 이쪽에서 여군이 뭔가 한 소절을 부르기 시작하면 저쪽에서 남군이 응대해 합창으로 이어지기도 했다. 그래서 딩딩의 울부짖음은 벽 건너편의 "빛나는 태양……" 하던 고음의 노랫소리를 막아 버렸다. 오 초 정도 정적이 흐른 뒤 테너가 물었다 "누구야?" 딩딩은 이미 주저앉아 울고 있었다. 벽 건너에 군악대 병사가 들어왔는지 린딩딩의 울음소리를 한참 듣다가 탄식했다. "세상에! 어떤 음이지?"

테너가 말했다. "High C!"

벽 너머에서 남자들이 늘어나더니 묻고 의논하는 소리가 들렸다.

"무슨 일이야?"

"누가 죽었나?"

이쪽도 여군 수가 늘어나면서 달래고 위로하는 소리로 넘쳐났다.

"무슨 상관이야?"

"왜 열외 신청을 안 했어?"

딩딩이 흐느꼈다. "다들 봤어! ……."

"본 사람이 책임져야지!"

그건 하오수원이었다. 싸움이라도 걸 듯 벽 저쪽으로 턱을 내밀기까지 했다. 그때 하오수원과 나, 린딩딩은 같은 방을 쓰기 전이었다. 상부에서는 우리가 한 방에서 오래 지내다가 너무 친해져 패를 지을까 봐 매년 방을 바꾸었다. 남군 대표가 벽 틈새로 물었다. "대체 무슨 일이야?"

"아무 일도 아니야!" 여군은 성악대 대장이 대표를 맡았다.

"그럼 왜 우는데?"

하오수원이 대꾸했다. "묻지 마!"

"그래도 인지상정이라는 게 있지. 이렇게 서럽게 우는데 묻지 말라니?"

하오수원은 말싸움할 핑계를 또 찾았다는 듯 얼굴에 웃음이 피었다. "여자들 일에 뭘 끼어들어?"

성악대 분대장이 손을 내밀어 딩딩을 일으켜 세우고는 달랬다. "이번 일로 배웠잖아. 다음에는 열외 신청해서 발차기하지 말라고! 무용단원도 그럴 때는 전부 열외를 신청해!"

딩딩이 오열했다. "열외를 신청해도 되는지…… 아무도 알려주지 않았어요! 창피하게! ……."

하오수원은 당당하고 대범하게 벽을 향해 계속 소리쳤다. "뭐가 창피하다고! 더럽게 생각하는 사람이 창피한 거지!"

그때 남자 화장실에서 새로운 목소리가 들려왔다. 덕망 높은 성악교사 왕王 선생님이었다. "샤오린, 울지 마라. 울다가 목 상할라." 성악 선생님은 오십 세가 넘었지만 목소리로는 그렇게 느껴지지 않았다. 그는 딩딩을 무척 아꼈고 십여 명의 제자 중 딩딩이 노래를 시작하면 완전히 몰입해 들었다. 린딩딩의 음색은 특별하고 기이하며 묘한 감화력이 있었다. 그래서 왕 선생님은 사적으로 여러 사람과 딩딩에 대해 의논하곤 했다. 린딩딩의 소동이 얼마나 대단했는지 오십여 세의 왕 선생님까지 나선 것이다.

여군들이 울다가 지친 린딩딩을 부축해 변소를 나올 때 남군들도 전부 변소 입구에 서서 쳐다보았다. 딩딩은 중상을 입거나 짐승한테 짓밟힌 듯했다. 피범벅 생리대의 목격자들은 눈빛으로 그녀를 짓밟은 셈이었다. 남군 무리에 서 있던 류펑은 왠지 모르게 자신이 책임져야 한다는 생각을 했다.

모두가 딩딩을 달래서 침대에 눕히고 이불을 덮어주었을 때 류펑이 벌벌 떨면서 들어와 한참을 멍하니 서 있었다. 책임을 지고 싶은데 무슨 책임을 져야 할지 몰라서 한동안 가만히 있다가 끝내는 그냥 나갔다. 이튿날 딩딩을 만났을 때 딩딩의 얼굴이 확 붉어지자 류펑의 얼굴도 순식간에 달아올랐다. 확실히 류펑은 피범벅 물건을 누구보다 똑똑히 본 사람이었다. 그 피범벅 물건은 진홍색 비행물체처럼 날아가 하마터면 그의 몸에서 여정을 끝낼 뻔했다. 딩딩의 가장 사적인 부분에 있던 물건이 어떻게 위생대의 속박을 풀고 항아리바지 고무줄의 봉쇄선을 뚫었을까? 고무줄의 봉쇄는 왜 반발력과 폭발력을 높이기만 했을까? 왜 하필 류펑의 발로 날아갔을까? 류펑은 발차기할 때 고통을 호소하던 린딩딩의 눈빛을 떠올렸다. 어떻게 전혀 알아채지 못했을까? 결국 그가 강요했기 때문이 아닌가? "좀 더 세게!" "성의껏 좀 차!" 그랬다, 그래서 피로 얼룩진 비밀이 바지통에서 발사되어 나왔다. 류펑은 린딩딩의 여성적 핵심을 보지는 못했지만 핵심에서 가장 가까운 것을 본 셈이었다. 심지어 핵심보다 더 핵심이라고 할 수 있었다. 그것은 작은 생명을 만들 수 있는 붉고 뜨거운 흐름이 극도로 작은 피와 살의 궁전에서 부드럽고 까만 수로를 통해 어떤 길거리 공장에서 생산하고 포장한, 투박한 알갱이가 든 기다란 종이 위로 터져 나온…….

물론 이것들 모두 내 상상이다. 나는 이쪽 방면으로 상상력이 풍부해 모두들 내 사상이 불순하다고 말한다. 일리 있는 말이다. 나는 린딩딩에 대한 류펑의 미련이 그 의외의 사건에서 시작돼 그의 욕구가 생물적이고 고상하지 못하다고 생각했다. 하지만 구애에 대한 억누름, 몇 년 동안 지속된 잔혹한 인내는 고상했다. 그의 사랑은 억눌러야 했기 때문에 고통스러웠다. 억누르는 동시에 정화해서 끝내는 영혼으로 제련했으니, 결국 린딩딩을 향한 그 한 번의 접촉은 영혼이 육체를 움직인 거였고, 육체는 그저 영원의 한 동작을 완성한 것에 불과했다.

이제 린딩딩의 이야기를 살펴보자. 류펑은 알지 못했던 이야기다. 그때 딩딩이 추구하던 삶은 류펑과 근본적으로 달랐다. 딩딩은 문예공작단 여군 대부분이 꾸는 꿈, 지도층 간부의 며느리가 되는 꿈을 갖고 있었다. 딩딩에게는 베이징 군대와 관련 있는 작은 이모가 있었다. 대부분의 중년여성과 마찬가지로 세속적인 작은 이모는 딩딩처럼 '조건 좋은' 후배들을 신분 상승시키기 위한 '레이더'를 시시각각으로 가동했다. 작은 이모는 모든 후배들 가운데 조건이 제일 괜찮은 사람으로 큰언니의 딸인 독창가수 린딩딩을 꼽았다. 그녀의 막강한 '레이더'는 청두까지 수색망을 넓히더니 이리저리 돌고 돌아서 마침내 딩딩을 부사령관 집에 소개했다. 부사령관에게는 아들이 셋이나 되니 그중 한 명은 딩딩을 탐내거나 딩딩에게 유혹되리라 생각했다.

류펑이 처음 린딩딩에게 전병을 만들어주던 날, 딩딩은 이모의 소개편지를 받고 어떤 양모스웨터를 입고 부사령관 집에 갈지 고민하고 있었다. 우리가 그 순진무구한 딩딩을 진짜 딩딩이라고 믿는다면 그녀가 나중에 했던 "류펑이 나한테 관심 있는 줄 전혀 몰랐어!"라는 말을 믿을 수 있다. 그러면 류펑의 자제력이 너무도 강력해 모든 표현이 전병 하나로 압축되었다는 가정도 믿어야 한다.

류펑과 린딩딩은 정식으로 교제할 자격이 충분했다. 두 사람 모두 군관이라 일찍 결혼해 아이를 낳을 필요도 없었다. 그들은 얼마든지 부대 안에서 정식으로 교제하는 연인들처럼 지낼 수 있었다. 음식을 숙사로 가져가 따로 한두 가지 요리를 더 만들어 먹거나, 최소한 고추장이나 다진 마늘 등 개인 조미료를 좀 더 첨가하는 식으로 공동 식사를 두 사람의 특별한 식사로 만들 수도 있었다. 하지만 류펑은 린딩딩을 줄곧 멀리서 지켜보기만 했다. 그는 딩딩이 일로나 정치적으로나 발전하는 중이니 너무 일찍부터 방해하면 안 된다고 생각했다. 어쨌든 딩딩이 입당할 때까지 기다리자고 마음먹었고, 그건 류펑이 힘을 실어줄 수 있는 부분이었다.

나중에 밝혀진 사실에 따르면 딩딩의 입당에 관한 한 류펑은 확실히 혁혁한 공을 세웠다. 그리고 류펑 스스로도 크고 작은 모범병사 업무 때문에 정신없이 바빴다. 모두들 무대 막을 꿰매거나 식당 걸상을 수리하고, 세탁대 밑의 수도를 뚫는 등의 일을 그에게 맡기면서 모범병사 추천표를 몰아주었다. 나라에서는 정치운동을 벌여 정적을 무너뜨리고 비판할 때마다 미덕이나 레이펑 정신을 강조하려 했다. 그때가 류펑이 제일 바쁜 때였다. 부대를 돌며 연설하고 초등·중등학교에서 강연하고 군관구나 인민군 표창식에 참석해야 했다. 회의 사이사이에는 자신의 엄청난 영웅 호칭에 걸맞도록 레이펑 방식의 일을 하느라 바빴다.

어느 날 밤 내가 어려운 무용동작을 따로 연습한 뒤 창고를 지나가는데 안에 불이 켜져 있었다. 소등나팔은 이미 한 시간 전에 울렸다. 일 년 중 가장 더운 시기라 창고의 두 창문이 활짝 열려 있었다. 멀리서도 류펑이 땀을 뻘뻘 흘리며 앉았다 일어났다 바쁘게 움직이는 게 훤히 보였다. 나는 궁금해져서 창문 앞으로 다가갔다. 류펑은 귀에 연필을 꽂고 잇새에 못 두 개를 물고 있었다. 러닝셔츠만 입은 어깨에는 천 부스러기가 잔뜩 붙어 있었다. 한눈에도 생소하고 힘든 일이라는 걸 알 수 있었다. 혼방 트위드 천을 틀에다 팽팽하게 잡아당기는데 힘을 못 쓰는 건지, 잘못 쓰는 건지 천을 잡아당길 때마다 아래턱이 튀어나오고 태양혈까지 부들부들 떨렸다.

내가 알은체를 했다. "한밤중까지 뭐가 그렇게 바빠요?"

류펑의 대답은 못을 물고 있는 잇새 뒤쪽에서 나왔다. 취사반 마반장이 결혼한다고 했다.

취사반장이 결혼하는데 그가 왜 바쁜지 나는 한층 더 이상했다.

"돈이 없잖아." 류펑이 입에서 못을 뱉었다. "상대가 소파를 꼭 원한다는 거야. 없으면 마 반장을 편안히 두지 않겠더라고. 그래서 소파 한 쌍을 만들어주려고. 서른 살 농촌병사가 청두에서 아내를 얻는 건 쉽지 않지." 류펑이 땀방울 맺힌 턱을 축축한 러닝셔츠 어깨에 세게 문지르자 땀방울이 닦이는 게 아니라 긁혀나갔다.

나는 다시 한 번 좋은 사람이라고 생각했다. 무조건에 아무 실리도 따지지 않는 좋은 사람. 그 보잘 것 없는 몸에 어떻게 그토록 많은 선을 품을 수 있을까? 우리 세상에는 정말로 성현의 호의와 미덕으로 가득한 레이펑이라는 사람이 있었는지도 모른다.

1977년 여름이 되자 상사들은 군대화 건설 및 관리를 더 이상

거론하지 않았다. 위에서 우리를 본 척 만 척 내버려두면서 병영에는 화사한 셔츠를 입는 사람이 많아지고 밤에 산책을 나간 남녀는 점점 늦게 귀대했다. 내 불순한 사상을 호되게 비판하던 사람들도 몰래 《소녀의 마음》 필사본을 돌려 읽었다. 지도층 간부의 며느리가 되기 바랐던 여군은 대부분 꿈을 이루었다.

린딩딩은 성공사례로 보기 어려웠다. 여전히 매일 시간 맞춰 왕 선생님의 성악 수업을 받으러 가서는 "루마니아는 노새와 말이 유명해"라는 말을 들으면 "정말요?" 하고, "콜럼버스는 미국 대륙을 발견하고 상하이 사람은 알래스카를 발견했지. 알래스카가 상하이 말로 우리 집이잖아"라고 해도 그녀는 "그래요?"라고 말했다. 대체 그 적지 않은 나이를 어디로 먹었나 생각할 수도 있겠지만, 그녀가 손목시계 두 개 사이를 어떻게 오갔는지 보면 그 순진함에 대한 의구심이 사라질 것이다.

딩딩의 서랍에 상하이 시계가 들어 있을 때는 손목에 모바도가 있고, 거꾸로 모바도 시계가 서랍에서 쉬면 손목에서 상하이 시계가 일했다. 두 시계가 언제 일하고 쉬는지는 그녀의 어떤 추종자가 부대에 오느냐에 달려 있었다. 한 사람은 선전부 촬영 간사였고, 다른 사람은 외래진료부 내과 의사였다. 의사는 매주 한 번씩 우리 부대에 와서 회진을 돌았기 때문에 부대 전담의사라 할 수 있었다. 촬영 간사도 부지런히 찾아와 우리의 자료사진, 연습사진, 공연사진을 찍어주었다. 의사가 딩딩에게 선물한 모바도 시계는 합금으로 된 골동품으로, 하루에 일고여덟 번씩 시간을 맞춰줘야 했다. 촬영 간사가 선물한 상하이 시계도 완전히 새 물건은 아니었다. 첫 번째 주인인 간사의 약혼녀가 바람을 피워 간사가 이를 악물고 돌려받은 시계였다.

의사는 중년에 가깝고 이혼한 뒤 육칠 년째 딸과 살고 있었다. 의사가 간사보다 나은 점은 키가 크고 마른 데다(딩딩은 뚱보를 싫어했다) 성격이 온화하고, 무엇보다 매일 여기저기 아픈 데가 많은 딩딩으로서는 아플 때마다 진찰 받을 수 있고 아프지 않아도 예방할 수 있어서 편리하다는 것이었다. 그뿐만 아니라 의사는 학식과 돈이 많아서 멀리 푸저우福州 고향에 재산도 많고 화교 친척도 많다고 했다. 촬영 간사가 의사보다 나은 점은 젊고 활발하며 항상 여러 부처 간부들 사진을 찍어주다 보니 윗선과 아랫선에서 환영 받아 본인이 간부로 발탁될 가능성이 높다는 거였다. 하지만 뚱뚱한 편에 안경을 써서 딩딩은 영 거슬려 했다.

이제 알겠는가? 남자를 선택할 때 딩딩은 우리 어떤 여군보다 성숙하고 세속적이었다. 그녀는 남자 본인의 능력을 보았지, 그 아버지의 능력을 보지 않았다. 부사령관, 부정치위원 아버지들은 세상을 움직일 능력을 가졌어도 아들들은 대부분 겉만 반지르르한 도련님이었다. 린딩딩의 성숙한 처세관은 호르몬의 불길을 꺼뜨릴 수 있을 만큼 냉정했다. 어쩌면 내 판단이 너무 독단적일 수도 있다. 린딩딩은 정말 천진무구해 남녀 사이의 일을 너무 늦게 알아서 의사와 간사의 체면을 살려주느라 동시에 쫓아다니도록 내버려뒀을 수도 있다. 또 허영심 없는 여자가 어디 있겠는가? 추종자와 보석은 많을수록 좋고 멋져 보이는 법이다.

심지어 허샤오만까지 쫓아다니는 사람이 있었다. 허샤오만은 육군병원으로 보내진 뒤 환자와 성공적으로 연애를 시작했다. 상대는 심각한 담결석으로 입원한 소대장이었다. 군관구에서 선진 과로 꼽히던 그 간담과는 한방약재로 담석을 빼내는 치료법을 발명해냈다.

허샤오만은 반년짜리 간호사 속성반을 수료한 뒤 간담과의 실습간호사가 되어 모든 의료진과 함께 모래에서 금을 일듯 환자들이 쏟아낸 배설물 속에서 담석을 찾았다. 그녀는 소대장을 전담해 소대장의 대소변 속에서 크고 작은 담석 이십여 개를 찾아냈다. 제일 큰 담석은 십 캐럿짜리 다이아몬드만 했다. 그걸 유리용기에 담았더니 갈색을 띤 옅은 분홍색이 차츰 은회색으로 바뀌었다. 자세히 보자 은회색에 미묘하게 가느다란 핏발이 섞여 있었다. 그 기이한 질감과 형용하기 어려운 색 및 형태 때문에 샤오만과 소대장은 상상의 나래를 펼친 게 아닐까……. 말조개가 체액과 고통으로 진주를 만들고, 거대한 산이 암류와 광물로 종유석을 배양하듯 십 캐럿의 담석도 체액과 고통을 자양분으로 다듬어진, 성장하고 탈바꿈하는 생명이라고 말이다.

두 사람은 유리용기 속 십 캐럿 크기의 담석을 응시하면서 생각했다. 이것이라고 왜 진주처럼 귀하지 않겠는가? 왜 유일성과 우연성을 가질 수 없겠는가? 왜 유일무이한 게 아니겠는가? 그것을 얻는 과정은 또 얼마나 힘들었는지, 수많은 시간과 수돗물을 소비하며 대소변에서 걸러냈으니 바다에 들어가 진주를 캐는 것 못지않았다. 오랫동안 쳐다보던 두 사람은 그 작은 돌이라고 왜 사랑의 증표가 될 수 없겠는가 생각했다.

소대장이 갑자기 입을 열었다. "허 간호사, 기념으로 받아줘요." 허샤오만은 놀라서 눈을 들었다. 나는 이미 그녀의 두 눈이 무척 근사하다고 언급했었다. 더군다나 하얀 간호사복에 하얀 모자와 커다란 마스크까지 착용해 그녀 눈동자 특유의 어두운 응집력이 완벽하게 돋보였다. 이어서 그녀가 마스크를 벗었을 때 눈동자의 응집력이 약화되었는지, 소대장이 순간 실망하거나 사기를 당했다고 느꼈는지 나로서는 확인할 수 없다. 소대장은 샤오만과 결혼한 이듬해 베트남전에서 전사했다. 무척이나 억울한 희생이었다. 불량 무기에 부상을 입고 철군 후 귀국하는 도중에 사망했다. 지금 돌아보니 샤오만과 소대장이 담석으로 사랑을 약속했던 그 순간, 소대장을 따르겠다는 감정이 허샤오만의 깊이를 알 수 없는 눈동자 속으로 가라앉았을 듯싶다. 그녀의 눈은 우리 정신 나간 군인판 재자가인들 속에서 매몰되었지만 수많은 중생 속에서 결국 아름다움을 되찾았다.

물론 이러한 장면 모두 내 상상이다. 유일한 근거는 나중에 허샤오만이 내게 보여준 담석 하나뿐이다. 허샤오만은 문예공작단에서 내쳐진 뒤 나와만 가끔씩 연락했다. 아마 우리 두 사람이 비슷비슷하게 비천하고 똑같이 처참한 과거를 겪었다고 생각해서였던 듯싶다. 그 과거는 '자존감, 자긍심' 같은 어휘를 빼면 어떤 표현을 써도 가능한 수준이었다. 허샤오만이 문예공작단을 떠난 뒤 우리는 그녀가 있던 육군병원에 순회공연을 갔었다. 그곳은 세 개 치료소로 구성된 야전병원이었고, 허샤오만은 제3소에서 근무했다. 제3소는 강당도 없고 전기도 불안정해 혹시라도 중간에 조명이 꺼질까 봐 저녁 6시에 공연을 시작했다. 공연장은 노천 농구장이었다. 경기장이 무대가 되고 사방의 높은 관람대가 관중석이 되었다.

쓰촨과 윈난雲南 경계의 산악지구는 여름 해가 길고 황혼도 길었다. 저녁 7시가 되어서도 산 뒤쪽으로 석양이 남아 무대에 조명을 비춰주었다. 허샤오만은 공연을 보러 오지 않았다. 나중에 들으니 교대를 자원해 병상을 지켰다고 했다. 공연 중 우리는 거의 모든 여성 의사와 간호사가 이상한 것을 발견했다. 우선 전부들 맨 뒷줄에 앉아

무대를 굽어보는 형상이어서, 낯간지러울 정도로 서정적인 우리 춤을 감상하는 게 아니라 콜로세움의 격투나 삼류 곡예단의 곡예를 구경하는 듯했다. 그러다 보니 보는 둥 마는 둥했으며 모두들 책이나 잡지를 들고 있다가 우리 '곡예'가 별 볼 일 없으면 책을 들어 올렸다. 그러면 제일 높은 관중석에서는 하얗고 수려한 얼굴이 사라지고 책만 남았다. 마치 허샤오만의 동료라서 우리들이 샤오만을 괴롭힌 사실을 알고 일부러 그렇게 무례하고 오만하게 샤오만 대신 화를 내고 복수하는 듯했다.

아, 내가 너무 멀리 갔다. 아직 정식으로 허샤오만이 등장할 때가 되지 않았다.

린딩딩의 이야기로 돌아가자. 딩딩은 늘 그렇듯 두 추종자 사이, 두 시계 사이를 질서 있고 바쁘게 오갔다. 그때의 연애는 호흡이 꽤 길었다. 한입에 꿀꺽 삼켰다가는 너무 기름져 후회할 수 있기 때문에 천천히 음미하며 즐겨야 하는 아주 맛있는 음식 같았다. 피부 곳곳이 전부 성감대라 할 수 있었다. 머리카락이나 솜털 끝마저도 모두 절정에 이를 수 있었다. 덜덜 떨리고 땀까지 밴 두 손을 맞잡은 순간부터 피부와 피부를 조금의 틈새도 없이 밀착해 문지를 때까지는 종종 몇 년의 시간이 걸리기도 했다. 1977년 9월 말까지 류펑과 린딩딩 두 사람의 몸과 사지, 피부는 서로 완전히 생소했다. 하지만 결국에는 그날이 왔다. 류펑이 린딩딩의 방으로 찾아가 문을 두드렸다. 누군가 안에서 "들어와요!"라고 소리쳤다. 하오수원이었다. 그 소리를 들었을 때 류펑은 그대로 돌아서서 달아날 뻔했다. 미리 알아본 바로는 방에 한 사람, 린딩딩만 있어야 했기 때문이다.

저녁식사 후 류평은 내게 다음날 청년단 지부 회의 때 써야 하니 기관기밀실에서 문서를 가져오라고(의도적으로) 시켰다. 곧이어 그는 군용 지프차가 쏜살같이 달려가는 것도 직접 보았다. 지프차의 주인은 하오수원의 '사촌동생'이었다. 여군들의 사촌동생이나 사촌오빠라는 호칭을 들으면 남군들은 슬그머니 비웃었다. 보통 '사촌동생'이 오면 하오수원은 지프걸이 되어 드라이브를 나갔다. 류평이 달아날지 말지 주저하고 있을 때 초등학교 뒷담을 마주한 창문 유리까지 덜컹 흔들릴 정도로 문이 안쪽에서 거세게 열렸다. 하오수원은 '사촌동생'한테 화가 나서 지프차를 날려버릴 기세로 문을 힘껏 당겼다. 내 추측으로는 그녀가 직전에 '사촌동생'한테 성질을 부려 '사촌동생'이 울컥한 나머지 가버렸던 듯싶다. 그런 찰나에 누군가 문을 두드리자 그녀는 '사촌동생'이 평소처럼 용서를 빌러 되돌아왔다고 생각해 성질을 부렸던 것이다. 하지만 찾아온 사람은 류평이었다. 하오수원은 류평이 찾는 사람이 자기가 아니라는 것도 알아서 류평 옆으로 까만 구두를 끌면서 나가 버렸다.

하오수원은 여자무용수 2분대 대장으로 승진하자마자 일 년마다 숙사를 바꾸는 규정을 없애 버렸다. 기존 동료와 함께 지내면 괜히 신경 쓸 일이 줄고 동료들이 알거나 눈치챈 비밀을 같은 방에 남겨둘 수 있다는 이유였다. 린딩딩의 시계에 관한 비밀은 우리의 추측이었지만 비밀은 언제나 우리 문 안에만 있을 뿐, 문 밖으로 벗어난 적이 없었다. 하오수원의 비밀도 우리는 추측하고 있었다. '사촌동생'이 길에서 만난 남자라는 거였다. '사촌동생'이 지프를 몰고 가다가 자전거를 탄 '사촌누나'와 속도를 맞추자 차창 안팎의 두 사람이 '사촌지간'으로 바뀌었다. '사촌동생'은 건달 같은 호기와 넓고도 평평한 어깨, 가늘고 긴 다리를 가졌고 군모 아래로 최소 6센티미터나 머리카락을 길렀다. 군장 옷깃에는 까만 실로 지그재그 무늬를 정교하게 수놓았으며 웃을 때면 입이 살짝 비틀렸다. 누군가 어느 부대냐고 물으면 그는 그렇게 비뚜름한 웃음을 지으며 티베트부대라 대답하고, 그런데 어떻게 계속 청두에 있느냐고 또 물으면 역시 비뚜름한 웃음을 지으며 부대의 청두사무소에 나와 있다고 대답했다. '사촌동생'은 총병참부 무기공장 공장장의 아들이었고, 공장장 아버지의 부하가 폐부품과 예비품으로 최상의 지프차를 만들어주었다. 그는 지프를 몰며 온 거리를 돌아다니다가 예쁜 여군을 보면 속도를 줄였고 그런 식으로 여러 차례 하오수원을 쫓아왔다.

'사촌동생'을 대하는 하오수원의 태도는 애매했다. 정식으로 연애를 하려고도, 헤어지려고도 하지 않았다. 그때는 저녁이 자유로웠다. 그랬다. 1977년 우리는 자주 저녁마다 '자유'를 즐겼다. 영화관이 문을 열자 새 영화와 옛날 영화 모두 매진되었다. 선택의 여지가 없어서 우리 공연을 보던, 여덟 번을 봐서 우리에게 대사를 알려줄 정도로 익숙해도 우리 공연을 보지 않으면 딱히 할 일이 없었던 상황이 사라졌다. 사람들이 공연을 보지 않자 우리의 밤도 어떻게 보내야 할지 모를 정도로 길어졌다. 건달 군인 '사촌동생'은 우리의 인기 배우 하오수원의 상황을 꿰뚫고는 "아직도 자기를 대단하다고 생각하지. 공짜표 한 장이면 볼 수 있는데! 하여튼 뭐든 보고 싶은 대로 보고 생각하고 싶은 대로 생각한다니까"라고 말했다. 전통 지방희곡 및 연극단이 새로운 프로그램을 상영하고 루마니아 민간가무단이 온 뒤 일본 발레단이 〈지젤〉과 〈백조의 호수〉를 올리자 청두 사람들은 갑자기 자신들이 무기를 든 우리 '여군', '여자 민병'을 정말 너무 오래, 충분히 봤다는 사실을 깨달았다. 그러면서 우리 공연을 찾는 수요가 점점 줄어들었다. 그게 우리에게 수많은 자유의 밤이 주어진 이유였다.

류평이 문을 열고 들어가자 린딩딩은 탁자에 엎드린 채 비누갑만 한 라디오에서 흘러나오는 자기 노래에 완전히 몰입해 있었다. 그런 몰입은 그녀만의 요새가 되어 류평과 하오수원을 바깥에 격리시켰다. 류평은 그녀의 요새를 어떻게 공략해야 할지 몰라 허둥대다가 도움을 청하듯 옆쪽의 비어 있는 침대를 쳐다보았다. 그러고는 곧장 핑계를 찾아내 물었다. "샤오쑤이쯔는?"

딩딩이 고개를 돌리는 순간 이어폰이 바닥으로 떨어졌다. 류평은 그녀 대신 얼른 집어서 몸을 일으켰는데 갑자기 목덜미가 차가워졌다. 물방울이 그의 하얀 데이크론 셔츠 옷깃을 따라 들어온 거였다. 딩딩은 벽처럼 두꺼운 자신만의 몰입에서 불현듯 빠져나왔기 때문에 아직도 멍한 표정에 눈동자도 살짝 풀린 상태였다. 자기 노래에 완전히 몰입했던 것처럼 자기 의지와 상관없이 상대에게 전혀 집중할 수 없었다. 류평은 그 순간 심리작용과 호르몬의 영향으로 온몸이 나른해지고 동작도 어설퍼졌다. 그는 이어폰을 딩딩에게 건넨 뒤 손으로 목덜미의 물을 닦는 동시에 어리둥절해하며, 비가 샐 리 없는데, 하고 생각했다. 고개를 들자 물방울이 빨랫줄에 걸린 고무생리대에서 떨어지고 있었다. 그때쯤에는 여군들 얼굴도 상당히 두꺼워졌다. 예전에는 부끄러워서 생리대는커녕 브래지어도 드러내 말리지 못하고 항상 위에 수건을 덮었다. 류평은 생리대를 보면서, 딩딩은 생리대를 보는 류평의 괴상한 표정을 보면서 약속이라도 한 듯 동시에 예전의 발차기를 떠올렸다. 딩딩이 얼른 말했다. "내 것 아니야!"

얼마나 바보 같은 말인가. 일단 바보 같은 말이 나오자 바보 같은 일이 이어졌다. 류펑이 웃었다. 좀 크게 웃는 바람에 드러내면 안 되는 잇몸까지 드러냈다. 그러자 내가 처음에 느꼈던 그 살짝 뻔뻔한 느낌이 표정에 떠올랐다. 딩딩은 류펑이 평소의 류펑과 다르다고 느꼈지만 그에게 별 관심이 없었기 때문에 깊이 신경 쓰지는 않았다. "샤오쑤이쯔 없는데요." 그녀는 그 분명한 현실을 전달했다.

딩딩이 그날 밤 류펑을 이상하다고 느낀 까닭은 류펑의 데이크론 셔츠 때문이었다. 새 셔츠는 눈처럼 하얗고 살짝 투명해서 파란색 러닝셔츠와 가슴 근육이 어렴풋이 비쳤다. 그 대단한 셔츠는 무엇 때문인지 기층 군관들에게 엄청난 인기가 있었다. 사령부와 정치부의 참모나 간사라면 전부 하나씩 장만해 주말만 되면 군복을 벗고 그 똑같은 평상복을 입었다. 사실 류펑은 군복 셔츠를 입을 때 멋졌다. 특히 황록색 셔츠를 허리띠로 졸라매면 흔들리지 않는 원칙과 일반인과 달리 시대 흐름에 구애받지 않는 군인의 대범함, 스스로에게 무심한 남자다움 등이 느껴져 그의 평범한 외모를 상쇄시켰다. 반면 육 개월의 급료를 쏟아 부은 그 차림은 지나치게 신경 쓴 듯 보이는 데다 거칠고 촌스러워 보였다. 류펑을 그의 고향, 예전의 전통극단으로 후퇴시켜 공중제비의 피땀 묻은 돈으로 자기만 대도시 유행이라고 여기는 옷을 사 입은 듯했다.

류펑은 샤오쑤이쯔에게 구경시켜줄 게 있어서 왔노라고 말했다.

"구경이라니, 뭘요?"

"소파."

"어디에서 소파를 구경해요?"

"예전에 샤오쑤이쯔가 취사반 마 반장에게 주려고 소파 만드는 걸 보고는 결혼식 전까지 완성할 수 있다는 말을 못 믿겠다기에 내기를 했거든. 이제 누가 이겼는지 와서 보라고 부르러 왔지."

그때 나는 기밀실에서 문서를 챙겨 돌아오는 길이라 그의 거짓말이 드러나기까지는 오 분 거리밖에 남지 않았었다. 하지만 소파는 갑자기 린딩딩의 흥미를 자극했다.

"소파도 만들 줄 알아요?" 딩딩의 눈이 빛났다. 상하이를 떠난 뒤 그녀는 부사령관 집에서밖에 소파를 보지 못했다. "왜 나한테는 구경시켜주지 않아요?"

린딩딩은 애교에 능했다. 그때 그녀는 류펑에게 애교를 부렸다. 류펑은 자신이 딩딩의 애교를 받을 자격이 있다고 한 번도 생각해보지 않아서 어색하고 부끄러워하면서 정말 구경하고 싶은지 물었다. 딩딩은 곧바로 거의 다 뜬 탁자보를 침대에서 집어 들고는 따라나섰다. 같은 군영이어도 여군의 허름한 숙소에는 개인 장식품이 꽤 많았다. 탁자보는 침대 밑에 있는 딩딩의 범포상자 두 개를 덮을 용도였고, 비누갑만 한 라디오는 이미 전용 손뜨개 주머니가 있었다.

린딩딩은 류펑을 따라 캄캄한 마당을 가로질렀다. 한창 배구장을 짓고 있어서 걸음을 옮기기 쉽지 않았다. 집단생활을 하는 사람들은 소속 진영별로 좋아하는 것이 달랐는데, 그 진영은 배구에 빠져서 너도 나도 자원해 배구장을 짓고 있었다. 무대미술창고는 미래의 배구장 건너에 있었다. 류펑이 안으로 들어가 불을 켜자 딩딩이 바닥에 널린 담배꽁초를 보고 소리쳤다. "세상에, 담배라니!"

여자가 남자의 흡연 같은 일에 관여한다는 것은 남이라고 생각하지 않는다는 뜻이었다. 그것이 딩딩이 류펑을 오해로 몰고 간 중요한 발단이 되었다.

류펑은 얼른 자기가 아니라 취사반장 마차오췬馬超群이 피운 거라고 해명했다. 마 반장은 자기 소파가 조금씩 완성돼 가는 재미에 빠지더니 줄담배까지 덩달아 피워댔다. 그때 류펑이 덮어두었던 범포를 엄숙하게 걷어냈다. 린딩딩의 눈앞에 흑녹색과 갈색의 체크무늬 소파 한 쌍이 모습을 드러냈다. 크고 단단했다. 그녀가 부사령관 집에서 앉아보았던 소파처럼 크고 튼튼할 뿐만 아니라 조금 더 멋졌다. 딩딩의 천진무구함이 그때 백퍼센트 터졌다. 그녀는 휙 하며 높이 뛰어올라 몸을 소파로 던져 넣었다. 놀랍게도 소파는 간부들 집의 소파처럼 그녀를 튕겨주었다. 그녀는 진심으로 "류펑, 정말 대단해요!"라고 소리쳤다. 몇 년 전 류펑이 전병을 만들어주었을 때도 딩딩은 그렇게 진심 어린 칭찬을 했다. 우리 쓰촨성 경제가 좋아져 양식당이 다시 문을 열고 식품점에서 표 없이 떡을 사먹게 될 때까지 린딩딩은 류펑의 전병을 질리도록 먹었다.

알아챘겠지만, 류펑은 린딩딩을 상대적으로 막힌 두 사람의 공간까지 끌어들이는 데 성공했다. 작업장도 겸하는 무대미술창고는 숙사에서 백여 미터 떨어졌고 가장 가까운 소연습실에서도 팔구십 미터 떨어져 있었다. 너무 시끄러울까 봐 처음부터 그렇게 멀리에 지었다. 무대장치나 도구를 만들 때 망치나 전기톱을 썼기 때문에 누구도 근처에 있고 싶어 하지 않았다. 일단 그곳에 들어가 문을 닫으면 린딩딩이 아무리 도와달라고 외쳐도 듣기 힘들었다.

딩딩이 옆쪽 소파를 가리키며 왜 앉지 않느냐고 물었다. 류펑은 그 소파를 먼저 만들다 보니 천을 충분히 잡아당기지 못했다고 한 뒤 두 번째 소파를 만들면서 요령이 생겨서 지금 해체해 다시 잡아당길 생각이라고 대답했다. 딩딩은 소파 한 쌍의 제작비가 삼십여 위안에 불과하다는 말을 듣자 수지맞는 거래에 대한 상하이 사람 특유의 감동에 사로잡혀 다시 한 번 그 귀에 착착 감기는 말을 내뱉었다. “류평, 정말 대단해요!”

류평은 살짝 들떠서 떠보듯이 웃으며 말했다. “나중에 딩딩에게도 더 좋은, 훨씬 좋은 소파를 만들어줄게. 처음이 낯설지 두 번째부터는 익숙해지니까.” 딩딩은 정말 그런 상황이라면 모바도와 상하이 시계 중 하나를 선택해 촬영 간사나 내과 의사에게 시집갈 테니 저렴하면서 좋은 소파를 가지는 것도 나쁘지 않겠다고 생각했다. 당시에는 소파가 사회계층을 어느 정도 대변했음을 알아주기 바란다. 딩딩은 호호 웃으면서 “정말이죠? 약속했어요”라고 대꾸했다. 딩딩은 다른 아가씨들처럼 남자들과 잘 지내며 상대가 싫지만 않으면 살짝 시시덕거려도 아무 문제가 없을 거라고 여겼다. 하지만 그때 류평과 함께 있을 때는 문제가 되었다.

류평이 말했다. “앞으로 네가 원하는 것은 무엇이든 만들어줄게.”

나는 그때 딩딩이 이미 위험을 느꼈는지 아닌지는 알지 못한다. 류평은 그 말을 사랑의 맹세 대신 했지만 딩딩이 그 의미를 얼마나 알아챘는지는 몰랐다. 어쩌면 순간적으로 딩딩은 손재주가 뛰어나고 똑똑하면서 부지런한 남자와 함께하면 수지맞는 일이 매일 생길 텐데 하고 혼란스러워했을 수도 있다. 류평 같은 사람과 결혼하는 것 자체가 수지맞는 일일지도 몰랐다. 어쨌든 그 막힌 공간에서 딩딩의 체류가 류평의 열정에 불을 지폈음을 언급하지 않을 수 없다. 이어서 류평은 딩딩에게 비밀을 하나 털어놓았다. 그녀의 정식 입당이 확정돼 다음 주말에 발표된다는 거였다. 류평은 딩딩이 놀라고 좋아할 줄 알았다. 하지만 딩딩은 살짝 웃으며 "통과할 줄 알았어요"라고 말했을 뿐이었다.

딩딩의 반응에 류펑은 깜짝 놀랐다. 사실 조직 내 린딩딩의 입당 예비심사는 그녀가 생각하는 것처럼 순조롭지 않았다. 당시 우리들은 업무실적이 우수하다고 정치 진보 점수를 더 받는 게 아니었고 심지어 깎일 때도 많았다. 본분과는 상관없어서 군무 때 몰래 빠지거나 합창 때 머릿수만 채워도 입당에 아무 영향을 미치지 않았다. 본분 이외의 일에 매진해야 했다. 마당을 쓸고 돼지를 돌보고 변소를 치우거나 '몰래' 남의 옷을 빤다든가, 남의 어려운 고향집에 '몰래' 돈을 부치는 등 본분 이외의 일을 충분히 해야만 걱정이 없었다. 그러면 저절로 조직의 눈에 띄고 그 시선에 차츰 가까워지다가 결국 엄청난 관심 속에서 인정받는 식이었다.

딩딩이 조직의 눈에 든 것은 독특한 음색이나 노래에 대한 스스로의 믿음 때문에 매일 성악수업을 들으며 부단히 노래실력을 키워서가 아니라 태생적으로 약해서였다. 그녀는 아무것도 하지 않아도 이미 '경미한 부상으로는 전선에서 물러나지 않는다'는 인정을 받았다. 그녀는 위통 아니면 알레르기, 그것도 아니면 이유 없는 미열을 앓았고 다리도 대단해 걷기만 하면 온통 피물집이 잡혔다. 우리는 급행군이나 야간 행군으로 천리를 걸어도 발바닥이 반질반질 끄떡없는데 그녀는 한쪽 발에만 십여 개의 피물집이 생겼다. 나는 여군들이 행군 뒤 신발을 벗을 때 실망하면서, 어쩌면 발바닥이 이다지도 변변치 못한지, 린딩딩보다 적게 걷지도 않았으면서 물집은 하나도 잡히지 않다니! 하던 광경을 잊을 수가 없다.

위생병은 모두가 지켜보는 가운데 린딩딩의 무릎까지 안고 핏물이 줄줄 흘러내리도록 발바닥의 물집을 바늘로 하나씩 터트렸다. 고름을 빼내기 위해 십여 개의 피물집에 머리카락을 감아놓으면 인간 선인장이 따로 없었다. 그때마다 딩딩은 부드러운 손을 내저으며 "보지 마요, 보지 마세요!"라고 말했다. 하지만 사람들, 특히 남자들은 떠나지 않고 둘러싼 채 자기도 모르게 숨을 크게 들이켰다. 마치 딩딩이 이미 국부적인 희생으로 국부적인 열사가 된 듯, 국부적인 딩딩을 추도하는 듯했다.

나중에 우리는 딩딩의 입당 심사기간 동안 류펑이 했던 몇 가지 작업에 대해 들었다. 어떤 당원이 그녀가 지나치게 개인적 성공을 추구한다고 말하자 류펑은 대학에서 학생 모집을 시작했고 석사나 박사에 응시하는 사람도 있다, 이념만 투철할 뿐 전문성이 떨어지는 사람은 나중에 살아남을 수 없을 텐데 당은 설마 실력 있는 사람이 필요 없다는 뜻이냐고 반박했다.

문과 창문이 모두 닫힌 무대미술창고에서 류펑은 딩딩이 입당하게 된 뒤에야 마음을 놓았노라고 말했다. 딩딩이 이상하다는 표정으로 류펑을 보았다. 무슨 마음을 놓지? '마음을 놓았다'는 게 어떤 의미일까?

"계속 기다렸어. 네가 입당한 뒤에 말하려고. 네 진보에 영향을 줄까 걱정됐거든."

류펑이 솔직한 심정을 털어놓을 때 레이펑과 닮은 두 눈이 촉촉해졌다. 그의 눈물은 몇 년 동안의 기다림이 떠올라서였다. 얼마나 힘든 기다림이었는지 그 자신만이 알았다. 류펑은 이미 충분히 고백했다고 생각했지만 딩딩은 어리둥절해하며 물었다. "저를요? 저를 왜 기다려요?"

"우리가 지금처럼 되기를 기다렸지."

"지금이 어떤데요?" 딩딩이 얼굴을 찡그렸다.

류펑은 그 순간 딩딩이 귀여워 죽을 지경이었다. 이토록 순진하고 무구하다니, 요즘 말로 '짱' 귀여웠다.

"샤오린, 널 계속 좋아하고 있었어."

샤오린은 류펑이 딩딩을 부르는 호칭이었다. 젊은 당 간부가 군중과 대화할 때는 혁명대오에 걸맞은 호칭을 사용해야 했다.

린딩딩은 그 말을 들었을 때만 해도 아직 희망을 품고 있었다. 그녀를 좋아하는 사람은 남녀를 불문하고 무척 많았다. 군관구 매점에서 치약을 사다가 우연히 마주치는 중고생들도 그녀를 좋아한다고, 그녀 노래를 좋아한다고 말했다.

류펑의 잘못된 행보는 커다란 소파 손잡이에 앉은 것으로 시작됐다. 그것은 팔을 뻗어 샤오린을 안으려는 다음 수순을 위한 준비였다. 하지만 류펑이 앉는 순간 딩딩이 벌떡 일어나더니 겁에 질린 표정으로 그를 보았다. "뭘 하려는 거죠?"

순간 류펑은 혼란에 빠졌다. 그도 따라 일어나서는 한 걸음 바짝 다가가 딩딩을 품으로 끌어당겼다.

딩딩의 몸부림은 경미했다. 남자들은 좋은 여자란 이럴 때 잠시 싫은 척한다고 착각하는 경향이 있었다.

그때 류펑은 잘못된 말을 했다. "줄곧 사랑하고 있었어." 이어서는 우물거렸지만 딩딩은 대충 알아들을 수 있었다. 오랫동안 기다려왔다, 그녀가 승진하고 입당하길 기다려왔다는 의미였다.

린딩딩은 갑자기 맹렬하게 몸부림치며 으앙 울음을 터트렸다. 예전에 발차기를 하다 생리대가 튀어나갔을 때의 통곡은 명확한 대상이 없어 누가 그녀의 멀쩡한 순결을 짓밟았는지 몰랐지만, 이번에는 대상이 확실했다. 류펑은 엉엉 우는 여자를 안은 채 완전히 혼란에 빠져 지금 무슨 일이 일어나는지, 사건의 성격이 어떤지 알지 못했다. 그 지저분한 손수건을 꺼낼 생각조차 못한 채 손바닥으로 딩딩의 눈물을 닦아주려 했다. 나중에 딩딩이 우리에게 말해준 바에 따르면 내 상상력은 감히 비교도 되지 않을 만큼 우스꽝스러운 장면이 연출됐다! 류펑은 한 손으로는 달아날까 봐 린딩딩을 꽉 끌어안고 다른 손으로는 사랑하는 샤오린의 눈물을 그렇게 마구잡이로 닦아주었다. 눈물을 닦아주면서 역시 상하이 여자구나, 이 촉감이란! 부드럽기가 금방 껍질을 벗긴 삶은 오리알 같아, 흰자가 아직 단단히 익지 않은…… 하고 은근히 감탄했다. 얼굴이 이렇게 예쁘니 다른 부위도 대단하겠지? 손이 얼굴에서 솜털이 보송보송한 그녀 뒷목으로 옮겨가고……. 전부 여름 탓이었다. 옷이 얇아서 류펑의 손이 딩딩의 블라우스 아래에서 공략할 수 있었다.

류펑이 계속 잘못된 말을 했다. "샤오린, 진심이야. 사랑해……."

갑자기 린딩딩이 큰 소리로 외쳤다. "사람 살려!"

류펑은 몽둥이로 얻어맞은 사람처럼 순간적인 쇼크에 빠졌다. 딩딩은 그 틈에 무대미술창고에서 빠져나갔다. 달려가면서 계속 울었다. 그런데 이어서 또 황당한 상황이 벌어졌다. 뛰쳐나온 딩딩이 느닷없이 되돌아가서는 류펑 대신 닫으려는 듯 발로 문을 잡아당겼다. 두어 번을 시도해도 닫을 수 없자 안에서 "상관 말고 가"라는 말이 들려왔다. 숨이 끊어져가는 생명처럼 잠기고 힘없는 목소리였다.

나중에 우리는 왜 발로 문을 닫았느냐고 딩딩에게 물어보았다. 그녀는 손을 쓸 수 없었다고 대답했다. 손을 쓰면 류펑을 봐야 하는

데 다시는 그를 보고 싶지 않았다고 말했다. 하지만 왜 문을 닫으러 간단 말인가? 달아나면 끝날 일을? 그녀는 애매하게 눈을 뜨며 고개를 젓고 또 저었다. 나는 그녀가 놀라서 이성을 잃은 나머지 그 경악과 경악을 초래한 사람을 문 안에 영원히 가두려 했던 게 아닐까 싶었다. 그녀가 기어코 발로 문을 닫았을 때 왕 선생님의 아들이 뛰어왔다. 그는 딩딩의 살려달라는 소리를 어렴풋이 들은 유일한 사람이었다.

열여섯 살의 소년은 악대 피아노 선생님에게 교습을 받은 뒤 미래의 배구장을 걸어가고 있었다. 소년은 누나가 없어서 아버지의 애제자인 린딩딩을 친누나처럼 생각했다. 배구장에서부터 살려달라는 소리를 듣고 따라 왔다가 무대미술창고에서 울면서 나오는 딩딩과 마주쳤다. 누나에게 무슨 일이냐고 묻자 딩딩은 풋내기 소년에게 뭐라 설명할 수 없어서 눈물만 쏟았다. 소년은 딩딩이 홍루의 복도 입구로 사라질 때까지 지켜본 뒤 자기 힘으로 의문을 풀리라 결심하며 몸을 돌렸다. 곧장 유일하게 불이 켜진 창고 입구로 가서 살짝 닫힌 문을 밀었더니 류펑이 소파 천을 해체하고 있었다. 보아하니 류펑 때문에 딩딩이 살려달라고 외쳤을 것 같지는 않았다. 그는 한층 커진 의문을 안고 집으로 돌아가 아버지에게 "누나가 울었어요!"라고 말했다.

왕 선생님에게 린딩딩의 눈물은 일상적인 일이었다. 무대에서 음 하나만 틀려도, 가사 한 소절만 잊어 버려도 그녀는 선생님 앞에서 통곡했다. 그런데 사모님은 아들 얼굴에 의문이 가득한 게 아무래도 이상해 딩딩이 왜 울었느냐고 물었다.

아들은 모르겠지만 "사람 살려!"라는 외침을 들은 듯하다고 대답했다.

딩딩이 숙소로 돌아왔을 때 나와 하오수원은 씻으러 가고 없었다. 돌아와 보니 이미 불이 꺼져서 우리는 어둠을 헤치며 젖은 몸을 대자리에 눕히다가 그녀의 호흡이 이상하다는 것을 알아차렸다. 내가 불을 켜자 강간당할 뻔한 린딩딩의 모습이 드러났다. 하오수원도 사태의 심각성을 눈치채고 어쩌다 이 모양이 되었느냐고 물었다.

딩딩은 머리를 자기 침대에 박은 채 큰 소리로 울기 시작했다.

옆방과 맞은편 방 사람들이 울음소리에 잠을 깼다. 우리 방문을 거칠게 두드리는 사람도 점점 많아졌다. “린딩딩, 한밤중에 뭐하는 거야?” 우리는 불을 끄는 수밖에 없었다. 1977년 여름 우리 군영의 소등나팔은 다른 모든 나팔소리와 마찬가지로 거의 진지하게 받아들여지지 않았다.

딩딩은 타월이불로 머리를 감쌌다. 울음소리가 작아졌지만 바닥 전체가 그녀의 흐느낌을 따라 덜덜 떨렸다. 삼십 분쯤 뒤에야 그녀는 이불에서 빠져나왔다. 하오수원이 자기의 개인 스탠드를 켜자 딩딩의 엉망진창 모습이 드러났다. 눈물로 얼굴이 그렇게 못생겨질 수 있다니! 스무 번도 넘게 물은 뒤에야 딩딩이 마침내 입을 열었다. “…… 어떻게 감히! …….”

우리는 뭐가 감히냐고 물었다.

딩딩이 말했다. “그가 어떻게 감히! …….”

우리는 그가 누구냐고 물었다.

“그가 어떻게 감히 나를 사랑해!”

다시 몇 번을 묻자 딩딩이 드디어 ‘그’가 누군지 밝혔다. 나와 하오수원은 진즉부터 류펑이 그녀를 사랑한다고 의심하고 있었다. 그

많은 전병이 충분한 증거가 아니겠는가? 류평의 이름을 듣자마자 우리는 깔깔거리며 웃었다. "언니 너무 인색하네. 의사와 간사를 용인한다면 어떤 남자의 사랑이든 용납해야지! 왜 레이유펑만 사랑할 수 없어? 진짜 레이펑이 살아있어도 설마 홀아비로 살았겠어? 언니나 다른 사람들에게만 좋은 일을 하고 자신한테 좋은 일을 하면 안 된다는 뜻이야? 그의 사랑을 받는 여자는 누구든 그를 위해 좋은 일을 해야 돼!" 딩딩의 대꾸에 우리는 한층 혼란스러워졌다. 딩딩은 류평이 어떻게 자신을 사랑할 수 있냐면서 레이유펑은 그런 더러운 생각을 하면 안 된다고 했다. 하오수원이 침대에서 뛰어내리더니 딩딩의 침대 앞에 똑바로 서서 허리를 짚고는 딩딩의 얼굴을 내려다보았다.

하오수원이 말했다. "뭐가 더러워?"

"……."

린딩딩은 대꾸하지 못했다.

하오수원이 다그쳤다. "간사와 참모는 사랑해도 류평은 사랑할 수 없다는 말이야?"

린딩딩이 웅얼거렸다. "그는…… 사랑할 수 없어."

"왜?"

린딩딩은 계속 대답하지 못했다.

한참이 지난 뒤 나는 그녀의 표정과 눈빛의 의미를 해석해보았다. 치욕스럽고 억울해……. 아니, 일종의 환멸이라고 해야 맞을 거야. 계속 성인이라고 생각해왔던 사람이 줄곧 너를 염두에 두고 있었다고 해 봐! 모든 남자처럼 그런 것을 염두에 두었다고! 가령 예수님이 너를 염두에 둔다거나 진짜 레이펑이 오랫동안 너를 염두에 두었다면, 모든 남자처럼 네 몸을 기웃댄 거라면 두렵지 않겠어? 역겹지 않겠어? 그는 언제나 좋은 일을 하고 미덕을 베풀어서 전혀 인간처럼 느껴지지 않았다고. 그런데 갑자기 아주 오랫동안 염두에 두었다고 말하는 거야, 그 동안은 계속 성공하지 못했지만 이제는 성공한 셈이고! 1977년의 여름밤에는 딩딩 눈동자의 그 복잡하고 혼란스러운 감정을 읽어낼 수 없었지만 지금은 내 해석이 기본적으로 맞는다고 생각한다. 그녀는 경악과 환멸, 역겨움, 배신감에 휩싸였다.

딩딩의 침대 앞에 똑바로 선 채 하오수원은 류펑 대신 씩씩거리다가 갑자기 위협적인 어투로 나지막하게 물었다. "류펑이 어때서? 뭐가 언니보다 부족한데?"

"부족하고 말고의 문제가 아니야……." 딩딩이 말했다. "이건 완전히 잘못됐다고!" 딩딩의 상하이 어투가 섞인 베이징 말은 무척 흥미로웠다. 어떻게든 자신을 변호할 생각이 아니었다면 그렇게 베이징 말이 튀어나오지 않았을 것이다.

나도 완전히 잘못됐다는 생각이 들었다. 그건 오랜 시간이 흐르면서 거대하게 변해 버린 오해였다. 딩딩은 무슨 오해인지 제대로 설명할 수 없었다. 나도 어렴풋이 느끼기만 할 뿐 말로는 정리할 수 없었다. 예전에 내 사상이 불순하다고 인식한 사람들은 그에 대해 끊임없이 수군거렸는데 사상에 문제가 있는 사람은 복잡하고 민감한 법이다. 그래서 나는 린딩딩의 억울함과 환멸을 느낄 수 있었다.

"불구도 아니고 장님도 아니고 키가 좀 작을 뿐, 못생기지도 않았잖아."

"못생겼다고 말하지 않았어!"

"그럼 대체 뭐가 싫은데?"

딩딩이 낮게 중얼거렸다. "아무것도 안 싫어. 내가 싫어할 수 있어? 내가 감히 레이유펑을 싫어할 수 있냐고?" 말하면서 또 흐느끼기 시작했다. 이번에는 우리 같은 사람을 납득시킬 가망이 없다고 생각해서인지 정말로 슬퍼보였다.

"내가 보기에는 류펑이 내과의사보다 낫다고! 내과의사가 뭐가 좋아? 애가 둘이나 딸렸는데……."

"하나거든!" 딩딩이 반박했다.

"애가 하나라도 계모가 되는 건 마찬가지야! 스물다섯 살에 계모가 되면 퍽이나 행복하겠다. 촬영 간사도 나을 게 없어. 능글거리는 꼬락서니가 내가 보기에는 딱 바람둥이야. 결혼하면 몇 년 안 돼서 다른 여자를 기웃거릴 거라고! 류펑이 그들보다 훨씬 낫지! 얼마나 좋아? 대체 뭐 나쁜 점을 찾아낼 수 있느냐고!"

딩딩이 대꾸했다. "그렇게 좋으면 네가 시집가!"

하오수원의 얼굴에도 징그럽다는 표정이 떠올랐다. 그리고 자신의 감정에 깜짝 놀랐다. 레이유펑이 아무리 훌륭해도 그와의 입맞춤은 받아들이기 힘들었다. 레이유펑도 징그럽고 그녀 자신도 징그럽게 느껴졌다.

딩딩이 또 말했다. "왜 샤오쑤이쯔에게는 류펑하고 잘해보라고 권하지 않아?"

나는 능청맞게 대꾸했다. "내 영웅을 망가뜨릴 수는 없지. 샤오쑤이쯔 같은 사람은 사상에 문제가 있다고 조직에서 벌써부터 지적했잖아?"

이상하게도 나 역시 류펑과 그쪽으로 엮이면 거부감이 들었다. 시간이 한참 흐르면서 결혼과 이혼을 겪은 뒤에야 우리는 젊은 시절

그 여름밤에 대해 대충 이해할 수 있었다. 지금의 내 추론은 다음과 같다.

류평에게 프로이트 이론 속 '초자아'Super-ego가 있다면 류평의 인격은 초자아를 향해 한 걸음 진화할 때마다 정상적인 인격, 즉 프로이트 이론 속 '본능'Id과 '자아'Ego의 혼합체에서 벗어나게 된다. 뒤집어 말한다면 완벽한 인격인 '초자아'에 가까워질수록 '자아'와 '본능'에서 멀어진다는 뜻이며, 이 완벽한 인격이 완벽해질수록 음흉한 속내를 가진 인성이 적어진다고 말할 수도 있다. 다만 사람이 사람다운 이유는 남들이 싫어하거나 좋아하거나 얕보거나 불쌍히 여기는 인성을 가졌기 때문이다. 인성이란 예측할 수 없고 믿을 수 없고 변화무쌍한 데다 잘못도 많고 원초적인 육욕을 갖고 있어서 매력적이다. 인성을 비린내 나는 육류라고 한다면 '초자아'는 담백한 채소와 같다. 그런데 린딩딩이나 나 샤오쑤이쯔처럼 고기 없는 식사는 식사로도 취급하지 않는 부류가 상대라면 어떻게 되겠는가? 하오수원이 건달 같은 '사촌동생'과는 어울려도 류평한테 집적대지 않았던 것이 바로 내 추론의 좋은 증거다.

류평은 모범적이고 영웅적인 병사로서의 소임을 다하기 위해 세상에 왔다. 그에게서 우리 같은 인격의 추한 인성이 드러나면 우리는 오히려 두려워하며 어떠한 자리도 내어줄 수 없게 된다. 그러니까 류평은 이미 특별유형이 되었다는 뜻이다. 우리처럼 담담한 뻔뻔함과 더러운 욕망으로 가득한 여자들이 어떻게 특별한 생명을 사랑할 수 있겠는가? 또한 완벽한 인격으로 설정한 특별유형이 갑자기 건달처럼 끌어안는다면 과연 누군들 딩딩의 "사람 살려"를 탓할 수 있을까? 사실 우리는 인성에 한계가 있다 보니 가슴속 깊고 어두운 구석에서는 한 번도 류펑을 진실하다고 믿지 않았다. 겉으로 보이는 모습이 진짜라면 그는 사람이 아니었다. 어떤 여자가 '사람이 아닌' 사람을 사랑할 수 있겠는가?

1977년으로 되돌아가자. 딩딩은 계속해서 "그가 어떻게 나를 사랑할 수 있어"라고 혼란스러워했다. 하오수원이 어떻게 할 생각이냐고 묻자 딩딩은 모른다고 대답했다. 하오수원은 어떻게 하든 절대 류펑을 팔지는 말라고 경고했다.

"언니가 류펑을 사랑하지 않는 건 언니 권리고 류펑이 언니를 사랑하는 건 류펑의 권리야. 그런데 언니에게 그를 팔아넘길 권리는 없어. 이 일은 우리 방에서 끝내자, 알았지? 내가 남을 팔아봤는데 나중에 보니까 팔린 사람이 너무 비참하더라."

나는 순간 이 분대장에게 흠모와 존경의 마음이 샘솟았다. 그렇지만 누구를 팔았는지는 묻지 않았다. 그 시대에 누군들 남을 팔지 않았겠는가?

딩딩은 절대 류펑을 팔지 않겠다고 약속했다.

그때까지만 해도 린딩딩은 류펑이 자신을 만졌다고 우리에게 털어놓지 않았다. 아들의 말을 대충 분석한 성악 선생님이 이튿날 수업 때 딩딩에게 몇 마디 질문한 뒤에야 사건이 제대로 터졌다. 딩딩에게 성악 선생님은 아버지 대신이었다. 하지만 친아버지에게라면 딩딩은 류펑을 팔지 않았을 것이다. 왕 선생님은 딩딩을 무척 아꼈기 때문에 곧장 품행을 관리하는 부정치위원을 비밀리에 찾아가 자기 아들이 딩딩의 살려달라는 외침을 들었고 울면서 달려가는 것도 목격했으니 분명 모욕을 당했을 거라고 말했다. 부정치위원은 성악 선생님과 조용히 딩딩을 불러 이야기했다. 으르고 달래는 추궁이 이어지자 딩딩은 결국 류평의 이름을 대고 말았다. 왕 선생님은 숨을 헉 들이켜고는 어떤 짓을 했느냐고 물었다. 딩딩은 더 이상은 한마디도 하지 않았다.

우리의 부정치위원은 '어떤 문예단체든 썩어갈 때는 남녀의 품행부터 썩기 시작한다'고 굳게 믿고 있었다. 그는 자기 눈 밑에서 우리가 완전히 썩었으며 레이유펑까지 예외가 아니라는 사실에 깜짝 놀랐다. 류펑에게 대충 자백을 받았지만 훨씬 더 많은 부분이 감춰져 있다고 생각해 부정치위원은 안건을 기관 보위 간사에게 넘겼다. 보위 간사는 얼마 뒤 '접촉사건'의 전말을 린딩딩이 창고로 유인된 뒤 류펑의 성적 습격을 받았다고 판결했다. 누가 믿을 수 있겠는가? 그런데 사건의 가장 악랄한 부분은 린딩딩의 입이 아니라 류펑의 입에서 나왔다. 그의 손이 린딩딩의 맨 등을 만졌다는 내용이었다. 처음에는 순전히 딩딩의 눈물을 닦아주려고 손을 들었다가 점점 엉뚱한 생각에 빠져 블라우스 뒤로 들어갔다는 게 구체적인 경과였다.

"무엇을 만졌나?"

"……아무것도요."

류펑은 멍한 눈빛으로 고개를 저었다. 등에 무엇이 있을 수 있겠는가? 보위과 사람이 류펑보다 더 잘 아는 듯했다.

"다시 잘 생각해 봐."

류펑은 다시 생각해보는 수밖에 다른 방도가 없었다.

"린딩딩이 이미 다 말했어." 보위 간사가 담배 반 갑을 피운 뒤 입을 열었다. "우리는 자네에게 상세한 내막을 듣고 싶은 게 아니야. 그건 우리도 다 알아. 우린 자네에게 자백할 기회를 주는 거라고."

류펑은 마침내 딩딩의 등에서 뭔가를 만졌던 기억이 났다. 브래지어 고리였다.

보위과 사람이 물었다. "고리를 풀고 싶었겠군, 맞지?"

류평은 어안이 벙벙해졌다. 보위과 사람이 그보다 훨씬 저질이었다. 그는 당황하고 분노하지 않을 수 없었다.

"아닙니다!" 류평이 분노에 차 소리쳤다.

"아니긴 뭐가 아니야?"

"저는 그렇게 저질이 아닙니다!" 류평이 벌떡 일어났다.

보위 간사가 찻잔을 탁자에 거세게 내던지는 바람에 류평 얼굴에 찻물이 다 튀겼다.

"성실하게 굴어!"

류평이 도로 자리에 앉았다. 보위 간사는 류평에게 성실히 반성하라고 했다.

아무리 성실하게 생각해 봐도 류평은 자기 손이 대체 무슨 의도였는지 이해할 수 없었다. 그때 그의 머리에는 뜨거운 피만 끓을 뿐 생각할 뇌가 없었다. 그래서 손끝에 낯선 물건이 닿는 감각만 느껴지고 손가락이 아, 여군의 브래지어 고리는 이렇게 생겼구나, 하고 스스로 인식했을 뿐이다.

"린딩딩의 브래지어 고리를 풀고 싶었지, 그렇지?"

한 시간 뒤 재떨이에 꽁초 스무 개가 쌓였을 때 류평은 보위 간사에게 무척 성실하게 "모르겠습니다"라고 대답했다.

보위 간사는 류평을 보면서 냉소를 지었다. "자기 손가락이 무엇을 하려 했는지 마음이 모른다고?"

류평은 고개를 숙여 자기 무릎에 놓인 손을 힐끗 쳐다보았다. 처음으로 손이 못생겼다는 걸 알았다. 어쩌면 그때 손가락이 자기 마음을 배신하고 몰래 못된 의도를 품었을 수도 있지만 그의 마음은 정말로 몰랐다.

나중에 나와 하오수원은 린딩딩에게 류펑의 손이 브래지어 고리에 닿아서 살려달라고 외쳤느냐고 물었다. 그녀는 잠시 멍하게 있다가 고개를 저었다. 딩딩은 처음부터 끝까지 모든 과정을 진지하게 되짚어보았다. 류펑의 손이 거기 닿았는지조차 기억나지 않았다. 그녀는 사랑한다는 류펑의 말 때문에 뛸 듯이 놀랐다. 몇 년 동안 줄곧 사랑하고 기다려왔다는 일련의 고백에 기겁하고 말았다. 사실 그녀는 접촉에 '폭행'당한 게 아니라 류펑이 자신을 사랑한다는 생각에 '폭행'당한 거였다.

오랜 시간이 흐른 뒤에야 나는 린딩딩의 몸이 류펑에게 별로 반감을 느끼지 않았으리라는 사실을 깨달았다. 작지만 건장하고 근육이 그럴싸하게 자리 잡은 류펑의 몸을 '레이유펑'이라는 생각만 없었다면 딩딩의 몸이 밀어내지 않았을 것이다. 젊은 육체는 원래 천진하고 우매하며 탐욕스럽고 장난스러우니 놀란 와중에 본능적으로 그런 접촉을 즐겼을 수 있다. 그녀가 받아들일 수 없는 것은 레이유펑이 어떻게 초상화나 대리석 석판에서 내려와 감히 나를 사랑할 수 있는가 하는 생각이었다.

이어서 공개비판이 시작되었다. 늘 그렇듯 몇 가지 수단이 동원되었다. 크고 작은 회의에서 자아비판을 하면 모두들 비판내용에서 꼬투리를 잡아 류펑이 스스로 사람 꼴이 아니라고 인정할 때까지 몰아갔다. 얼마 전 베이징의 인민군 모범병사대회에서 총정치부 수장에게 훈장까지 받은 레이유펑이 이번에는 우리 앞에서 키가 이삼 센티미터 줄 정도로 고개를 푹 숙이고 있었다. 나는 둘째 줄 의자에 앉아 있었지만 군모 그림자에 가려져 류펑의 얼굴이 보이지 않았다. 눈물인지 땀인지 알 수 없는 커다란 물방울이 군모에서 바닥으로 툭 툭 떨어지는 것만 보였다. 처음에는 우리 중에 발언자가 거의 없었다. 어쨌든 우리는 대부분 류펑의 도움을 받았기 때문에 그에 대해 나쁘게 말하고 싶지 않았다. 하지만 누군가 입을 열자 전부 험담을 늘어놓기 시작했다. 우리의 아동기와 청년기는 남의 험담을 쏟아내는 시대였다. '험담'은 대대적으로 정의처럼, 심지어 영광처럼 여겨졌다. 누가 용감히 반동 아버지를 배반했네, 누가 용감히 상사의 관직을 박탈했네, 누가 '몸이 동강날지언정 황제를 끌어내린다'는 식으로 앞장섰네, 하는 일들 모두 험담에서 시작되었다. 우리 아버지도 댐에서 노동했던 육칠 년 동안 남한테 험담을 듣는 것으로 시작해 스스로를 험담하고 다시 남을 험담할 수 있는 자격을 얻었다. 그러니 무엇으로 비열함을 씻어내고 처음의 순진함을 되찾을 수 있겠는가? 반세기 동안 배후에서, 또 공개석상에서 남을 헐뜯는 식으로 우리는 성장하고 적응했다. 제일 심한 욕은 류펑 자신에게서 나왔다. 겉으로는 레이펑을 따랐지만 속으로는 자산계급의 변소 같이 파리가 꼬일 정도로 악취 나고 구더기가 생길 정도로 더럽다고 말했다. 그렇게까지 말하자 더 이상 보탤 게 없어서 모두들 그를 놓아주었다.

얼마 뒤 류펑의 처벌에 관해, 당은 엄중한 경고와 함께 벌목중대로 좌천시킨다는 공문이 내려왔다. 벌목장에 보낸다는 것은 우리 아버지가 받았던 댐 수리와 같은 의미였다.

중국과 베트남 접경지대에서 전투가 벌어졌을 때 류펑은 예전 중대인 야전병 공병대에 있었다고 했다. 1980년 여름 나는 청두 길거리에서 우연히 그와 만났다. 류펑은 분명 나를 먼저 보고도 알은

체하기 싫어서 오리튀김 노점으로 몸을 돌렸다. 오리고기를 사려고 북적대는 인파에 뒤섞이는 바람에 못 본 척했다. 하지만 나는 지나치지 않고 큰 소리로 그를 불렀다.

류평은 목소리가 들리는 곳을 찾는 듯 시선을 멀리로 던졌다. 대로에 군복 입은 사람이라고는 우리 둘 뿐이었으니 어설프기 짝이 없는 연기였다. 하지만 이어진 내 연기도 자연스럽지 못했다. 심하게 열정적으로 다가간 뒤 나는 손을 길게 뻗어 다짜고짜 그의 오른손을 잡았다. 나도 연기하는 중이었다. 그의 끔직한 공개비판, 땀방울과 눈물방울이 군모에서 떨어지던 일을 완전히 잊어버린 척했다. 그렇게 연기를 통해 말해주고 싶었다. 그 일을 잊지 않았더라도 이제 누가 신경 써? 등을 좀 더듬은 게 어때서? 등은 신체에서 가장 중성적인 부분이 아닌가? 전쟁에 나가서 목숨마저 잃을 뻔했는데 등이 대수인가?

하지만 류평의 손을 건드린 순간 나는 단번에 의수라는 사실을 알아차렸다. 딩딩의 등을 쓰다듬었던 손은 전장에서 사라지고 없었다.

나와 류평은 길가에 선 채로 이야기를 나누었다. 우리는 무심결에 전선에서의 일을 입에 올렸다. 하지만 "전선에 나갔다"고 말하지 않고 그냥 "나갔다"라고만 했다. 서로 몇 월 며칠에 '나갔다'고 말했는데, 나는 솔직히 제일 멀리 '나갔던' 게 부상자를 인터뷰하러 치료소에 갔던 거라 엄밀히 말해 '나간' 건 아니었다고 털어놓았다. 그는 어느 치료소였냐고 물었고 나는 허샤오만이 있던 제3치료소였지만 그때 샤오만은 의료대와 함께 최전선에 나가서 만나지 못했다고 말했다. 류평은 당시 의료진이 너무 부족해서 허샤오만처럼 연약한 여군도 전부 나가야 했노라고 말했다. 나는 샤오만이 전선으로 보내달라는 지원서를 다섯 번이나 냈다고 알려주었다. 그러자 류펑은 고개를 저으며 인원이 충분했다면 열 번을 신청해도 보내지 않았을 거라고 대꾸했다. 허샤오만의 남편이 구호를 받지 못한 채 전사한 것도 전부 그 때문이라고 했다. 나는 문득 그를 쳐다보았다. 뭔가 체념한 듯했다. 류펑은 내가 왜 자신을 그렇게 보는지 알았다. 그는 그냥 웃었다. 정말로 많은 것을, 아주 많은 것을 체념하고 있었다. 아마 자기 옆에서 소대 전우 절반이 쓰러지던 그 순간에 체념해 버렸을 것이다. 어쩌면 더 일찍, 우리가 그에 대한 험담을 늘어놓을 때, 여름 내내 마 반장을 위해 소파를 만들었음에도 마 반장의 입을 막을 수 없었을 때, 그때 이미 체념했을지도 모른다. 혹은 그보다 더 일찍, 린딩딩이 살려달라고 외쳤을 때부터였을 수도 있다.

"아직 모르지? 허샤오만이 아파."

"무슨 병인데요?"

"정신분열증이래."

나는 남편의 전사 때문이냐고 물었다.

류펑은 허샤오만이 그들 병원의 정신과로 이송되었을 때 아직 남편의 전사를 모르는 상태였다고 했다.

"그럼 왜요? 왜 그렇게 됐어요?"

류펑은 자신도 잘 모른다고 말했다. 그저 샤오만이 부상자를 십여 리나 업고 이동해 영웅이 되었으며, 커다란 붉은 꽃을 달고 도처로 보고를 다녔다는 이야기를 들었을 뿐이라고 했다. 그녀는 붉은 꽃을 달고 정신과로 이송되었다. 류펑과 헤어진 뒤 내 손바닥에는 의수를 쥐었을 때의 느낌이 계속 맴돌았다. 한여름인데도 시리고 딱딱하면서 저렴한 고무 감각이 손에 남았다. 손바닥이 화상을 입은 듯했다.

허샤오만이라는 인물을 여러 차례 묘사하려 했지만 한 번도 제대로 써낼 수가 없었다. 이번에도 잘 묘사할 수 있을지 모르겠다. 그래도 스스로에게 다시 한 번 기회를 주기로 했다. 나는 늘 그래왔듯 그녀에게 허샤오만이라는 새로운 이름을 부여했다. 샤오만, 샤오만. 자판을 두 번 연속 두드린 뒤에야 컴퓨터가 자동으로 이름을 완성하기 시작했다.

사실 그녀를 어떻게 부르는가는 중요하지 않다. 샤오만이라는 이름은 그녀의 가정과 부모, 집안환경에서 나올 법한 이름을 떠올린 결과였다. 어떤 가정이었던가? 문인인 아버지는 화보사 편집자로 일하면서 산문과 극본을 썼지만 명성을 얻지는 못했다. 무척 아름다운 외모를 가진 어머니는 극단에서 양금과 쟁箏(중국 전통 현악기-역주)을 연주했는데, 귀여운 여인들 대부분이 그렇듯 적당히 속되고 생각이 별로 깊지 않아서 일상생활이든 정치생활이든 절대적으로 대세를 신봉했다. 나는 샤오만의 부모님이 이혼하기 전까지 그 집이 따스한 소자산계급 가정이었음을 상상할 수 있다. 또한 선하고 온순한 문인 아버지가 샤오만에게 그 이름을 붙여주었을 상황도 완벽하게 그려낼 수 있다.

모두들 누군가를 욕하는 거대한 '반우경'反右傾 운동이 없었다면 허샤오만은 심성이 곱고 누구에게나 사랑받는 여자아이로 자랐을 가능성이 크다. 연약하고 선량한 사람들이 그렇듯 샤오만의 아버지는 이유 없이 모두에게 미안해하고 늘 막연하게 마음의 빚을 느꼈다.

그가 누구보다 만만하고 언제나 무심하게 손해를 감수하자 사람들은 '우경'의 굴레마저 무방하겠다고 생각했는지 그를 '우경'으로 몰아세웠다. 샤오만의 어머니까지 험담을 시작해 이혼을 거론했을 때, 그는 더 이상 괴롭지도 않았다. 오히려 해탈한 기분이 들었다. 잠들기 전 수면제를 먹었을 때는 가슴이 환해지면서 궁극의 출로마저 발견한 듯했다.

그날 아침 아내가 출근한 뒤 그는 딸의 손을 잡고 유치원으로 향했다. 문 앞 멀지 않은 가게에서 꽈배기와 전병, 따끈한 콩국 같은 간단한 아침을 팔았다. 배고픈 시절이다 보니 그 풍성한 냄새는 향기롭게 도드라졌고 골목 사람들은 후각으로 기름기를 채우곤 했다. 집을 나서자마자 샤오만이 꽈배기를 너무너무 먹고 싶다고 말했다. 네 살 된 샤오만도 아버지가 누구에게나 만만한 사람인 것을 알았다. 그러니 그녀에게는 오죽했겠는가? 부녀 두 사람만 있으면 샤오만은 감정은 물론 물질적으로도 아버지를 갈취할 수 있었다. 하지만 그날 아버지에게는 꽈배기 하나조차 살 돈이 없었다. 그는 가게 주인에게 조금 뒤 돈을 가져다줄 테니 꽈배기를 먼저 딸에게 달라고 부탁했다. 아버지는 딸 앞에 쪼그리고 앉아 딸이 꼭꼭 씹어서 넘기는 모습을 지켜보았다. 소리와 동작 모두 크고 먹성도 좋아서 아버지의 식욕까지 달래주는 것 같았다. 다 먹었을 때 아버지는 네모반듯하게 접힌 체크무늬 손수건으로 딸의 입과 손을 닦아주었다. 손가락도 하나하나 꼼꼼하게 닦았다. 손가락을 하나씩 닦을 때마다 부녀는 서로 마주보며 웃었다. 그것이 샤오만이 기억하는 아버지의 마지막 웃음이었다.

나는 샤오만의 아버지가 유치원에서 집으로 돌아가는 길을 떠올려보았다. 아침식사 장사가 막바지에 접어들면서 콩국의 열기도 흩어지고 있었다. 아버지는 주인에게 집에 가서 돈을 가져오겠노라고 말했다. 그때는 아직 사람들이 순박하고 선량해 가게 주인은 하하 크게 웃으며 뭐가 급하냐고 대꾸했다. 집으로 돌아간 아버지는 아내와 함께 생활비를 모아두는 서랍을 열었지만 동전 하나 발견할 수 없었다. 천천히, 그는 무심함에서 깨어나 절망적으로 서랍과 장을 뒤지기 시작했다. 온 집 안을 발칵 뒤집었지만 끝내 꽈배기 하나 살 돈을 찾을 수가 없었다. 아내는 그의 월급이 깎인 뒤 돈 쓸 낯짝이 있느냐고 냉소를 퍼부었다. 이번 월급을 받아서도 아내와 딸의 부양비를 메우고 나니 자기 몫이 남지 않았다. 그는 사회에서 정상적인 생활권을 박탈당했을 뿐만 아니라 집에서도 가장 사랑하는 사람에게 정상적인 생활권을 박탈당했다. 문을 나가면 그를 쉽게 믿어준 가게 주인을 만나야 해서 문밖으로 나갈 수조차 없었다. 그는 세상에 온 것만으로도 민폐라고 생각해 평생 신세지는 일을 끔찍이 싫어했다. 일단 그런 생각이 떠오르자 그의 영혼은 순식간에 잠식당해 버렸다.

약병을 들었을 때 갑자기 온몸이 환해지는 기분이 들었다. 아내는 그를 철저한 빈곤으로 몰아넣었다. 육체적, 정신적, 자존적 빈곤에 그는 꽈배기가게 주인 앞에서 얼굴을 들 수 없을 정도로 가난해졌다. 그것은 아내가 그에게 아무 미련도 없다는 증거였다. 그가 마지막이라고 생각한 상황도 바로 아내가 자신을 떠나거나 버릴 수 있는, 아내 마음속 최후의 고통마저 열어지는 것이었다.

허샤오만은 아버지의 죽음을 기억하지 못했다. 그날 유치원에 마지막까지 남겨졌던 상황만 기억했다. 친구들이 부모님을 따라 모두 떠난 뒤 혼자 빈 의자 사이에 앉아 있었다. 선생님은 사정을 알았는지 아무 말 없이 뜨개질을 하며 그녀 곁에서 무슨 일이 터지기를 기다렸다. 하지만 그날 그녀에게는 아무 일도 일어나지 않았다. 그래서 그녀의 기억 속 아버지의 자살은 유치원의 빈 의자와 점점 어두워지는 하늘빛, 낮잠 교실에서 잠들었던 밤, 그녀의 등을 두드리던 선생님의 피곤한 손으로 남았다.

그리고 꽈배기가게 주인도 웃으면서 일깨워주었다. "꼬마 아가씨, 어제 네 아빠가 돈을 가져온다고 했는데!"

이후 샤오만은 유치원에 갈 때 꽈배기가게를 피하느라 길 건너 맞은편 보도로 걸었다. 외상값이 남아서가 아니었다. 꽈배기 값은 어머니가 갚았다. 가게 주인이 자신을 '꼬마 아가씨'라고 부르는 게 더 이상 듣기 싫어서였다.

지금부터는 허샤오만의 두 번째 가정이 어땠을지 상상해보겠다. 샤오만의 어머니가 계부와 이룬 가정 말이다. 어머니는 남아 있는 청춘을 활용해 샤오만에게 무식한 아버지를 만들어주었다. 첫째 남편이 박식한 지혜 때문에 선하고 온화해서인지 전남편의 사랑스러운 부분과 완전히 상반되는 성향의 남자, 남하해온 간부를 선택했다. 어머니는 자신보다 열 살 남짓 많은 남편에게 무척 고분고분했다. 자살한 전남편이 자신과 딸의 오점이 될까 봐 고개를 낮춘 채로 간부의 집에 들어갔다. 여섯 살짜리 딸의 오점은 출생 전부터, 그녀의 '우경' 아버지가 자신의 모든 인격적 암호를 어머니 체내에 집어넣은 밤부터 시작되었기 때문에 훨씬 컸다. 샤오만의 삶은 그때부터 아버지의 운명을 따라 흘러갈 수밖에 없었다. 어머니의 미묘한 순종을 샤오만은 재빨리 받아들였다. 어머니는 식탁 위의 가장 두툼한 갈비나 널찍한 갈치토막 등 '맛있는 음식'을 조심스럽게 집어서 계부의 이틀

날 점심 도시락으로 쌌고 그녀는 침이 고이는데도 어머니가 자기 밥 그릇에 집어주는 반찬만 먹었다. 그녀는 어머니가 계부 바지에 반듯하게 다린 손수건을 넣어주고 지갑에 동전과 지폐를 채워주는 모습을 보았다. 또 계부를 위해 게딱지를 까고 생선 가시를 바르는 모습도 보았다. 전부 샤오만의 친아버지가 어머니에게 해주던 일이었다. 어머니는 또 바둑과 월극越劇, 왈츠, 고물을 판 돈으로 골동품을 수집하는 방법 등 예전에 전남편한테 배운 교양을 지금의 무식한 남편에게 가르쳤다. 샤오만은 무식꾼이 어머니의 손을 거치면서 점점 섬세해지는 과정을 지켜보았다. 어머니는 무식꾼 남편을 조심스럽게 가르쳐 총명함으로 이끌고 전남편이 데려다준 도시 문명으로 알게 모르게 합류시켰다.

나는 허샤오만의 계부가 그녀를 괴롭혔다고 생각하지 않는다. 심지어 어머니도 그녀에게 상처를 주었다고 단정할 수 없다. 상처라면 어머니가 가정이라는 구도를 지키기 위해 행해야 했던 정치와 계략이 주었을 것이다. 사실 상처라고 부를 수도 없다. 그녀는 분명 아픔을 못 느꼈을 테니 말이다. 하지만 그녀 어머니의 주도면밀한 마음씀씀이와 화목한 가정을 만들기 위한 고군분투, 나아가 애처와 자모의 힘겨운 역할극은 샤오만을 차츰 바꾸어놓았다. 샤오만은 줄곧 어머니가 딸에게 좋은 환경을 만들어주느라 희생한다고, 어머니의 희생 때문에 자신이 바뀌었다고 믿었다. 그녀는 늘 어머니가 어떻게 '희생'하는지 엿들었다. 밤마다 꽉 닫힌 침실 밖에서 맨발로 어둠을 딛고는 방안의 미묘한 움직임으로 어머니의 처참한 희생을 가늠했다.

한 가족을 이렇게까지 생생히 묘사하는 것은 처음이지만 시도해 보겠다.

허샤오만이 어머니를 따라 상하이 안푸루安福路로 들어가자 동네 여자들은 깡마르고 작은 여섯 살짜리 여자아이를 샤오만이 아니라 '덤받이'라고 불렀다. 동네 안쪽에서 찬거리를 다듬던 여자들은 허 청장의 자동차가 골목어귀에 멈추고 차에서 젊은 여자와 네다섯 개의 상자가 내려지는 광경을 지켜보았다. 상자가 전부 내려졌을 때 모두들 혼수가 그것으로 끝이려니 생각했는데 여자가 다시 차 안으로 몸을 넣은 다음 작은 아이를 끌어내리는 것이었다. 허 청장이 아내를 얻은 사실은 동네 사람들 모두 알았지만 살아 있는 혼수까지 딸려오자 모두들 허 청장이 손해를 봤다며 대신 억울해했다.

사람들은 허 청장이 타이항산太行山 옛 혁명지에 집이 있으며 인민해방군이 상하이를 수복한 뒤 상하이군의 간호사와 또 결혼한 사실을 몰랐다. 간호사는 그를 따라 한국전쟁에 참전했다가 임신한 몸으로 북한 땅에서 전사했다. 허 청장은 그날 신부와 아들을 동시에 잃었을 뿐만 아니라 미처 달아오르지 못한 신혼도 잃어버렸다. 전쟁 막바지에 부상을 입고 전역하게 되었을 때 그는 상하이에서 전역하기로 결심했다. 제대로 낯을 익히기도 전에 보내야 했던 신부를 상하이전투 때 맞이했기 때문에 상하이 여자를 찾는 일은 허 청장에게 잃어버린 곳에서 되찾는다는 의미가 있었다. 허 청장은 인민해방군을 따라 상하이를 정복한 뒤 사실 그 정복은 실현되지 않았음을 갈수록 실감했다. 상하이 여자와의 결혼이야말로 그가 영원히 상하이를 정복하는 길이며 실질적인 정복임을 깨달았다. 요즘 표현을 빌자면, 상하이 함락은 하드웨어 확보에 불과하고 상하이 여자와 결혼해야만 소프트웨어를 장악한다는 뜻이다. 하지만 한국전쟁에서 돌아와 보니 상하이 아가씨와 인민해방군의 연애 및 결혼은 이미 파장

분위기였다. 상하이 아가씨들이 최초의 숭배와 열기에서 제정신을 차리고 있었던 것이다.

그는 건축청 청장이 된 이후 남몰래 인사처장을 중매인으로 선정해 직장 내 독신 여성부터 한차례 훑었다. 두 해 동안 중매인은 지도제작자, 통계전문가, 토목전문가에게 접근했다가 전부 완곡한 거절을 당했다. 상하이 아가씨들은 서른이 넘고 재혼했을 뿐만 아니라 대파 냄새까지 물씬 나는 늙은 혁명군에게 흥미가 없었다. 수지타산이 맞는 것 같지도 않았다. 청장은 몇 년 동안 결혼하지 않고 홀아비로 지내다가 나이가 들어 머리숱이 적어지기 시작하자 중매인에게 수정된 지시를 내렸다. 숫처녀를 포기해 '재탕'도 상관없지만 반드시 상하이 여자여야 한다는 조건이었다. 중매인이 사진을 먼저 보겠냐고 묻자 그는 손사래를 치며 상하이 여자 중에 못 생긴 사람이 어디 있느냐고 대꾸했다. 샤오만의 어머니는 그렇게 허 청장 앞까지 가게 되었다. 양 갈래로 머리를 땋은 샤오만 어머니는 외모도 표준 이상인데다 갈래머리 덕분에 한층 어려 보였다.

당시 샤오만의 어머니는 스물여덟 살이었지만 동네 사람들은 스물두 살 같다고 말했다. 이웃사람들 눈에 그들 모녀는 껍데기 없는 민달팽이 한 쌍 같았다. 크고 작은 민달팽이 한 쌍이 동네로 기어들어와 허 청장의 집으로 들어가서는 허 청장의 단단한 껍데기 속에서 기생하는 듯 보였다.

샤오만의 계부는 자신이 샤오만의 어머니를 총탄 하나, 전투 한 번 없이 완전히 정복했다고 생각했다. 하지만 샤오만 어머니의 정복은 그가 그녀를 얻은 뒤, 그녀가 저자세로 저택에 들어온 순간부터 시작되었다는 사실을 몰랐다. 어머니의 저자세는 딸에게 어떻게 행동하고 반응해야 하는지 모범이 되었다. 어머니가 얹혀사니 덤받이는 더욱 눈치 빠르게 굴어야 했다. 허씨 집안의 보모는 타이항산 옛 혁명지의 부녀항일구국연합회 회원이자 청장의 먼 친척 조카였다. 물만두가 상에 오르면 보모는 터져서 속이 드러난 만두를 일부러 샤오만 앞에 쌓았다. 샤오만의 젓가락이 터진 만두를 지나 멀쩡한 만두를 집으면 보모의 눈이 청장을 향했다. 요 덤받이 좀 봐요, 주제에 사람인 줄 알고 아가씨 노릇을 하려고 하네요, 라는 의미였다. 그러면 샤오만의 어머니는 과장된 동작으로 터진 만두를 둘로 쪼개서 반은 자기 그릇에, 반은 딸 그릇에 놓았다. 보모에게 트집 잡을 것 없다는 뜻이었다. 나도 계급관념이 확실해서 어떤 위치인지 잘 알아, 만두가 남으면 좀 먹겠지만 없으면 만둣국 밑의 부스러기나 먹겠다고, 라는 의미였다. 샤오만이 터진 만두 때문에 낯빛을 흐리면 어머니는 눈물이 그렁그렁한 눈으로 침대 옆에 앉아 중얼거렸다. "너한테 좋은 환경을 만들어줄 생각이 아니었으면 그에게 시집 왔겠니?"라거나 "본분을 잊지 마. 그가 없으면 너는 터진 만두조차 먹을 수 없었을 테니……" 하고 말했다. 여기서 '그'는 모녀가 몰래 허 청장을 부르는 존칭이었다. 그러다 심할 때는 "넌 엄마가 더 힘들었으면 좋겠지? 그래서 어깃장을 부려 나를 힘들게 하는 거지, 응?" 하고 말했다. 그 정도까지 나오면 샤오만은 더 이상 견디지 못하고 엄마를 끌어안았다. 흐느낌에 입과 목이 꽉 막혀도 속으로는 내가 더 철이 들게요, 절대 엄마를 난처하게 만들지 않을게요, 하고 맹세했다.

샤오만의 생활은 남동생과 여동생이 태어나기 전까지는 그래도 견딜 만했다. 남동생은 어머니가 그녀를 데리고 들어온 이듬해 연말에 태어났다. 동생이 어떻게 왔는지 샤오만은 대충 짐작하고 있었다.

어느 날 밤 그녀는 침실 바깥에서 침대 스프링이 한 시간이나 삐걱대는 소리를 들었다. 보통 침실 안이 조용해지면 그녀는 곧장 자신의 작은 방으로 돌아갔다. 어머니가 곧 나와서 화장실에 씻으러 간다는 사실을 잘 알았기 때문이다. 어머니는 청결을 중요시해서 먼저 씻은 뒤 뜨거운 물을 담아 계부의 청결을 도왔다. 하지만 그날 밤 밖으로 나온 사람은 계부였다. 화장실에서 다 씻고 난 계부는 샤오만의 방으로 와서 문을 두어 차례 두드렸다. 그녀가 아무 소리도 내지 않자 계부가 말했다. "몇 살이나 먹었다고 벌써 간첩 짓거리야? 엿듣고 엿보다니! 나랑 네 엄마는 부부인데 들은 것을 누구한테 밀고하려고?"

그때 샤오만은 계부와 방문 하나를 사이에 두고 서 있었다. 그녀의 떨림이 문으로 고스란히 전달됐기 때문에 계부는 일곱 살의 그녀가 얼마나 떠는지 틀림없이 보았을 것이다. 어머니도 문 밖에서 말을 건넸다. 어머니의 목소리는 부드러웠다. "샤오만, 그런 짓 안 했지? 엿듣지 않았지? 그냥 화장실에 갔던 거지, 그렇지?"

계부가 호통을 쳤다. "내가 잘못 들었을까 봐? 내가 정찰업무 할 때 두 사람은 어디 있었더라? 이 계집애는 하루 종일 엿듣는다고!"

어머니가 말했다. "샤오만, 이리 나와서 엿들었는지 말씀드릴래?"

계부도 말했다. "나와!"

샤오만은 등으로 방문을 누른 채 한마디도 하지 않았다. 부부는 뼈마디에 한기가 서릴 만큼 추워졌을 때에야 그녀를 내버려두고 침실로 돌아갔다. 두 사람이 돌아가고 한참 후까지도 샤오만은 그 자리에 서 있었다. 등과 방문 중 어느 쪽이 더 차가운지 알 수 없었다. 이튿날 누구도 그 일에 대해 언급하지 않았다. 고열이 샤오만을 구해

주었다. 어머니는 직장에 휴가를 낸 뒤 하루 종일 딸을 간호했다. 작은 수건에 물을 적셔 그녀의 바짝바짝 타들어가는 입술을 부드럽게 닦아주었다. 입술에서 터졌다가 말라버린 물집을 혀로 건드리면 바삭한 과자 부스러기를 핥는 느낌이 들었다.

샤오만의 고열은 이레나 지속되었다. 어떤 주사나 약도 소용없었다. 눈을 뜰 때마다 어머니의 얼굴이 보였다. 그 얼굴은 사흘이 지나자 작고 뾰족해졌다. 고열은 갑자기 왔다가 갑자기 사라져 팔 일째 되는 날 샤오만의 온몸이 차가워졌다. 어머니는 그녀를 꽉, 소녀처럼 가냘픈 몸으로 그렇게 꽉 안아주었다. 나중에 샤오만은 그때 살덩이에 불과했던 남동생이 어머니 배 속에 있어서 어머니의 얇은 뱃가죽, 임신 때문에 지방층이 얇게 붙은 뱃가죽만이 중간에 놓여 있었음을 알았다.

내 생각으로는 그때가 샤오만의 어머니가 마지막으로 그녀를 꽉 끌어안아준 때인 듯싶다. 샤오만과 어머니의 그렇게 살이 맞닿는 친분은 남동생이 태어난 뒤 완전히 끊어졌다. 포옹은 무척이나 길게 이어졌다. 어머니는 그녀보다 심하게 죽을 고비를 넘긴 듯, 그녀를 다시 배 속으로 넣어 다시 한 번 임신하고 분만해 이 가정에서 새로운 명분을 주려는 듯, 다시 한 번 양육해 덤받이로서 감당해야 하는 눈치와 주눅, 덤받이라는 치명적이고 부차적인 결함을 없애 상하이 새로운 주인의 집에서 진짜 아가씨로 키워내고 싶다는 듯 꽉 안아주었다. 샤오만이 평생토록 그때 두세 시간이나 이어진 어머니의 포옹을, 어머니와 몸이 완벽하게 맞붙었던 순간을 얼마나 떠올렸을지 상상할 수 있다. 샤오만 역시 어머니 체외에서 임신된 거대한 태아가 된 기분이었다.

계부가 문을 여는 바람에 어머니는 하는 수 없이 딸을 떼어놓고 께느른하게 신발을 끌며 밖으로 나갔다. 샤오만은 어머니와 계부가 나직하게 대화하는 소리를 들었다. 계부는 어머니에게 일주일이나 여기에서 자다니 무슨 뜻이냐고 물었다. 어머니는 아이를 쉽게 보살피려 그런다고 대답했다. 계부가 오늘밤은 돌아와서 자라고 말했다. 어머니는 아무 말도 하지 않았다. 샤오만은 귀를 쫑긋 세우고 어머니와 계부의 소리 없는 대치를 들었다. 어머니가 또 입을 열더니 딸이 이번에 이상한 고열을 앓은 건 생으로 아이를 놀래킨 때문이라고 말했다. 계부 앞에서 어머니가 등을 꼿꼿이 세우는 것은 그녀가 거의 보지 못한 모습이었다.

그로부터 아홉 달 뒤 남동생이 태어났다. 동생은 세 살이 될 때까지 절반 가량의 시간을 샤오만의 등에서 보냈다. 샤오만은 동생을 업을 때 어머니가 미소 짓는 게 좋아서 동생을 즐겨 업었다. 사실 샤오만이 동생을 업을 때 계부도 미소를 지었다. 반면 보모는 늘 목청을 높이며 어서 포동이를 내려놓으라고 소리쳤다. 샤오만은 원래도 작은데 통통한 동생을 자꾸 업다 보니 키가 한층 더 크지 않았다. 그렇게 샤오만은 나중에 자신을 놀리고 괴롭히는 동생을 업어 키웠다. 남동생이 태어난 뒤 곧이어 여동생도 태어났다. 여동생은 계부의 계집아이판 판박이였다. 눈썹과 코가 크고 덩치도 무척이나 큰 데다 얼굴빛도 계부의 피부를 붙여놓은 듯 분홍색이었다. 나중에 들으니 짓궂은 이웃들은 돼지 허파색이라고 흉보았다고 한다.

동생들은 아주 빠르게 북방민의 장점을 드러냈다. 조상대대로 조나 수수, 옥수수를 먹은 피에 생선과 고기, 달걀, 우유가 더해지자 금세 두드러졌다. 샤오만은 얼마 못 가서 동생들을 업을 수 없었다. 서너 살의 골격에 벌써 건장한 미래 장신의 틀이 자리 잡기 시작했다. 남동생은 네 살 때 동네에서 자기 누나를 "덤받이"라고 부르는 소리를 들었다. 다섯 살이 된 뒤 어느 날 남동생은 덤받이 누나가 세상에서 제일 싫은 사람이라고 선언했다. 이어서 덤받이는 머리부터 발끝까지 싫지 않은 곳이 없다고도 말했다. 샤오만은 동생의 선언에 놀라지 않았다. 어느 정도 동생에게 동의하고 자신도 싫다고 생각했다. 자신에게 끔찍한 습관이 많다는 사실도 잘 알았다. 가령 부엌에 아무도 없을 때만 음식을 얼른, 도둑보다 빨리 챙겨서 설탕이나 돼지기름 한 숟갈도 없이 곧장 입으로 쑤셔 넣었다. 가끔 어머니가 훙사오러우紅燒肉 고기 한 점을 집어주면 재빨리 밥그릇 아래쪽으로 밀어 넣고 쌀밥으로 덮은 뒤 모두들 식사를 마치고 떠났을 때 꺼내서 야금야금 먹었다. 남들 앞에서 고기를 먹으면 안전하지 않아 차라리 남들 뒤에서 먹는 게 맛있고 편한 모양새였다. 보모는 샤오만을 마을의 개 같다고 말했다. 어렵사리 뼈다귀 하나를 찾자 아까워서 한 입에 먹지도 못하고 다른 개에게 빼앗길까 봐 구덩이를 파서 묻은 뒤 오줌까지 갈겼다가 아무도 뺏어가지 못할 때 도로 파내 편안히 먹는 꼴이라고 했다. 남동생은 덤받이 누나의 가장 참을 수 없는 부분에 대해서도 말했다. 시원하게 코를 파고 있을 때 자기는 아무도 모를 거라고 생각했는데 갑자기 덤받이가 바라보고 있을 뿐만 아니라 오랫동안 보고 있었음을 발견하는 식이라고 했다. 또 트림이 나올 듯해서 아래에서부터 시원하게 끌어올리던 중 덤받이의 눈빛이 검은 번개처럼 반짝이는 것을 보면 트림을 저지하려고 진즉부터 매복해 있었나 의심하게 된다고 말했다. 그때 동생은 어휘와 조어 능력이 크게 늘어서 '소도둑놈' 같은 모습이라고 한마디로 정리했다.

남동생이 샤오만 만큼이나 덩치가 커졌던 해, 샤오만이 몰래 어머니의 스웨터를 입고 학교 문예선전대에서 춤을 추고 저녁에 돌아오자 두 동생이 식탁에서 주거니 받거니 말을 시작했다. 남동생이 먼저 말했다. "아, 집에 사는 쥐가 밖에서 무대를 누비더라!" 여동생이 받았다. "빨간 스웨터를 입은 쥐가 무대에서 발을 놀리더라고!" "새까맣게 칠한 쥐새끼 눈이 얼마나 가난한지 빛이 다 나더라!" "발을 하늘 높이 차올리다니 철면피야." "빨간 스웨터를 입고서 쥐가 사람으로 변했어!" "훔쳤겠지? 엄마한테 빨간 스웨터가 있잖아?"

어머니는 자기에게 빨간 스웨터가 어디 있느냐고, 너희가 잘못 알았다고 말했다.

남동생은 곧장 아래층으로 내려가 골방으로 뛰어 들어갔다. 동생들이 태어난 뒤 샤오만은 북쪽 골방으로 방을 옮겼다. 보모는 골방에서 나가 노대와 2층 사이의 6평방미터짜리 창고방에서 지냈다. 덕분에 닭 다섯 마리와 오리 두 마리를 키우는 노대 사육장을 관리하기 편해졌다. 남동생은 골방에서 아무 수확도 얻지 못한 채 빈손으로 돌아왔다.

여동생이 소리쳤다. "엄마, 그 옷이요! 깃에 까만 줄이 있고 까만 방울이 두 개 달린!"

신문을 보면서 어머니가 발라준 우렁이살을 먹던 계부가 신문에 대고 눈살을 찌푸렸다.

어머니는 생각이 났다는 듯 말했다. "아, 그 옷. 그건 언니 입으라고 준 거야. 큰언니가 잘못 빨아서 줄었거든."

옛 혁명지에서 온 보모를 어머니는 큰언니라고 불렀다. 큰언니가 그 소리를 듣자마자 발끈했다. "제가 뭘 잘못 빨아요? 좀이 슬어서 구멍이 많이 났기에 햇빛에 대고 보여드렸을 뿐이죠. 꼭 조리 같다고요!"

어머니가 말했다. "맞다. 좀이 많이 슬었지. 그래서 수선한 다음에 샤오만에게 입힐 생각이었어."

그 말은 꽤 그럴싸하게 들렸다. 집에서 낡거나 못 쓰는 물건은 폐품매입소나 쓰레기통으로 가기 전에 중간 단계를 거쳤다. 바로 샤오만이었다. 한 번은 보모가 닭곰탕을 끓일 때 깜빡하고 닭똥집을 제거하지 않았다. 닭이 도살되기 전에 배불리 먹은 탓에 닭똥집 안에서 소화되던 쌀알이 익으면서 똥집이 터져버렸다. 보모가 닭곰탕에서 쉰 냄새를 맡았을 때 위산 범벅의 생쌀은 이미 밥이 되어 있었다. 보모는 어떻게 처리해야 할지 몰라서 여주인이 극단에서 돌아오기를 기다렸다. 여주인은 버리라고 했다. 하지만 옛 혁명지 출신의 주인 어른은 국물만 버리라면서 닭은 씻으면 먹을 수 있을 거라고 말했다. 샤오만을 뺀 모두가 그걸 누가 먹느냐고, 메스껍다고 대꾸했다. 보모는 뭐가 메스꺼워? 깨끗이 씻어서 간장으로 간을 해 샤오만에게 주면 되지, 하고 말했다.

그런 상황이다 보니 보모는 좀이 좀 슬었다고 스웨터를 샤오만에게 내주는 것은 지나치게 후한 처사라고 말했다.

저녁때 어머니가 샤오만의 골방으로 찾아와 다짜고짜 물었다. "내 스웨터는?"

샤오만은 아무 말도 하지 않았다.

어머니가 서랍과 장, 상자를 뒤지기 시작했다. 딸에게는 좋은 옷이 거의 없었다. 자기 옷을 딸 몸에 맞춰 고친 것이 대부분이었다. 그래서 동네 사람들 눈에 덤받이는 늘 이상하고 촌스러웠다. 외투에 허리라인이 살짝 들어갔지만 비율이 이상해서 원래 허리였을 부분이 가랑이까지 내려오고 어깨 패드는 팔뚝까지 내려왔다. 어머니는 소리 없이 샤오만의 방을 다 뒤엎었지만 끝내 아무 수확도 얻을 수 없었다.

"내 스웨터는?"

샤오만은 입을 꾹 다문 채 아무런 반응도 하지 않았다.

"네가 좋아하는 거 알아. 조금 더 크면 줄게. 네가 크면 그 스웨터는 엄마도 못 입으니까 '그'에게 할 말이 있어. 지금은 너한테 너무 크잖아, 그렇지?"

샤오만은 고개를 저었다. 큰 것은 사실이지만 지금 손에 넣어야 소유권을 확보할 수 있었다. 그녀가 훙사오러우를 쌀밥 속에 밀어 넣고 개가 뼈다귀를 진흙 속에 묻는 것처럼 말이다.

"그 스웨터는 엄마가 지금도 입는다고! 엄마한테 스웨터가 몇 벌 있는지 너도 알잖아!"

어머니가 난폭해지더니 발끝으로 샤오만의 다리를 찼다. 샤오만은 자기처럼 끔찍한 사람에게 어머니가 너무 친절하다고 생각했다.

"내 물건을 훔쳤어도 넘어가줬건만, 이렇게 강짜를 부리겠다고?"

"……."

"못된 년! 죽을 년! 들었어? 어서 내놔!" 어머니가 손을 뻗더니 검지와 엄지로 샤오만의 귀를 잡았다. 그렇게 침대 끝에서 들려졌을 때 샤오만은 귀에 불이 붙는 것 같았다. 어머니는 다른 손으로 그녀의 등까지 때렸다. 샤오만은 속으로 때려, 또 때려 하고 외쳤다. 맞을 때마다 스웨터 한 부분을 버는 기분이라 결국 빨간 스웨터를 스스로 쟁취한다는 생각이 들었다. 한편 어머니는 때릴 때마다 손바닥이 샤오만의 등보다 더 저릿저릿했다.

어머니는 샤오만을 골방 문 앞까지 끌고 가 조용히 말했다. "'그'에게 너랑 대화 좀 하라고 할까?"

계부의 직장 사람들이 가장 두려워하는 게 청장에게 불려가 '대화'하는 일이었다. 집안 식구들도 '그'에게 불려가 대화하는 상황을 가장 두려워했다. 샤오만은 얼른 외투를 들어 올렸다. 외투 밑에 예의 빨간 스웨터가 있었다. 그녀는 느릿느릿 외투를 벗은 뒤 다시 스웨터 밑단을 잡아 위쪽으로 벗었다. 탈피하는 것처럼 아팠다. 샤오만의 머리가 마침내 빨간 스웨터에서 벗어났을 때 어머니는 딸이 울고 있는 것을 발견했다.

어머니가 이 딸에게서 제일 참을 수 없는 점이 울지 않는다는 것이었다. 울지 않는 여자애가 어떻게 정상이겠는가? 하지만 지금 딸이 울고 있었다. 어머니는 코끝과 눈가를 덩달아 붉히며 덤받이 딸의 눈물을 닦아주고 털옷을 벗느라 부스스해진 머리카락을 쓰다듬고는 나중에 크면 스웨터를 꼭 주겠다고 약속했다.

삼 년 뒤 샤오만이 빨간 스웨터를 입을 정도로 컸을 때 스웨터는 여동생에게 돌아갔다. 어머니는 피부가 하얀 여동생과 달리 샤오만은 까매서 빨간색을 입으면 촌스럽다고 변명을 늘어놓았다. 어머니는 그게 계부의 결정이라고 말하기 싫었다. 덤받이 딸과 계부 간에 원망이 깊어졌다가는 자신이 감당하기 힘들까 봐 걱정스러웠다. 어머니는 여전히 "내가 힘들면 좋겠지, 죽어라 날 괴롭히고 싶은 거지"라는 식이었다. 샤오만은 아무 말 없이, 꺽꺽 힘겹게 숨을 몰아쉬는 어머니를 내버려둔 채 골방으로 돌아갔다. 이튿날 그녀는 여동생 옷장에서 빨간 스웨터를 찾아다 햇빛에 비춰보았다. 좀이 슬어 조리처럼 보였지만 여전히 예쁜 빨간색이라 주변 공기까지 살짝 붉어지는 듯했다. 돌아가신 아버지가 어머니와 결혼할 때 스웨터 공장에서 예복으로 맞춰준 옷이었다. 스웨터를 입자 어머니는 한층 어려 보였고 아버지는 만족스럽게 인형 같은 신부를 안아 신방으로 들어갔다. 아버지의 영혼이 하늘에서 빨간 스웨터를 친딸이 아니라 다른 사람의 딸에게 주어 인형처럼 입혀 놓은 사실을 알면 틀림없이 슬퍼할 것 같았다. 아버지가 물려준 까무잡잡한 피부 때문에 샤오만에게는 빨간색이 어울리지 않았다. 그래서 빨간 스웨터는 하얗고 통통한 여동생에게 돌아갔다. 샤오만은 소맷부리의 실오라기를 뜯어 재빨리 소매를 풀었다. 곧이어 샤오만은 실 푸는 기계가 되어 마음 속 저주의 리듬을 따라 움직였다. '너는 하얗지! 하얗다고! 하얘!'

그날 저녁 샤오만은 빨간 스웨터를 구불구불한 털실로 만들어 버렸다. 그리고 그날 밤으로 곧장 염색까지 했다. 낮에 그녀는 골목에서 알루미늄 대야를 점찍어두었다. 이웃집 문 앞에 버려져 폐품수거업체를 기다리는 대야는 십여 년 동안 화장실로 사용하던 고양이가 죽으면서 용처가 사라졌다. 샤오만은 대야를 가스불 위에 올려놓고 물을 끓였다. 김이 올라올 때 알루미늄에 밴 고양이 배변냄새가 희미하게 퍼졌다. 그녀는 끓는 물에 까만 염료를 넣고 나무막대로 저은 뒤 까만 물의 소용돌이로 빨간 실을 집어넣었다. 마음속으로는 여전히 '너는 하얗지! 하얗다고! 하얘!' 하는 저주를 되뇌고 있었다. 샤오만은 저주의 리듬을 타면서 빨간색이 보글거리는 까만 물속으로 가라앉아 검게 물드는 것을 지켜보았다.

빨간 스웨터의 모든 역사와 비밀이 흔적도 없이 사라졌다.

이튿날 아침 골목의 공용 빨랫줄에 널린 까만 털실이 누구네 실인지 아는 사람은 아무도 없었다. 대야는 일찌감치 골목 바깥 큰길의 쓰레기통에 던져졌다. 샤오만은 이튿날 밤에 까만 실을 걷어와 무릎에 걸쳐놓고 혼자 털실을 감았다. 끊어진 부분을 꼼꼼하게 이어가며 그럴싸한 털실 뭉치 몇 개를 만들어냈다. 그러고는 도서관에서 뜨개 잡지를 빌려다 깊은 밤 모두 조용해졌을 때 뜨개질을 했다. 다시 봄이 되어 옷을 갈아입던 여동생이 빨간 스웨터가 사라졌다고 소리쳤다. 당연히 샤오만이 제일 먼저 의심을 받았지만 누구도 자백을 받아낼 수 없었다. 어머니가 학교와 샤오만이 활동하는 문예공연팀까지 찾아가 물어 보아도 샤오만이 빨간 옷을 입은 것을 본 사람은 한 명도 없었다.

가을의 어느 밤 샤오만은 마지막 한 땀을 끝냄으로써 모든 의혹과 추측의 실마리를 정리했다. 이튿날 아침 그녀는 머리를 빗고 세수를 한 뒤 새 스웨터를 입었다. 얼마나 새까만지 우주의 블랙홀도 그보다 못할 듯했다. 샤오만의 친아버지와 어머니, 그리고 샤오만 자신이 공유했지만 더는 존재하지 않는 한때가 검은색에 모두 묻혀 버렸다. 검정, 가장 풍부하고 가장 복잡하며 가장 관용적인 그 색은 가장 차갑고 가장 따뜻한 색들을 받아들인 뒤 모든 색채를 궁극으로 몰아갔다. 샤오만이 까만 스웨터에 통이 넓은 가짜 군복바지를 입고 거친 머리카락을 수십 개의 핀으로 가지런하게 정리한 뒤 골목으로 나가자 사람들이 수군거렸다. "덤받이가 뭔 일이래? 하룻밤 새에 미인이 되었잖아!" "미인? 날라리지!"

어머니는 검은색에 숨겨진 악행을 간파한 유일한 사람이었다. 하지만 아침에 샤오만의 호리호리한 아름다운 뒷모습을 보았을 때는 아무 내색도 하지 않았다.

다른 모든 중고등학교와 마찬가지로 샤오만의 학교도 '혁명수업 재개' 상태라 정상적인 교과 대신 혁명 위주로 수업이 진행되었다. 매일 오후 열리는 학교 문예팀 연습 때 어머니가 까만 스웨터를 입고 발차기와 허리꺾기를 연습하는 샤오만을 찾아 강당으로 왔다. 어머니는 까만 스웨터를 뚫어져라 쳐다보면서 빨간 스웨터가 흔적 없이 스러진 모든 과정을 간파해냈다. 가까이 다가가자 스웨터 속에서 끊어진 실마디가 수도 없이 보였다. 좀이 슬어 구멍이 생긴 부분은 실을 풀어낼 때 끊어졌을 테니 잇느라 상당한 노력을 들였을 터였다. 딸은 거의 방직공장 직원이 되어도 될 듯했다. 그렇게 예뻤던 빨간 옷이 이 검정에서 죽었다가 소름끼치는 검은색으로 부활했다. 무엇이 더 있더라? 깃에 달렸던 방울은 어디 갔지? 어머니는 까만 스웨터의 옷깃을 잡고는 손을 안으로 넣어 더듬었다. 방울은 딸의 영원히 부족할 청춘의 발육을 충당하고 있었다.

"무슨 낯짝이니?" 어머니가 방울 두 개를 쳐다보았다.

샤오만은 아무 소리도 내지 않았다.

어머니가 손을 들어 딸의 뺨을 두 대 갈겼다.

그날 밤 샤오만은 욕조에 찬물을 반쯤 받은 뒤 몸을 담갔다. 강남의 10월 한밤의 냉수는 얼마든지 고열을 이끌어낼 수 있을 듯 충분히 차가웠다. 십 년 전 고열은 어머니의 오랜 포옹으로 이어졌다. 고열은 어머니를 다시 한 번 그녀만의 친엄마로 되돌려주었다. 십 년 동안 그녀는 무기력하게도 비슷한 고열을 일으키지 못했다. 샤오만은 찬물에서 족히 한 시간을 앉아 있었다. 36.5도의 체온으로 욕조 절반의 냉수를 따뜻하게 덥혔을 때 온몸이 딱딱해질 정도로 차가워졌다. 만족스러운 뻣뻣함과 함께 위아래 이가 목탁을 두들기듯 덜덜 떨리면서 처녀 역할의 배우가 무대를 빠르게 뛰는 듯한 소리를 냈다. 됐어, 딱이야. 샤오만은 기뻐하면서 욕조에서 스스로를 건져 올렸다.

날이 밝아오는데 몸은 차갑기만 했다. 열도 나지 않고 아무런 증상도 없었다. 이튿날 밤에 샤오만은 또다시 욕조에 들어간 뒤 밤새 덜덜 떨었다. 이렇게 적극적으로 찾는데 병은 왜 안 오는 걸까? 사흘째 아침 그녀는 '병에 걸리기'로 결심하고 침대에서 일어나지 않았다. 처음 들여다본 사람은 보모였다. 보모는 계부의 아침거리를 사러 밖에 나가 줄을 서라고 찾아왔다. 보모가 나간 뒤 어머니가 허둥지둥 들어왔다. 뺨에 베갯잇 자수에 눌린 자국이 선명했다. 어머니는 더할 나위 없이 부드러워진 손으로 샤오만의 이마를 짚고 자신의 이마를 짚어본 뒤 몸을 떨었다. 이상하네! 왜 이렇게 차갑지? 어머니는 이불을 들추고 부드러운 손으로 딸의 몸을 가만가만 문질렀다. 그녀의 따귀를 때리던 손길이 아니라 악기를 어루만지는 손길이었다. 어머니가 다시 한 번 질겁했다. 너무 이상해, 산 사람 체온이 어떻게 이렇지? 어머니는 아예 이불 속으로 들어와 딸을 끌어안았다. 지난번처럼 그렇게 꽉……. 아니, 더 세게 끌어안았다. 딸은 벽을 바라보며 누워 있었다. 그녀보다 머리 반 개쯤 큰 어머니가 뒤에서 아주 세게 끌어안자 혈액의 온기가 두 피부층을 뚫고 그녀의 혈액으로 전해졌다. 샤오만은 자신이 작아지는 기분이었다. 점점 갈수록, 다시 어머니 몸에 들어갈 수 있을 만큼 작아져 어머니의 자궁에 들어간 뒤 거기서 녹았다가 도로 나오면 동생들과 같은 명분을 얻을 수 있을 것 같았다.

어머니는 아무 말도 하지 않았다. 말하려면 너무 복잡하니 어떻게 설명할 수 있겠는가? 모녀 사이에는 그들만의 언어로만 이해할 수 있는 부분이 있고, 그 언어는 다른 사람에게는 암호나 다름없었다. 그때 샤오만은 이 집에서 자신보다 더 변형된 사람이 있음을 깨달았다. 바로 어머니였다. 어머니의 변형은 언제든 가능하고 각각의 가족 앞에서 각기 다른 형상을 취해야 했다. 한 번 변할 때마다 고통과 슬픔이 따른다는 것을 충분히 상상할 수 있었다. 그 점을 깨달았을 때 샤오만은 집을 나가기로 결심했다.

그날부터 샤오만은 새롭게 출발해 집 떠날 길을 모색했다.

1973년의 상하이를 아는가? 전국 각종 부대의 문예단체에서 나온 단원 모집소가 도처에 깔려 있었다. 한 해 전 린뱌오林彪 사건(공산당 부주석이던 린뱌오가 마오쩌둥 암살에 실패한 뒤 비행기로 망명을 시도하다가 추락사한 사건-역주)으로 부대에서 병사 모집을 일 년 동안 중지한 때문이었다. 허샤오만의 이름이 신청서마다 등장했다. 그녀는 조금도 흔들림 없이 학교 문예팀에서 연습한 솜씨를 최대한으로 발휘했고 열한 번째 모집소를 나올 때 뒤에서 부르는 소리를 들었다. "꼬맹이, 기다려……."

허샤오만은 혹시 자신을 부르는가 생각하며 고개를 돌렸다. 정말로 그녀를 부르고 있었다. 나는 그때 샤오만이 자기 신체에서 가장 뛰어난 눈동자를 얼마나 극도로 활용했을지, 눈동자라는 조명으로 자신의 평범한 용모를 어떻게 밝혔을지 상상할 수 있다. 당시 부대 수장은 우리를 전부 꼬맹이라고 불렀다. "허 씨지?"

단원 모집의 '수장'이 신청서를 보면서 그녀에게 손짓했다. 그 '수장'은 다름 아닌 하오수원이었다. 하오수원은 자신이 '꼬맹이'라고 부른 샤오만보다 고작 한 살 많았지만 수장 같은 위엄과 자상함을 내보였다. 내 기억으로 그때 하오수원은 모집임무를 맡아 응시자들에게 무용동작을 선보인 뒤 모방능력과 무용 감각을 테스트했다. 샤오만은 모방능력이 무척 뛰어나고 다년간의 학교공연으로 연기경험이 많았다. 게다가 당시에는 무용극마다 어린 전사가 등장해 사람을 밟고 공중 특기를 선보이는 게 유행이었는데 우리한테는 작고 공중회전이 가능한 여자아이가 부족했다. 허샤오만은 다양한 공중회전이 가능했다. 우리는 그게 샤오만이 죽음과 고통을 두려워하지 않는 것과 관련이 있다고 생각했다. 어쨌든 넘어지고 깨져도 걱정하는 사람이 없었으니까. 나중에 샤오만과 친해진 뒤 나는 그녀의 잠재의식 속에 죽고 싶은 마음이 있음을 깨달았다. 그녀는 전혀 몰랐겠지만, 열렬히 병을 갈망하고 고통을 원하고 위험을 추구했다는 점에서 볼 때 나는 그녀 자신보다 내가 더 잘 그녀를 이해했다고 생각한다.

하오수원이 샤오만을 부르자 샤오만이 몸을 돌려 다가갔다. 그녀 삶에서 가장 중대한 전환점이 되는 순간이었다. 샤오만은 눈앞의 크고 아름다운 북방 여군 때문에 몸을 제대로 움직일 수가 없었다. 당시 하오수원은 길을 나서면 중고생들이 오늘날 유명 연예인을 따라다니는 것처럼 몇 정거장씩 따라오곤 했다.

하오수원도 허샤오만의 눈동자에 붙들려 꼼짝할 수 없었다. 그 꼬맹이의 눈이 어떤 눈이던가. 평소에 눈길을 피하며 안 봐서 그렇지, 일단 봤다 하면 깜짝 놀랄 만한 응집력을 지니지 않았던가! 하오수원은 허샤오만에게 재시험이 필요하면 집으로 연락할 테니 집 주소를 적으라고 했다. 여기서 허샤오만의 그날 복장을 언급하지 않을 수 없다. 바로 그 매듭이 주렁주렁 달린 까만 스웨터를 입고 있었다. 나무막대기 같은 그녀 몸에 딱 밀착한 스웨터는 그녀의 곡선을 드러내주었다. 샤오만은 신청서에 공연팀 지도교사의 주소를 적었다. 아버지가 돌아가신 뒤 전적으로 신뢰하는 유일한 사람이었다. 샤오만은 행여 모집소 '수장'이 방문해도 지도교사가 자신에 대해 나쁜 말을 할 리 없다는 점까지 염두에 두고 있었다.

사흘 뒤 샤오만은 재시험 통지를 받았다. 이번에는 거의 목숨까지 내놓았다. 평소 완벽하게 연습하지 못한 공중회전까지 선보이다가 앞으로 회전한 뒤 제대로 착지하지 못해 등으로 심하게 떨어지면서 뒤통수까지 부딪쳤다. 모두들 깜짝 놀라서 소리를 지르며 틀림없이 크게 다쳤을 거라고 생각했다. 하지만 샤오만은 벌떡 일어나더니 잔뜩 찌푸린 얼굴로 웃음을 지었다. 그 찌푸린 웃음이 모집 책임자인 무용교사 양 선생님을 완벽하게 감동시켰다. 고통은 물론 죽음까지 두려워하지 않는 계집아이에게 더 무엇이 무섭겠는가? 양 선생님은 이미 샤오만에게서 미래 무용의 '작은 전사'를 발견하고 있었다.

그렇게 허샤오만은 자신을 학대할 우리 집단을 향해 돌이킬 수 없는 걸음을 옮기기 시작했다.

예전에 샤오만의 이야기를 썼을 때 나는 소위 말하는 해피엔드로 끝을 맺었다. 고진감래를 실현해 꽤 괜찮은 성품의 '고위층 2세'와 결혼시켰다. 오늘날로 말하자면 젊은 여자들이 꿈꾸는 '잘 생긴 재벌'과의 인연을 이루어준 셈이다. 그런데 수십 년 뒤에 보니 그렇게 결혼으로 끝맺음한 게 무척 미안스러웠다. 대체 어떤 결말을 만들어줘야 우리가 괴롭히고 짓밟은 그녀의 육칠 년을 보상할 수 있을까? 십여 년 뒤 나는 다시 샤오만의 이야기를 썼다. 펜으로 뚜쟁이짓은 하지 않았지만 쓰다 보니 또 이상해져서 내가 이야기를 끌고 가는 게 아니라 이야기에 끌려가고 있었다. 이번에는 샤오만이 다시 한 번 그때의 삶을 살도록 할 작정이다.

옛 사진들을 꼼꼼히 뒤진 끝에 우리가 허샤오만에게 받았던 첫 인상을 찾아낼 수 있었다. 사진 속 허샤오만은 아직 한 번도 세탁하지 않은 새 군복을 입고 길거리 청소부가 방진모를 쓰듯 군모에 머리카락을 전부 감추고 있었다. 입대한 뒤 첫 번째 일요일에 찍은 사진이었다. 눈은 전방을 주시하지만 사진사가 뒤집어쓴 암막천 속의 전방이 아니라 자신의 내력을 완전히 끊어낸 뒤 광명이 비치는 그 전방을 보면서 입술을 꼭 다물고 당시 유행하던 리테메이李鐵梅의 입 모양으로 입가에 힘을 주고 있었다. 허샤오만이 입대한 1973년에 나는 이미 '샤오蕭 노병(어떻게 들으면 어린 노병이라고도 들리는)'으로 불렸고, 신병들의 내무 교육을 위해 임시로 신병교육대에 파견되었다. 나는 이불을 벽돌처럼 네모반듯하면서 딱딱하고 무정하게 갤 수 있었다. 그건 우리 군의 풍모였지만 미군이 이불을 갤 필요 없이 침낭을 쓰는 줄은 몰랐다. 나는 손재주가 좋아서 눈감고도 흐트러진 침구를 가로 오십 센티미터, 세로 육십 센티미터로 둘둘 말아 배낭으로 꾸리는 데 45초밖에 걸리지 않았다. 그때 나는 뒤로는 연애하면서 앞으로는 잘 교육 받은 아이인 척하느라 무슨 일에든 독하게 굴었다. 1973년 봄 상하이에서 온 여성 신병은 꼭 열 명이었고, 간이병영에는 12인용 합숙 침대가 있었다. 제일 앞자리는 반장, 마지막 자리는 부반장 차지였고 샤오 노병은 임시로 부반장 자리를 썼다. 허샤오만은 그렇게 우리 시야로 들어왔다. 군모를 이마까지 눌러 쓰고 모자 뒤로도 머리카락 한 올 보이지 않아 언뜻 보면 사내아이 같았다. 두 주가 지났을 때 누군가 허샤오만이 한 번도 군모를 벗지 않았다는 것을 발견했다. 소등나팔이 불 때도 샤오만의 모자는 머리 위에 있었다.

귓속말에 적합한 상하이 말이 몇 번 오가더니 빠르게 결론이 도출되었다. "머리에 끔찍한 피부병이 난 게 틀림없어."

신병들은 전부 열대여섯 살로 훈련이 재미없다 보니 뭔가 재밋거리를 찾고 있었다. 그래서 누군가 총검술훈련 때 실수인 척하며 나무총으로 샤오만의 모자를 찔러 벗기자고 제안했다. 하지만 곧 큰 문제로 불거질 수 있음을 발견했다. 행여 조준을 잘못해 눈이나 손을 심하게 찔러 상처라도 입히면 문제가 커질 터였다. 신병훈련소가 어떤 곳인가? 일단 불량으로 밝혀지면 왔던 곳으로 되돌려 보내는 반품장이었다. 따라서 신병훈련의 삼 개월은 수습기간이며 누구도 사고를 치면 안 됐다. 그렇지 않으면 언제라도 수습기간이 종료돼 상하이에서 천리나 떨어진 청두까지 와서 새 군복 한 벌만 건진 채 돌아가야 했다. 부대에서 반품되는 위험을 감수하면서까지 피부병을 밝히는 행동은 그야말로 무가치했다.

일주일이 흐르는 동안 허샤오만은 밤이든 낮이든 빈틈없는 군인의 기강을 보여주었다. 그런데 군복과 군모를 침대 윗벽의 쇠못에 걸다 보니, 남의 군모를 '잘못' 쓰는 경우가 발생할 수 있었다. 신병반 반장은 우리 눈에는 정규군으로 보이는 통신연대 소속이었다. 그녀만 손목시계를 차고 여행용 자명종이 있었다. 우리는 그녀의 자명종을 이용하기로 결정했다. 자명종을 빌려달라고 하자 반장은 곧장 경계하면서 "무슨 생각이야?" 하고 물었다. 어조에서 이미 우리가 '좋은 일'에 쓰지 않을 것임을 확신하고 있었다. 그녀는 작은 눈을 희번덕거리며 웃고는 "싫어!"라고 말했다. 아주 명쾌했다. 하지만 빌리지 않아도 우리에게는 방법이 있었다. 몰래 자명종을 기상나팔보다 2분

빠른 5시 58분에 맞추는 거였다. 2분이면 불을 켜고 샤오만의 군모 속 비밀을 밝히기에 충분했다.

신병들은 일단 자명종 소리가 들리면 허샤오만 오른쪽 사람이 모자를 '잘못' 쓰기로 모의했다.

이튿날 아침 기상나팔이 울리기 2분 전에 신병반장의 자명종이 울리기 시작했다. 아직 어두운 병영에서 허샤오만의 오른쪽 신병이 벌떡 일어나서는 왼쪽으로 팔을 뻗어 왼쪽 위에 걸린 군모를 내린 뒤 곧장 머리에 썼다. 이와 동시에 또 다른 신병이 문 옆으로 뛰어가 전등 줄을 잡아당겼다. 신병반장이 왜 자명종이 울리느냐며 투덜거릴 때 등이 환하게 켜지고 모두의 시선이 일제히 허샤오만을 향했다. 당연히 종기로 가득한 머리를 예상했기 때문에 우리는 전부 실망했고, 어쩌면 진짜 피부병을 본 것보다 더 놀랐다. 허샤오만의 머리에는 머리카락이 있을 뿐만 아니라 숱도 남들 머리 세 개 분량은 되었다. 다른 말로 표현하자면, 허샤오만의 머리는 머리카락의 황무지, 혹은 머리카락의 열대우림이었다. 그렇게 비상식에 가까운 무성함, 억제할 수 없는 풍성함은 그녀의 마른 몸이 필수에너지만 최소한으로 섭취하고 남은 에너지를 모두 머리카락에 줘버린 듯했다. 모자를 들어 올릴 정도로 솟은 머리카락에서는 그녀의 생명 에너지가 터져 나오고 있었다. 우리는 그녀의 머리카락을 좋아하고 심지어 부러워해야 했지만 살짝 겁이 났다. 우리와 달리 너무 이상했다. 자세히 보면 가닥마다 수도 없는 굴곡이 있고 가닥가닥이 모두 두껍고 까맸다. 그 순간 우리는 너무도 이단 같은 그것을 어떻게 좋아해야 할지 알 수 없었다. 마침내 누군가가 허샤오만의 머리카락에 대해 평했다. "세상에, 이게 머리카락이야? 어떻게 자란 거야?" 분명 질문이었다.

질문자는 신병훈련 중간에 들어와 새 군복 안에 꽃무늬 스카프까지 매는 린딩딩이었다. 그녀는 유치하게 손끝으로 허샤오만의 머리카락을 건드렸다가 얼른 거두고는 손가락을 바라보았다. "염색한 건 아니지?" 허샤오만은 머리를 살짝 움직여 린딩딩의 손가락에서 안전한 곳으로 피했다. 린딩딩이 이어서 물었다. "파마한 것도 아니고?" 허샤오만이 고개를 저었다. 딩딩이 또 말했다. "왜 이렇게 자랄까?" 분명 혐오가 섞인 어투였다.

그때부터 우리는 기본적으로 허샤오만의 머리카락을 살짝 혐오하게 되었다.

나중에 허샤오만은 내게 자초지종을 알려주었다. 그해 모병 수장과 다른 신병들을 따라 상하이에서 서쪽행 열차에 오를 때 그녀의 어머니만 배웅을 나왔다. 어머니는 딸이 멀리 떠나기 전에 다시 한 번 친엄마가 되려 했다. 저녁 기차였지만 어머니의 배웅은 오전부터, 기차역의 짐 보관소에서부터 시작되었다. 어머니는 딸의 크지 않은 범포가방을 대신 부친 뒤 그녀를 데리고 화이하이루淮海路에 갔다. 갈비떡으로 유명한 '셴더라이'鮮得來 식당에 갔는데 가게 안은 앉을 자리가 없어서 사람들 대부분이 접시를 든 채 길거리에 서서 먹고 있었다. 어머니는 길에서 딸을 위한 송별회를 열었다. 떡을 1인분만 사서 샤오만에게 먹이는데 한 손에는 탕을, 다른 손에는 매운 양념장이 담긴 접시를 들고 쉬지 않고 딸에게 말했다. "양념장 좀 찍어! 탕도 마시고!" 식탁이 없자 어머니는 딸의 식탁이 되어주었다. 점심식사를 마친 뒤 모녀는 공원으로 갔다. 2월인데 4월 같은 태양이 떠서 어머니는 푸싱福興공원의 잔디밭에 신문지를 깔고 딸을 앉힌 뒤 머리를 땋아주었다. 샤오만의 머리카락은 빗질이 힘들었다. 어머니가 빗을 댈 때마다 동생이 잡아당기는 것보다도 훨씬 아파서 눈물이 그렁그렁 맺혔다. 아버지가 살아계실 때 샤오만은 어머니가 머리 빗겨주는 게 제일 무서웠다. 차라리 아버지가 손수건으로 대충 하나로 묶어주는 게 좋았다. 덤받이가 되어 계부의 집에 들어간 이후 샤오만은 어머니가 머리 빗겨주던 고통을 그리워하기 시작했다. 하지만 어머니는 더 이상 그녀의 머리카락에 신경 쓸 마음도 여유도 없었다. 어머니는 샤오만의 머리카락과 거의 싸움을 벌였다. 반항하는 곳마다 눌러버리는 식으로 마침내 쉼 없이 항쟁하는 머리카락을 전부 제압해 정수리부터 끝까지 꽃처럼 땋아 내린 뒤 '보리꽃'이니 '프랑스식 땋은 머리'니 하고 알려주었다. 샤오만이 왜 프랑스식 땋은 머리라고 부르는지 묻자 어머니가 부드러운 목소리로 다른 사람이 알려줬다고 대답했다. 샤오만은 '다른 사람'이 아빠일 거라고 추측했다. 어머니는 그때 샤오만의 친아빠를 떠올렸다. 샤오만과 단 둘이 있을 때, 샤오만의 외모와 체형이 그녀 친아빠의 연장선 같을 때 어머니는 연약하고 선하던 전남편을 떠올리곤 했다. 전남편의 많은 부분이 샤오만의 몸에 살아 있었다. 2월의 햇살 속에서 그들 가족이 모였지만 샤오만의 친아버지만 그 자리에 없었다.

"이런 머리카락을 뭐라고 하는지 아니?" 어머니가 갑자기 물었다.

딸은 몰랐다.

"수세미머리."

샤오만은 그런 머리카락을 가진 사람을 또 알았다. 자신의 아빠였다. 어머니는 귀한 사람은 숱이 많지 않다면서 이렇게 두껍고 숱 많은 머리카락은 박복한 사람에게만 난다고 여러 차례 말했다.

우리가 보았던 허샤오만은 어머니의 손재주를 군모에 숨긴 마르고 작은 신병이었던 셈이다. 샤오만이 낯선 사람들 속에서 어떻게든 오랫동안 어머니의 손길을 간직하고 싶어 얼마나 애썼는지를 우리가 어떻게 알았겠는가. 샤오만에게 모성애는 애당초 흔적이 거의 없거나 옅었다. 프랑스식 땋은 머리도 그런 흔적인 셈이라 그녀는 최대한 오래도록 간직하고 싶었다. 두 주 뒤 더 이상 땋은 머리를 유지할 수 없자 샤오만은 목욕탕 칸막이 안에서 머리를 감으려다가 풀기도 어렵다는 사실을 발견했다. 매듭이 꽉 엉겨버린 거였다. 하는 수 없이 핵폭탄 구름 같은 머리카락을 군모에 쑤셔 넣고는 근처 군인이발관에서 가위를 빌려와 풀리지 않는 매듭을 모두 잘라버렸다. 우리가 그녀 군모의 비밀을 밝혔을 때는 샤오만이 머리카락에 손을 대 스스로는 짧은 단발이라고 생각하지만 사실은 사자 몸에 사람 얼굴을 한 스핑크스에 더 가까운 머리형으로 잘랐을 때였다.

1990년대에 다시 허샤오만을 만나 유년기에서 청소년기까지 어떻게 지냈는지를 듣고 난 뒤에야 나는 그녀가 왜 그렇게 발열에 집착하는지 이해했다. 샤오만은 우리 여군들 중에서 린딩딩을 가장 부러워하고 질투한 사람일 것이다. 딩딩은 끊임없는 잔병치레 때문에 사람들의 관심을 많이 받았다. 우리도 딩딩의 잔병치레를 빗댄 우스갯소리를 툭하면 주고받았다. 가령 딩딩이 가래가 많아서 기침이 심하다고 하면 가래가 아니라 '가라'가 많다고 하고, 과일을 많이 먹으라고 권한 다음 그녀가 비타민이 많은 밀감이 좋다고 하면 '밀대'가 좋다고 바꿔 말했다. 위통이 올 때마다 작고 하얀 손으로 가슴을 누르고 있어서 물어봤더니 딩딩은 표준어가 삼분의 일 정도 섞인 상하이 방언으로 대답했다. "그냥 위가 공처럼 부풀어서 그래." 이후 우리는 부대위문공연 연회에서 누가 많이 먹으면 "위가 공처럼 부풀지 않게 조심해!"라고 경고했다. 그런데 린딩딩의 병은 심하지는 않아도 진짜여서 일단 위가 공처럼 부풀어 오르면 모두들 그녀가 한 움큼의 위장약을 아작아작 땅콩처럼 씹어 먹는 모습을 지켜보아야 했다. 한번은 린딩딩이 독창을 시작하기 직전에 위통이 발작했다. 하필 침을 챙겨오지 않은 날이라 위생병은 임시변통으로 굵고 커다란 옷핀 두 개를 그녀의 엄지와 검지 사이에 깊숙이 찔러 넣었다. 모두들 얼마나 안타깝게 딩딩을 쳐다보았는지 모른다. 특히 류펑은 가슴이 문드러질 정도로 안타까워했다. 이것은 '접촉사건'이 터진 뒤 내가 돌이켜 추측한 감정이다.

그때 딩딩을 가장 부러워한 사람은 허샤오만이었다. 병에 대한 그녀의 갈망은 아주 오래 전에 시작되었다. 그녀의 아버지가 자살한 이후 그녀는 더 이상 누구의 보배도 될 수 없었다. 병이 날 때에만 어머니가 잠시 보물처럼 여겨줄 뿐이었다. 샤오만은 린딩딩을 보루처럼 에워싸는 우리를 보면서 자기도 보루의 벽돌일 뿐이라고 생각했다. 그때 린딩딩은 연대 수장들이 애지중지하는 보물이었다.

언젠가 위문공연을 나갔을 때 허샤오만에게 그토록 바라던 발열이 찾아왔다. 우리가 머문 어둡고 추운 현성초대소에서 위생병은 그녀 입에서 체온계를 꺼낸 뒤 다음의 유명한 대화를 나누기 시작했다.

허샤오만이 물었다. "몇 도예요?"

위생병이 대답했다. "모르겠는데……."

"어서 보세요!"

"잘 안 보여!"

허샤오만이 말했다. “그러다가 식겠어요!”

위생병과 우리는 뭐가 식는다는 것인지 이해할 수 없었다.

위생병이 체온계를 들고 문 밖으로 향하자 허샤오만이 다급하게 소리쳤다. “아니! 나가서 뭐 하시게요?”

위생병이 대꾸했다. “이런 지역은 낮에 전기가 들어오지 않아. 안에서는 보이지를 않는다고!”

“나가면 안 돼요!”

위생병은 할 말이 없어서 문 앞에 멍하니 섰다.

허샤오만이 말했다. “나가면 체온계가 더 식지 않겠어요?”

그때 우리는 낮잠을 자다가 그녀의 바보 같은 말에 깨서는 한바탕 웃음을 터트렸다. 의학과 의료장비에 대한 샤오만의 엄청난 무지에 우리는, “체온계가 무슨 찐빵처럼 찜통에서 나오면 식는 줄 아니?” 하고 물었다.

위생병이 바깥에서 돌아와 샤오만의 체온이 39.6도라고 알려주었다. 샤오만은 여전히 실내에서 쟀으면 틀림없이 더 높았을 거라고 아쉬워했다.

그때 우리가 그녀를 용서한 이유는 열이 39.6도까지 오른 머리라면 제정신이 아닐 테니 시비를 가릴 수 없다고 생각해서였다. 그날 밤 샤오만은 휘청휘청 일어나 유령처럼 무대 뒤로 갔다. 화장을 하고 공연에 참여할 작정이었다. 부대위문공연 때는 인원이 제한적이라 대형 군무에서 샤오만을 대신할 사람이 없었다. 그게 윗선에서 샤오만의 참전을 비준한 이유이기도 했다. 상사는 우리 여군들에게 샤오만의 빗질과 화장을 도와주고 무대복도 입혀주라고 했다. 그 이틀 동안 허샤오만은 고열과 해열제 때문에 비 오듯 땀을 흘리고 몸과 머리카락이 후끈거리며 온몸에서 쉰내가 진동했다. 우리 중 누군가가 말했다. “취사반에서 소다를 적게 넣은 찐빵시루를 열 때 같아!”

“무슨 소리?” 하오수원이 허샤오만의 끈끈한 머리카락을 빗다가 말했다. “소다를 아예 잊어버린 것 같다고!”

우리는 메스꺼운 표정으로 웃기 시작했다. 허샤오만도 살짝 어색하게 따라 웃었는데 그때 만약 모두를 따라서 스스로를 비웃지 않았으면 무척 외로워졌을 것이다. 어쨌든 그때 샤오만은 풍자와 웃음 속에 우리들 여럿의 시중을 받고 잠시 수장의 보배도 되었다. 그날 밤 공연 총결산 때 부단장이 허샤오만의 이름을 거론하며 허 동지가 힘들어도 자발적으로 분장실에 들어오지 않았더라면 대형 군무에 구멍이 났을 거라고 말했다. 그러면서 ‘경상으로는 전선에서 물러나지 않는 정신’의 허 동지에게 박수를 쳐주자고 외쳤다. 허샤오만은 눈시울이 붉어졌다. 그녀는 그 열렬한 박수가 기본적으로 진심임을 알았다.

그때만 해도 우리는 아직 공개적으로 샤오만을 무시하기 전이었고, 그녀의 이해할 수 없는 부분도 차츰 알아가는 중이었다. 가령 식사 때 절반만 먹은 뒤 절반은 감췄다가 몰래 먹는다든가, 작은 새알심 소를 핥아먹다가 도로 싸서는(당시 청두에서는 사탕을 살 수 없었는데, 우리는 단 것을 무척 좋아해서 새알심 소를 참깨사탕이라 생각하며 먹었다) 불을 끈 뒤에 계속 핥는다든가, 군모에 신문지를 넣어 군모 높이를 올리는 등등. 사실 그런 사소한 버릇들은 우리에게 진짜 문제가 되지는 않았다. 여군에게는 이상한 버릇이나 문제가 워낙 흔했다.

우리가 샤오만을 무시하게 된 결정적인 사건은 이렇게 발생했다.

그날 마당 빨랫줄에 브래지어 하나가 평소처럼 웃옷에 덮인 채로 널렸다. 당시만 해도 부끄러움이 많았고 남녀유별의 차이가 어디까지인가 같은 문제에 명확한 기준이 없어서 우리는 '유별한 곳'을 가리는 개인 속옷을 공개적으로 널지 않았다. 그날은 바람이 무척 거세게 불었다. 그 바람에 위에 덮어두었던 웃옷이 날아가고 밑에 숨겨놓은 브래지어가 적나라하게 바람을 타며 춤을 추었다. 정치학습을 끝내고 미친 망아지들처럼 모조리 밟아버리겠다는 기세로 문을 박차고 나갔던 우리는 순간 그 자리에 멈춰서고 말았다. 브래지어가 바람 속에서 용감하게 독무를 추고 있을 뿐만 아니라 반원으로 들어간 부분이 노란 스펀지로 가득했기 때문이다. 다시 살펴보니 목욕용 스펀지였다. 목욕한 뒤 스펀지를 둥글게 오려서 거친 바느질로 가슴의 봉긋한 부분에 꿰맨 듯했다. 한눈에도 초라하기 그지없었다. 수십 년이 지난 오늘날이야 어디에서나 유방 확대 광고를 볼 수 있고 원하기만 하면 살 속에 직접 보형물을 삽입할 수 있지만 그때는 누가 감히 가슴을 키우려 했겠는가? 게다가 소재가 너무 저렴하고 솜씨도 조악한 데다 동경 또한 염치없었다. 우리는 약속이라도 한 듯 서로를 바라보다가 서로의 시선에서 대체 누구 가슴이 스펀지인지 궁금해 하는 걸 알아챘다. 우리는 다시 약속이라도 한 듯 몸을 움츠리며 얼굴을 붉혔다. 그 몰염치한 동경에 모두들 안절부절못하며 불안에 휩싸였다.

그런 얼굴 붉힘은 오늘날의 시선으로 보면 훨씬 명확해진다. 조잡하게 채워 넣은 스펀지 가슴은 우리 여자들의 무의식 속 동경을 드러내주었다. 조금 더 심층적으로 따지면 그것은 꽃 같은 나이의 우리 스물여덟 여군의 무의식일 뿐만 아니라 수만 년 동안 형성된 여성의 집단무의식이었다. 수만 년 동안 여성의 매력과 생식력, 양육

력에 대한 인류의 동경과 꿈에서 유방은 대표적인 상징이자 토템이었고 고대 여성의 집단무의식으로 자리를 잡아갔다. 유방에 대한 자부심과 긍지는 수만 년 동안 무의식 속에서 계승되어 결국에는 꽃 같은 나이의 우리 여군 마음에까지 이르렀지만 우리는 의식적으로 부인했다. 그러다 우리의 비밀스러운 동경이 백주대낮에 그런 조잡한 스펀지 가슴으로 드러나고 팔려나갔다! 남군들이 곁눈질을 주고받았다. 브래지어 주인은 우리의 비밀스런 동경을 그들에게 팔아버린 셈이었다.

우리 중 누군가가 나직하게 말했다. "얼른 걷어, 창피해!" 하지만 하오수원이 안 된다며 "누구든 건드리는 사람이 임자야!"라고 경고했다. 그런 다음 바람에 날아간 웃옷을 가져와 범죄현장을 보호하겠다는 의미로 브래지어를 덮었다. 하오수원은 그 자리에 있던 여군들에게 눈짓을 보냈고 모두들 아무 일도 아니라는 듯 그녀를 따라 소연습실로 갔다. 합창대와 악대가 연습하는 소연습실에서 우리는 구석에 놓인 커다란 피아노를 회의탁자로 삼았다. 피아노를 둘러싸고 섰을 때 여기저기서 웃음이 터져 나왔다. 너무 황당해서 할 말을 잃었을 때 나오는 웃음, 뻔뻔한 망상에 연민이 느껴져서 짓는 웃음이었다. 그리고 순전히 브래지어가 너무 심해서, 우스꽝스러울 정도로 참담해서 웃기도 했다. 하오수원은 우리에게 조용히 하라고 말했지만 얼마 안 있어 우리 중에서 가장 미친 듯 웃다가 피아노 건반에 털썩 주저앉고는 피아노가 콰르릉 울리자 또 웃었다. 한참 웃고 난 뒤 우리는 오늘 밤 브래지어 주인을 꼭 잡자는 하오수원의 제안에 찬성했다. 그리고 셔츠와 브래지어 치수에 따라 수사범위를 무용2분대로 좁혔다.

이어서 하오수원은 창문에서 앞마당이 내다보이는 방에 비밀초소를 만들고 대체 누가 셔츠와 그 아래의 천한 수작을 수거해 가는지 보기로 했다. 저녁식사 때는 보초 서는 사람에게 따로 식사를 가져다주었다. 저녁 훈련 때도 프로그램 없는 사람이 초소를 지켰다. 소등시간이 가까워오자 가로등빛 아래로 셔츠와 그것이 엄호하는 수작질만 외로운 깃발처럼 남았다. 바람이 잦아들었고 그것들도 지쳤다. 셔츠와 브래지어 주인은 우리 매복을 알아차리고는 차라리 버릴지언정 나타나지 않으려는 듯했다. 하지만 그럴 리가 없었다. 병사마다 셔츠는 두 벌이고 겨울과 여름 두 차례 제복을 한 벌씩 지급받지만 반드시 옛날 옷과 바꿔야 했다. 셔츠 하나를 버리면 영원히 사라진다는 뜻으로 빨아 입지도 못하게 되니, 설마 지금부터 옷을 갈아입지 않겠다는 뜻이겠는가?

11시가 넘자 매복하던 야간 보초도 피곤해졌다. 반면 사냥감은 여전히 오리무중이었다. 야간 보초병이 하오수원을 깨우면서 이제 그만하자고, 비밀이 새어나갔는지 죽어도 걸려들지 않는다고 말했다. 하오수원은 언짢은 목소리로 그러라고 허락했다. 그런데 보초가 우리 방 문을 나가려 할 때 누군가 조용히 복도로 들어오는 게 느껴졌다. 복도 나무판은 다른 건물처럼 칠팔십 년 정도 오래되다 보니 모든 방의 나무판과 신경망처럼 연결돼 있었다. 그래서 누군가 복도 끝에서 들어오면 각 방의 나무판까지 미세하게 감응했다. 보초가 복도로 고개를 내밀자 작은 그림자 하나가 살금살금 어둠 속에서 움직이고 있었다. 보초가 소리쳤다. "거기 서!"

하오수원은 전형적인 비상집합 동작으로 침대에서 1초도 안 돼 복도까지 나갔다. 그와 동시에 보초가 복도 전등을 켜자 먼지와 거

미줄에 뒤덮인 혼탁한 등불 속에 허샤오만이 그 셔츠를 든 채 자신의 방으로 향하고 있었다. 하오수원은 곧장 모병업무를 맡았던 옛 젊은 수장으로 돌아가 위엄 있으면서 자상하게 말했다. "기다려!"

허샤오만이 멈춰 섰다. 하오수원이 옆에 있는 보초에게 고개를 저었다. 보초는 당연히 '수장'이 무엇을 하라는 뜻인지 알아듣고 뛰어가 허샤오만의 셔츠를 잡아챘다. 하지만 곧 어리둥절한 표정으로 고개를 돌리고는 잠옷 바람으로 뒤따라온 하오수원을 쳐다보았다. 셔츠는 분명 그 셔츠였지만 그건 중요하지 않았다. 중요한 것은 셔츠가 가리고 있던 그 천한 수작질이었다. 범인을 잡으려면 인증과 물증이 모두 있어야 하는데 수작질의 증거가 없어졌다! 하오수원은 보초 손에서 셔츠를 건네받아 무표정하게 살피면서 심문을 시작했다.

"이렇게 늦은 시각에 어디 가?"

"화장실에 갑니다."

"평소에도 가나?"

"가끔요……."

여군 침대 밑에 대야가 보통 세 개 있다는 것은 누구나 아는 사실이었다. 대야의 용도는 분명했다. 제일 큰 대야는 발과 몸을 닦기 위해, 두 번째 대야는 얼굴을 닦기 위해, 가장 작은 대야는 어쩌다 밤에 깼을 때 용변을 보기 위해서였다. 설사가 아니고서야 한밤중에 마당을 가로질러 공중변소에 가는 사람은 거의 없었다.

"대단한 배짱이네."

허샤오만은 심문자 말 속의 이중적 의미를 아주 쉽게 알아들을 수 있었다. 그때는 이미 하오수원이 여자 무용대 대장이 될 거라는 소문이 파다했다. 허샤오만은 그렇게 미래의 직속상관 앞에서 똑바른 부동자세로 서 있었다.

“이게 네 셔츠인가?”

“……네.”

“저녁에 비가 와서 모두들 바깥에 널었던 빨래를 걷어왔는데 너는 왜 안 걷었지?”

“잊어버렸습니다. 방금 화장실에서 돌아올 때에야 봤습니다.”

“평소에는 기억력이 좋던데? 만두 반쪽을 숨겨놓았다가 한밤중에 잊지 않고 먹을 정도로 말이야.”

허샤오만은 감히 엄중쉬어도 하지 못했다.

하오수원의 단정하고 예쁜 얼굴에 섬뜩한 웃음이 떠올랐다.

“그 물건은 어디 있어?”

“무슨 물건이요?”

“네가 숨겨놓은 물건. 알잖아.”

“아무것도 숨기지 않았습니다.”

“뻔뻔하게 저질렀으니 뻔뻔하게 인정도 하시지.”

“무엇을 인정합니까?”

“무엇을 인정할지 내가 어떻게 알아!”

“…….”

“이봐, 대답해!”

“…….”

하오수원이 셔츠를 가리키며 말했다. “이 옷 밑에 뭘 감췄었지?”

“……뭘요?”

“어디서 발뺌이야! 네가 숨겼으니 네가 알아야지!” 하오수원이 화를 내다못해 웃었다.

복도 양쪽에서 문이 살짝 열리더니 갈수록 틈이 커졌다.

취조가 교착상태에 빠졌다. 하오수원은 다시 하는 수밖에 없었다.

"그 잘난 걸 태워버렸니?"

"……."

"셔츠 밑에 숨겼던 걸 태웠냐고?"

"……누가 태웁니까?"

"아, 안 태웠구나. 그럼 어디 있어?"

"……."

"근데 모두들 봤거든."

허샤오만이 울기 시작했다. 억울함의 눈물처럼 보이기도 하고 집요한 공격을 받아 전면 붕괴에 이르자 선처를 호소하는 눈물처럼 보이기도 했다. 샤오만은 앞을 보고 있었지만 코앞의 미래 분대장을 보는 게 아니었다. 그녀의 시선은 하오수원의 몸에 구멍을 뚫고 달아날 길을 찾고 있었다. 요즘 유행하는 '타임슬립'이 가능해 수십 년을 뛰어넘어 21세기의 베이징 왕푸징까지 올 수 있다면 발이 닳도록 뛰어다녀도 패드 없는 브래지어는 찾을 수 없을 텐데……. 방금 처분해버린 그녀의 브래지어도 현재로 가져오면 감히 브래지어라고 믿을 사람이 없을 터였다. 너무나도 처량한 물건이니까! 노란 목욕스펀지를 달고, 자기 몸에 대한 불만을 담고, 자체 개선을 위한 대범한 부정행위를 내포한 물건. 샤오만이 어떻게 그런 부정행위를 인정할 수 있겠는가? 인정하라는 건 지나치게 잔인한 처사가 아닐까? 하오수원은 지나치게 잔인했다. 그렇게 풍만하고 아름다운 가슴을 가졌기 때문에 유방에 속임수를 쓰는 불쌍한 사람을 몰아세우는 게 당연했다!

허샤오만의 시선은 하오수원의 아름다운 가슴에 구멍을 뚫고 하오수원 뒤쪽 복도 끝 벽에도 구멍을 뚫었지만 끝내 달아날 출로를 찾지는 못했다. 눈물이 방울방울 떨어졌지만 그녀는 고개를 숙이지도, 죄를 인정하지도 않았다. 가을밤에 줄줄이 나와 덜덜 떨고 있던 우리도 모두 불쌍한 존재였다. 일단 불쌍한 인간 하나가 화를 입으면 위기가 그쪽으로 쏠리면서 한동안은 우리에게 미치지 않을 테니 우리는 그만큼 안전해졌다. 그래서 우리는 그 불쌍한 인간이 화를 입는 시간을 조금 더 오래 확보해 우리의 위기를 조금 더 오래 전가시키려 했다.

"여기 여러 명이 봤다고." 문 안쪽의 모 여군이 증인석에 섰다.

"남자들도 다 봤어! 이상하게 웃었고!" 다른 증인은 분통을 터트렸다.

안쪽 여군들이 복도의 세 사람과 더불어 재판장을 형성했다. 하오수원이 다시 입을 열었다.

"그따위 짓을 저지르고 거짓말까지 하다니."

"거짓말 아닙니다."

"거짓말이 아니라고?" 하오수원이 복도 양쪽의 문을 훑어보았다.

"거짓말!" 배심원들이 이구동성으로 외쳤다.

"다시 묻지. 거짓말이지?"

조용한 가운데 허샤오만의 눈물이 멎었다.

"지금 묻고 있잖아."

"거짓말 아닙니다!"

허샤오만이 갑자기 고함을 지르기 시작했다. 차가운 가을밤에 난기류가 발생했다.

고함소리에 하오수원이 잠시 압도당했다. 모두들 고함 속에서 "미친년!"이라는 말도 듣고 더 심한 뒷골목 욕도 들었으며 그런 욕설로 고래고래 소리치는 것도 들었다. 늘 쥐새끼처럼 살금살금 숨어 다니던 그녀가 그렇게 소리칠 수 있을 줄이야! 샤오만의 몸에 그런 고함이 숨겨져 있을 줄은 전혀 몰랐다.

"거짓말이 아니면 왜 소리를 질러?"

허샤오만은 여전히 앞을 보고 있었다.

"저질렀으면 인정을 해야지! 거짓말로 발뺌……."

그 순간 비명이 하오수원의 말을 끊어버렸다. 허샤오만의 의미 없는 비명은 훨씬 더 끔찍했다. 그녀가 순식간에 인간에서 원숭이로 퇴화했나 의심스러울 정도였다. 극도로 처량하고 긴 호흡의 비명이 158센티미터의 몸을 울림통으로 불가사의한 주파수를 만들어냈다. 다름 아닌 그녀의 왜소함이 날카로운 소리를 만들어낸다고 증명하는 듯했다. 말매미, 귀뚜라미, 여치, 방울벌레 등처럼 말이다. 하오수원은 허샤오만의 비명에 거의 넋이 나갔다. 우리도 모두 멍하니, 저렇게 비명을 지르면서 한 글자도 말하지 않다니 무슨 의미지? 하고 생각했다. 나중에 샤오만의 내력을 알게 된 뒤 나는 그 의미 없는 비명이 오래 전부터 음조를 만들어 운용되기 시작했다고 생각했다. 그녀 아버지가 자살했을 때부터, 어쩌면 남동생이 그녀의 머리카락을 잡아당기면서 "머리카락이 이렇게 거치니 분명 똥고집일 거야"라고 말했을 때부터, 또 어쩌면 어머니가 검게 염색된 빨간 스웨터를 알아보고 방울을 어떻게 가슴 보형물로 썼는지 알아챈 뒤 그녀의 따귀를 때렸을 때부터 시작되었을 거라고 생각했다.

허샤오만이 비명을 지를 때 얼굴은 새빨개졌지만 양미간은 하얗고 코에서 입까지의 삼각지대도 창백했다. 한편 그녀의 눈은 여전히 하오수원을 관통하고 있었다. 하오수원은 많이 빨아서 너덜너덜해진 스웨터를 잠옷으로 입고 있었다. 원래는 빨간색이었다가 분홍색으로 바랬을 옷은 너무 많이 빨다 보니 오래 끓여서 흐물흐물해진 만두피처럼 몸에 달라붙었다. 상상해보라. 그날 밤 하오수원의 무방비한 몸은 그렇게 또렷하고 풍만한, 그녀의 고사포 사단장 아버지와 군의관 어머니가 준 몸을, 또 그 뒤의 배경을 딛고 있었다. 세상에 하오수원이 존재하는 한 허샤오만은 참담해질 뿐이었다. 하오수원의 타고난 몸과 허샤오만의 가짜 가슴이 맞붙었으니 당연히 한 사람은 폭로하려 하고 한 사람은 비명을 지를 수밖에 없었다.

허샤오만에 대한 여군들의 경멸은 급속도로 퍼져나갔고 얼마 뒤에는 남군들도 영향을 받았다. 지금까지도 나는 1976년 여름의 무더위를 잊지 못한다. 여름이 끝났을 때 사람들은 그 혹서酷暑에 대해 원래 그런 폭염이 대지진을 일으킨다, 거물들의 큰 계획을 돕는다, 천재와 인재는 하늘이 먼저 안다는 등 여러 가지 의견을 내놓았다. 하지만 그때 우리는 아무것도 모른 채 대변혁 전야의 비인간적인 폭염 속에서 8월 1일 인민해방군 창군 기념일을 위한 새 무용극 〈진사金沙강을 건너는 홍군〉을 연습하고 있었다. 무용극의 절정은 남자무용수들이 일제히 여자무용수를 들어 올리고 여자무용수는 한 다리를 남자무용수 어깨에 꿇은 채 다른 한 다리를 허공으로 길게 뻗는 자세였다. 모두들 땀범벅이 되고 마룻바닥도 따라서 땀을 흘리는 듯 축축해졌다. 평소 땀을 많이 흘리는 허샤오만은 밀랍인형이 머리부터 발끝까지 녹아내리는 것처럼 기름기로 번들번들해졌다. 들어 올릴 순간이 다가오자 녹음기 음악이 격정적으로 빨라지고 북과 관악기 소리가 거세게 휘몰아쳤다. 여자무용수들이 준비 자세를 취하자 남자무용수들이 허리를 받치면서 반 바퀴 돌려 여군들이 '손에 올릴 정도로 가냘프고 가벼운 미인'처럼 남군의 팔뚝에 올라갔을 때 갑자기 녹음기가 꺼졌다. 연출을 맡은 양 선생님이 등나무의자에서 벌떡 일어나자 의자에 축축하게 남은 엉덩이자국이 보였다. 양 선생님은 허샤오만의 상대에게 무슨 일이냐고 물었다. 삼 년째 전역을 신청하고 있는 주커朱克라는 베이징군이었다. 그는 아무것도 아니라고 대답했다. 양 선생님은 수건으로 땀을 닦으면서 담배 반 개비를 흔들며 들어 올리는 요령을 다시 한 번 자세히 설명했다. 그 바람에 담뱃재가 우리 땀에 달라붙었다. 이어서 선생님은 모두를 향해 말했다. "다들 더운 거 안다. 하지만 내가 아니라 자네들을 다시 불러온 사람을 원망하라고."

양 선생님은 담배를 도로 물고는 의자로 돌아가 축축한 엉덩이자국 위에 앉았다. 녹음기 조작자가 재생단추를 누르자 음악이 다시 흘러나오고 양 선생님은 큰 소리로 "시작!" 하고 외쳤다.

우리가 다시 그 동작의 준비 자세를 취할 때 음악이 또 멈췄다. 양 선생님이 담배꽁초를 뒤쪽 창밖으로 던져버린 뒤 주커와 허샤오만을 가리켰다. "자네 둘 무슨 일이야?"

허샤오만은 입에서 연기를 뿜어내는 양 선생님을 봤다가 다시 주커를 바라보았다.

주커가 말했다. "못 들겠습니다."

삼 년째 전역을 신청하다 보니 주커는 연습에 별 뜻이 없었다. 대신 하루 종일 근육 만들기에만 열중해 어떤 자세로 서든 경혈실습용 조각상 같았다.

양 선생님이 그를 잠시 쳐다본 뒤 말했다. "이렇게 소란을 벌이니 더더욱 전역을 못 시키겠군."

주커가 대꾸했다. "제가 뭘요? 배탈 때문에 기운이 없어서 그럽니다. 남까지 넘어뜨릴 수 있나요." 그는 파업이 허샤오만을 위해서라는 듯 비딱하게 턱짓을 했다.

양 선생님이 말했다. "못 들겠으면 어쩔 수 없지만, 최소한 동작은 해야지."

모두들 다시 준비 자세를 잡고 허리를 받쳤을 때, 양 선생님이 벌떡 일어났다. 원래 덩치가 큰 양 선생님은 등나무의 탄성을 이용해 커다란 엉덩이를 손잡이 사이에 밀어 넣는 식으로 작은 등나무의자에 앉아 있었다. 그러다 급하게 일어나고 땀과 습기 때문에 사람이나 의자나 모두 불어 있어서 주커에게 다가가려 걸음을 옮길 때 의자 손잡이가 미처 엉덩이에서 떨어지지 못했다.

주커 앞까지 다가갔을 때에야 선생님에게 딸려간 의자가 쿵 바닥으로 떨어지면서 넘어졌다. 양 선생님은 그때서야 자신의 추태를 깨닫고 몸을 돌려서는 의자를 걷어찼다. 우리 땀으로 반들반들해진 바닥에서 의자가 빙그르르 미끄러져 벽에 부딪힌 다음 삼십 센티미터 정도 도로 튕겨 나왔다.

우리는 선생님이 왜 그렇게 화가 났는지 잘 알았다. 방금 주커가 정해진 동작을 하기는 했지만 허샤오만과 상관없이 자기 동작만 해서 손이 허샤오만 몸에서 한참 떨어져 있었기 때문이다.

양 선생님은 다른 사람들은 제자리에서 쉬고 주커와 허샤오만만 중앙으로 나오라고 불렀다. 비대한 몸집의 선생님은 이런 날씨에 제일 취약해 아무 일이 없어도 어느 정도 화를 품고 있었다. 그런데 이제는 두 주먹을 쥐고 팔꿈치까지 들어 올릴 정도로 화가 났다. 언뜻 보기에는 경극 속 배우가 무기를 든 것 같았다. 우리는 선생님이 겨드랑이에 땀이 흥건해서 조금이라도 더 바람을 유통시키려고 그런 자세를 취하는 게 아닐까 추측했다.

"주커, 열 번 반복해! 안 들어도 되지만 다른 동작은 하나도 빼먹지 마! 샤오만, 준비하고……, 시작!"

하지만 주커는 주저앉더니 머리를 두 손으로 감쌌다.

"대체 무슨 생각이야?" 주커 앞에 선 선생님은 목소리까지 거의 잠겨서, 치명적인 공격을 앞둔 방울뱀처럼 씩씩거렸다.

주커가 고통스러운 얼굴을 들며 말했다. "선생님, 선심을 베푸셔서 상대 좀 바꿔주십시오."

양 선생님은 이해할 수 없었다. 우리는 더위에 멍한 상태였어도 주커의 뜻을 어느 정도 알아챌 수 있었다.

당시 마흔다섯 살이던 양 선생님은 우리 연대 최고의 무용 권위자로 우리가 종종 그의 체중을 잊을 만큼 무용 창작과 연출 능력이 뛰어났다. 선생님이 고개를 돌려 허샤오만에게 물었다. "주커가 누구를 바꿔달라는 거지?"

허샤오만은 선생님의 질문을 아예 못 들은 것처럼 아무 말도 하지 않았다.

주커가 다시 입을 열었다. "다른 사람한테 한번 들어 보라고 해보십시오."

양 선생님이 다른 남자무용수의 이름을 불러 주커와 자리를 바꾸라고 했다. 그 사람은 아예 히죽거리면서 거절했다.

"모두들 무슨 일이야, 응?"

양 선생님의 목에서 방울뱀이 또 쉭쉭거리며 위협적인 공격음을 냈다.

주커가 일어나 한층 더 고통스러운 표정으로 말했다. "후각에 문제 있으십니까? 못 맡으시겠어요?"

양 선생님이 주커를 노려보았다. 남군들이 키득거리기 시작했다.

주커가 허샤오만을 가리키며 말했다. "얘를 들라고요? 더럽게! 선생님이 맡아보십시오. 쉰내가 작렬합니다!"

순간 대청이 조용해졌다가 곧이어 웃음바다로 변했다.

양 선생님이 "조용히"를 여러 차례 외쳐 모두를 조용히 시킨 뒤 입을 열었다. "말도 안 되는 소리! 어떻게 자기 동지를 그렇게 말할 수 있나? 심지어 여성 동지를!"

한 남성 병사가 괴성을 지르며 말했다. "주커 동지는 청결을 따지니 선생님이 이해해 주십시오."

그러는 사이 허샤오만은 누구보다 상관없다는 듯 정면 벽만 바라보고 있었다. 너희끼리 잘 의논해서 결정해, 어떤 결과든 난 상관없으니까, 라고 말하는 듯했다.

남군들은 주커를 이해했다. 그때 우리는 얼마나 젊었던가, 누구 몸엔들 청춘의 벌레가 꿈틀대지 않았겠는가? 벌레가 꿈틀댈 때 누군들 가슴이 간질간질하지 않았을까? 우리 몸에서 청춘 벌레가 심하게 꿈틀댈 때는 남녀 간에 눈빛 한 번만 마주쳐도 좋았다. 모든 행동에 접촉의 명분을 붙일 수 있었고 자전거를 빌리느라 열쇠를 주고받을 때 손가락이 상대 손바닥에 잠시 머무는 것도 애틋함의 일종이 되었다. 평소 남군들은 마음대로 여군과 접촉할 수 없었다. 접촉하려면 정당한 명분이 필요했다. 그러다 그때 정말 어렵게 정당한 명분이 생긴 거였다. '무더위를 무릅쓰고 연습 강행'이라는 그럴 듯한 명분하에 접촉은 물론 포옹까지 가능해졌다. 손은 당당하게 나긋나긋한 소녀의 허리를 감싸고 그 나긋한 허리들은 짧은 순간 소속감이 생기니 우리 몸속 벌레가 똑바로 일어나, 설마 청춘이 불가하다는 말인가? 우리처럼 건강하고 앳된 짐승이 바로 청춘 아니겠는가? 청춘 그 자체로 어느 정도 죄를 상쇄할 수 있다! 하며 존재의 정당성을 피력하는 듯했다. 그렇게 정당한 명분이 생기면 불가능했던 애틋함을 정의의 포옹으로 어느 정도 소화할 수 있었다. 양 선생님이 무한한 공덕을 쌓듯 그 들어 올리는 자세를 기획해준 덕분에 우리는 공적인 미명하에 찰나의 육체적 애틋함을 만끽할 수 있었다. 그런데 주커는 애틋함의 상대가 허샤오만인 것을 발견했다. 샤오만을 안는 것은 아무것도 안지 않느니만 못했다. 그래서 그는 포옹이라는 드문 기회를 포기해 버렸다.

양 선생님이 말했다. "그럼 주커, 자네가 말해 봐. 상대를 바꾸면 할 텐가?"

주커는 아무 말도 하지 않았다. 왜 아니겠어요, 바꿔주기만 하면 얼마든지요, 라는 의미였다.

양 선생님이 고개를 들어 우리 모두를 훑어보았지만 누구의 눈도 선생님의 눈과 마주치지 않았다.

바로 그때 허샤오만의 상대가 나타났다. 남자무용수 대오의 맨 끝에서 한 사람이 걸어 나와 허샤오만 옆에 섰다. "선생님, 제가 주커와 바꾸겠습니다."

류펑이었다. 우리의 인품 좋은 류펑. 양심 없는 인간들이 몰래 만두소만 빼먹으면 류평은 텅 빈 만두피를 자기 그릇에 담았다. 그는 두 손을 가볍게 허샤오만의 허리에 대고 양 선생님의 "시작" 지시를 기다렸다.

하지만 양 선생님은 미동도 하지 않았다. 허샤오만에 대한 우리의 멸시에 충격을 받았는지, 혹은 류평의 자상함에 감동했는지 알 수 없었다. 우리는 류평의 행동을 의외라고 생각하지 않았다. 평소 더럽고 힘든 일을 맡아 하는 류평이니 허샤오만도 그런 일의 하나일 듯했다. 류평이 모두를 위해 좋은 일을 하는 게 어디 한두 번인가? 또 한 번 좋은 일을 하는 듯했다. 양 선생님은 그 기괴한 소동으로 기운이 다 빠진 듯 갑자기 피곤에 지친 얼굴로 우리를 내버려둔 채 고개를 숙이고 연습실 정문으로 향했다. 문 앞에 가서야 우리가 아직 있는 게 떠올랐는지 몸을 돌려 말했다. "해산."

누군가 해산한 뒤 무엇을 하느냐고 물었다. 선생님은 고개도 돌리지 않고 나가면서 말했다. "하고 싶은 대로 해!"

그런 폭염 속에서는 아무것도 하고 싶지 않았다. 그중에서도 경련이 날 정도로 격렬한 대형 군무 연습이 제일 싫었다. 모두들 일 분도 되지 않아 흩어지고 류평과 허샤오만만 남았다. 류평이 허샤오만에게 "우리는 몇 번 연습해보자. 다음에 문제없게"라고 말했기 때문이다.

여군들은 아이스케이크 삼륜차를 잡겠다며 정문으로 향했다. 그렇게 자주 아이스케이크 장수를 마당까지 불러들인 뒤 전부 사들이곤 했다. 연습실 창문으로 류평이 허샤오만을 높이 들어 올리는 모습이 보였다. 한쪽 벽면이 여덟 개의 거울이었지만 품질이 나빠서 살짝만 멀어져도 사람이 물결 모양으로 퍼져 보였다. 무용대에서 제일 작은 남녀가 거울에서 움직이는 모습은 뒤죽박죽 흐릿했지만 아주 잘 어울려보였다. 이튿날 연습 때 류펑과 허샤오만은 양 선생님이 앞으로 나와 시범을 보이라고 할 만큼 호흡이 잘 맞았다.

시범이 끝났을 때 선생님은 우리를 시험하는 듯 물었다. "방금 두 사람 어땠나?"

우리는 모두 좋았다고 대답했다.

"이게 무엇을 설명하는 것 같은가?"

아무도 대답하지 못했다.

"이들 두 사람만이 우리 대오의 우수한 전통을 유지하고 있다는 뜻이다. 우리 연대는 전쟁으로 단련됐고!"

양 선생님은 우리에게 화가 나서 그런 거창한 말을 내뱉었다. 선생님은 '정치에 무심한 전문가' 기질이 풍부해서 늘 우리에게 너무 고자세를 취하지 말고 다리도 높이 차지 말라고, 고자세는 전부 공허하다고 말했다. 그런 선생님이 그날은 거창한 말들을 끝도 없이 늘어놓았다.

"그때 인도 접경지역에서 방어공격을 감행할 때 우리 대오는 최전선으로 공연을 나갔다. 우리 대오의 정신은 첫째, 고난을 두려워하지 않고, 둘째, 죽음을 두려워하지 않는다는 것이다!"

"셋째, 냄새를 두려워하지 않는다." 주커가 밑에서 나직한 소리로 덧붙였다.

"고난과 죽음도 두려워하지 않는 판에 냄새가 대수야?" 이것은 그날 연습이 끝난 다음 남군들이 덧붙인 말이다. 세면실에서 냉수욕을 한 뒤 류펑이 다 씻고 나오자 그렇게 덧붙였다. 남군들은 냉수욕을 하면서 류펑에게 물었다. "쉰내는 끔찍하지만 안는 느낌은 어때?"

류평이 대꾸했다. "참 취미도 저급하네."

나중에 '접촉사건'이 터진 뒤 남군들은 뒤에서 수군거렸다. "그냥 저급하기만 할 뿐 취미랄 게 없었네. 그렇게 쉰내 나는 사람까지 만질 정도였잖아."

비판대회가 끝난 뒤 류평은 기층부대로 강등되었다. 1977년의 늦여름이었다.

류평이 문예공작단에서 중대로 떠나기 전날 밤 허샤오만은 그의 숙사를 찾아갔다. 당시 우리 여군은 남군들이 속옷 하나만 입고 공공연하게 복도를 돌아다녀서 남군 숙사에 거의 가지 않았다. 7월, 8월 가장 더울 때는 체면을 차리는 게 속옷이고 대부분은 속옷조차 입지 않는다고 했다. 허샤오만은 건물 입구에서 큰 소리로 류평을 두 번 불렀다.

속옷만 입거나 아예 입지 않은 사람들에게 어서 피하라는 의미였다.

허샤오만의 두 차례 외침을 여러 사람이 들었기 때문에 그녀가 류평을 배웅한 일은 비밀이 아니었다. 다만 두 사람이 무슨 이야기를 나누었는지는 비밀로 남았다가 1994년 허샤오만이 정신을 회복한 뒤 드러났다. 물론 비밀은 나 혼자에게만 밝혀졌다. 그때 많은 사람들이 내게 비밀을 털어놓은 이유는 내가 소설가가 되었기 때문일 듯싶다. 소설이라면 그들이 비밀을 드러내도 수많은 허구와 함께 편집되고 어쩌다 내 소설에서 자신들 비밀을 발견해도 그게 자기 이야기인지조차 모를 정도로 뒤섞여 있을 테니까 말이다.

류평은 문을 열어준 뒤 무슨 일이 생겼느냐고 물었다. 허샤오만은 질문에 대답하는 대신 이튿날 떠난다니, 이렇게 빨리 떠날 줄 몰랐다고 말했다. 류평은 벌목중대에 사람이 부족해서 빨리 합류하게 됐다고 대답했다. 그건 사실이 아니었다. 이미 가을로 접어들었고 티베트의 벌목은 눈 녹은 여름이 제일 바빴다. 류평은 우리와 하루도 더 같이 있기 싫었던 것이다. 샤오만이 벌목중대가 머냐고 물었다. "멀지!" 류평이 말을 이었다. "란창瀾滄강 근방이라 차량연대 차를 타도 칠팔 일은 가야 돼." "그렇게 멀군요" 하고 샤오만이 말을 받았다. 우리는 몇 차례나 란창강을 지나 티베트로 순회공연을 나갔기 때문에 란창강을 잘 알았다.

한 사람은 문 안에, 한 사람은 바깥에 선 채 고별인사를 주고받다가 그래봐야 아무 일도 아니라 류평은 샤오만에게 들어오라고 권했다. 샤오만이 들어가 보니 류평이 짐을 싸느라 침대며 바닥을 엉망으로 어질러놓아 앉을 곳이 없었다. 모기장을 방금 수리했는지 바늘과 실이 류평의 러닝셔츠에 꽂혀 있기까지 했다. 류평은 샤오만에게 들어오라고 한 뒤 제일 먼저 셔츠부터 찾았다. 린딩딩을 건드렸다는 오명이 퍼진 이상 러닝셔츠 바람으로 밤에 여군과 이야기하는 것은 안 될 듯했다. 샤오만을 배려할 필요가 있었다. 허샤오만은 류평이 느닷없이 두리번거리자 무엇을 찾느냐고 물었다. 류평은 셔츠를 찾는다고 대답했다. 샤오만이 의자 등받이에 걸쳐져 있는 셔츠를 가리키며 웃었다. "저기 있잖아요!" 류평은 얼른 끌어당겨 몸에 걸쳤다. 허샤오만이 류평을 부르고는, 러닝셔츠 앞쪽에 바늘이 꽂혀 있어요, 하고 말했다. 류평은 바늘과 실을 뽑고 길게 한숨을 내쉬었다. 이마가 땀방울로 가득했다.

나중에 허샤오만한테 들은 내용을 토대로 나는 당시 두 사람의 모습을 상상하며 다음과 같은 결론을 내렸다. 허샤오만은 그날 밤 편안하고 자연스러웠다. 심지어 자신만만했다. 그렇다, 자신만만했다. 신당神堂에 있던 레이유펑이 여자를 건드려 자신도 사람임을 증명했기 때문에 샤오만은 자신감을 얻었다. 신당에서 내려와 인간이 되었을 뿐만 아니라 모두에게 짓밟혀 낮은 등급으로 그녀와 같은 해발에 놓였다. 샤오만이 류펑에게 도와줄 게 있느냐고 물었다. 류펑은 늘 남을 도와주기만 해서 그런 말을 듣는 게 익숙지 않았지만 세제 반 봉지와 파, 마늘, 고수가 심어진 화분 세 개를 들고 와 가져갈 수 없으니 대신 처리해달라고 부탁했다. 샤오만은 그때서야 류펑이 창틀에 작은 농장을 만들고 여러 작물을 재배해왔음을 알았다. 류펑이 해명했다. "산둥 사람들은 입맛이 세서 늘 마늘과 파 같은 게 당기거든." 그는 마지막으로 물건이 가득 담긴 종이상자를 들고 와서는, 가능하면 이 물건들도 처리해줘, 라고 부탁했다. "전부 필요 없어요?" "응, 못 가져가." 류펑은 중대에서 왔기 때문에 중대 생활이 어떤지 잘 알았다. 대형 병영에는 그렇게 많은 개인물건을 둘 수 없었다. 샤오만이 잠시 입을 다물었다가 물었다. "상자에 뭐가 있는지 봐도 돼요?" 류펑이 뚜껑을 열자 모범병사 증서, 상장, 깃발, 상품 등이 가득했다. 상품 중에는 커다란 찻잔, 인조가죽 가방, 대야, 베갯잇 등 쓸만한 것들이 있었다. 다만 모든 상품에 선진모범병사라는 글자가 피처럼 붉게, 혹은 금빛 찬란하게 새겨져 있었다. 샤오만이 깜짝 놀라며, 이게 다 필요 없다고요? 전부 유용한 것들이잖아요? 하고 물었다. 류펑은 글자가 새겨져 있는데 어떻게 쓰겠냐고 대꾸했다.

"전부…… 전부 좋은 글이잖아요!" 샤오만이 말했다. 이건 샤오만이 했던 표현 그대로며, 과거의 찬란함을 기록한 글이니까 좋지 않느냐는 뜻이었다. 스무 해를 살도록 그녀는 그런 글귀를 한 번도 받아보지 못했다.

류펑은 짐 정리에 몰두한 듯 아무 말도 하지 않았다.

샤오만은 상품들을 뒤적거리다가 마침내 부끄러움을 무릅쓰고 자신이 가져도 되는지 물었다. 류펑은 그녀가 싫어하지 않는다면 당연히 된다고 대답했다.

내 분석은 이렇다. 류펑이 남는 물건을 샤오만에게 처리해달라고 부탁한 것은 그녀가 물건을 가지고 나갔으면, 자기 방을 떠났으면 해서였다. 류펑은 목숨을 걸고 린딩딩을 사랑했지만 딩딩을 잃었다. 그에게 있어서는 세상에서 여자가 모두 사라진 셈이었다. 샤오만은 류펑의 고통과 아픔을 이해하지 못했다. 그렇게 류펑 곁에서 마지막까지 배웅하면 우리 전체가 그에게 보인 악의와 외면을 조금이나마 보상해줄 수 있다고 생각했다. 특히 린딩딩이 준 상처를 샤오만은 마지막까지 함께함으로써 달래주고 싶었다. 스무 해 동안 늘 상처를 받아온 샤오만은 자신의 길에 동반과 위로가 얼마나 필요했는지 누구보다 잘 알았다. 사실 그날 저녁 샤오만은 류펑에게 그때 들어 올리면서 그의 두 손바닥이 자신의 몸, 허리에 닿았을 때부터 줄곧 감사했노라고 말하고 싶었다. 그의 손길은 부드러운 위안이고 상처 받은 사람의 아픔에 대한 인지이며 사적인 동정을 공적으로 전달하는 접촉이었다. 그래서 결코 규정된 무용동작으로만 그친 게 아니라 그것을 초월한 수많은 의미를 그녀에게 안겨주었다. 류펑은 그녀를 안아 어깨에 올렸고 세상에서 어깨에 그녀를 올려준 사람은 그녀 아버지밖에 없었다. 연습 중, 그리고 공연 중 들려질 때마다 샤오만은 네 살 때 아버지한테 받았던 안전함과 편안함을 느끼고 보배가 된 듯, 응

석받이가 된 듯, 천금 같은 딸이 된 듯했다. 이런 느낌에 대해 샤오만은 삼분의 일 정도만 말했고 나머지는 내 분석과 해석으로 나왔다. 내친김에 조금 더 추측해보자면, 그날 밤 샤오만은 거의 류펑을 사랑하게 되었다. 아니, 이미 사랑하고 있었다. 아마 그녀 자신은 인식하지 못했겠지만 그 방문은 류펑과의 '포옹'을 다시 한 번 바랐기 때문이다. 내일이면 자신을 안아주었던 사람, 모두가 자신을 거부할 때 부드러운 두 손을 내밀어준 사람이 떠나고 없을 터였다.

샤오만은 우리 중에서 류펑의 선량함을 진심으로 알아본 유일한 사람이었던 듯싶다. 한 번도 호의를 경험하지 못한 사람이야말로 선량함을 가장 잘 알아보고 귀하게 여길 수 있을 테니까 말이다. 레이펑의 인격 가운데 가장 중요한 부분이 선량함 아니겠는가? 만약 레이펑이 살아 있어서 자신의 인성과 남성성을 증명하기 위해 여자를 만진다면 샤오만은 주저 없이 몸과 마음을 모두 내어줄 것이다.

허샤오만은 류펑의 방에서 9시 반까지 머무르다가 두 동료가 영화를 보고 돌아왔을 때에야 작별을 고했다.

그녀는 류펑이 준 종이상자를 들고 아래층으로 내려갈 때 남군들 앞에서 고개를 빳빳이 들었다. 그녀는 너희가 뭔데? 류펑 새끼발가락만도 못한 것들이! 하고 말하고 싶었다.

샤오만은 류펑의 상품을 계속 갖고 있었지만 류펑이 왜 그것들을 버리려 했는지는 끝내 이해할 수 없었다. 나는 그 상품에 대한 류펑의 태도와 폐품처럼 버리려 한 이유를 알 것 같다. 류펑은 아마 이렇게 생각했을 것이다. 당신들은 이 물건을 줄 때 내가 필요로 하는 전부를 주는 듯 한껏 격앙됐었지. 하지만 나는 좀 더 인간적이면 안 되냐고, 좀 더 진심이면 안 되냐고 묻고 싶었어. 내 진심에 대해서는 최소한의 인정이나 존중도 없이, 당신들은 '사람 살려'라고 외치고 비난을 퍼부으며 사지로 몰아넣은 뒤 즐거워했지. 레이펑 노릇은 물론 영광스럽고 신성하지만 고통스러운 일이야. 중이 되는 것 같고 '거세' 되는 듯해. 모든 상품이 그런 '거세'에 대한 위문이고 고생에 대한 위로이자, 너는 그렇게 '레이펑'으로 기품이 있어야지 우리처럼 세속적이면 안 돼, 우리처럼 육욕칠정에 더럽혀지면 안 된다고 끊임없는 주지시키는 일깨움이자 확인이야. 그러니까 상품과 상장은 하나같이 류펑의 영광과 신성함에 채운 족쇄였다. 그가 더욱 안정적이고 성실하게 영광과 신성함을 추구하도록 몰아가고 우리의 파렴치함과 죄스러움에 동참하지 못하도록, 우리의 더럽기 그지없는 쾌락을 누리지 못하도록 막는 족쇄였다. 류펑이 그 상품을 내버린 것은 족쇄를 풀어버리는 것과 같았다.

이듬해 가을 허샤오만도 우리를 떠났다. 역시 기층부대로 보내졌다. 1978년 국경일에 우리는 해산을 앞둔 기병단과 군마장을 위해 아바阿壩로 공연을 나갔다. 전쟁에 더 이상 기병과 군마가 필요 없어서 영원히 퇴역시키고 우리 발레무용극 〈군마와 아가씨〉도 마지막 고별무대를 올리는 순간이었다. 그런데 무대가 울퉁불퉁해 처음 무대에 오른 A역 꼬마 전사가 발목을 삐고 말았다. 토슈즈는 말할 것도 없고 40호 남자 신발조차 안 들어갈 만큼 심하게 발이 부어서 신발 대신 가죽 모자를 신었다. 양 선생님이 허샤오만을 대타로 지명했다. 그때 허샤오만은 전형적인 단역배우로 두 차례 군무에만 겨우 등장하던 터라 모두들 꼬마 전사의 독무가 그녀에게 회심의 기회겠다고 생각했다.

여 분대장 하오수원이 의상팀으로 샤오만을 찾아갔다. 허샤오만은 배역이 거의 없어서 늘 의상팀에서 단추 달기나 가발 수선 등 잡다한 일을 도왔다. 입대 사 년차여서 '진보'나 '조직 우선'이 무슨 의미인지, 즉 본인의 책임은 대충 하고 상관없는 일을 열심히 해야 한다는 것을 완전히 파악한 듯했다. 가령 의상팀에서 연대 간부에게 "허샤오만은 늘 의상팀을 도와 바지나 양말을 수선합니다"라고 말하면 무용 분대에서 "허샤오만은 적극적으로 연습하고 성실히 공연합니다"라고 칭찬하는 것보다 훨씬 중요하게 작용했다. 후자의 칭찬을 들을 경우 간부는 무용팀이니 적극적인 연습은 기본이고 성실한 공연도 당연해 표창할 게 없다고 생각하는 반면, 의상팀에서 신발이나 양말 수선 등 다른 사람의 일을 열심히 돕는다고 하면 특별 표창의 대상으로 여겼다.

하오수원이 양 선생님의 지시를 전달하자 허샤오만은 A역 꼬마 전사를 대신할 수 없다고 말했다. 하오수원은 평소 허샤오만이 양 선생님 무용수업 때 개 역할마저 기꺼이 받아들였기 때문에 자기가 잘못 들은 줄 알았다. 그런데 허샤오만은 말을 마친 뒤 코끝을 도로 나일론스타킹에 박고는 수선을 계속하는 거였다. 그때는 우리가 샤오만 눈동자의 아름다운 응집력이 중도 근시 때문임을 알기 전이었다. 언젠가 그녀는 어두운 무대 뒤에서 비질을 하다가 지붕에서 새들어온 하얀 빛 반점을 바닥에 달라붙은 화장지인 줄 알고 열심히 쓸기도 했다.

"꼬마 전사를 하기 싫다고?" 분대장이 또 한 번 물어 번복할 기회를 주었다. 하오수원과 우리는 허샤오만의 백일몽이 그 꼬마 전사라고 생각해왔다. 무척이나 눈에 띄는 배역으로 개구쟁이에 천진한 성격이라 관중의 사랑을 많이 받았다. 늘 박수와 웃음을 유발해 우리로서는 키를 몇 센티미터 줄여서라도 맡고 싶은 역할이었다.

"어지러워서요." 허샤오만은 그렇게 변명했다.

누군들 어지럽지 않겠는가? 해발 사천 미터라 재채기만 해도 산소가 모자라고 가만히 있어도 숨이 가빠왔다. 매일 누군가 코피를 쏟고 심장박동이 빨라지고 구역질하고 설사를 했다. 수많은 고산병 가운데 어지럼증은 제일 가벼운 증상이었다. 근육운동가 주커는 하룻밤 새 늙어서 혈압이 백팔십까지 오르고 심장박동도 빨라졌다 느려졌다를 반복했다.

"누군 안 어지러워?" 하오수원 분대장이 말했다.

"분대장님도 어지러우세요?" 허샤오만은 모두들 고산병에 고생하는 걸 방금 전에야 안 듯 물었다.

"말이라고!" 하오수원이 대꾸했다.

허샤오만은 의자에서 일어나다가 정말로 휘청거렸다. 마치 모두 어지럽다면 자신이 꼬마 전사의 영광스러운 역할을 하는 수밖에 없겠다고 말하는 듯했다.

우리 단역배우들은 주연인 허샤오만에 맞춰 오후 내내 연습했다. 노천극장 무대가 산비탈을 따라 만들어져서인지 10월인데 벌써 엄동설한 같았다. 우리는 너나없이 증기기차처럼 하얀 김을 헐떡헐떡 내뿜으며 허샤오만이 모든 위치와 대형, 연결에 익숙해지도록 보조했다.

저녁 공연 직전, 무대 밑에서 또각또각 말발굽 소리가 들려왔다. 막 틈새로 내다보니 이천 명의 기병이 열을 맞춰 앉아 있었다. 좌석은 그들 가랑이 아래의 군마였다. 우리는 그런 관중석을 생전 처음 보아서 흥분하는 한편 공포에 휩싸였다. 공연 중에 말이 놀라기라도 하면 누가 발굽에 짓이겨질지 자기도 모르게 떠올려보았다.

허샤오만은 화로 옆에 앉아서 우리가 발 푸는 모습을 바라보고 있었다. 하오수원이 첫 번째 꼬마 전사처럼 출정하기도 전에 쓰러지지 않게 자리에서 일어나 같이 다리를 풀자고 말했다.

샤오만은 자긴 이미 쓰러졌다면서 열이 심한걸요, 하고 대꾸했다. 하오수원이 위생병을 불러와 이마를 짚어보니 불덩이였다. 하지만 샤오만은 줄곧 불을 쬐지 않았던가. 체온계를 겨드랑이에 넣고 오 분 뒤 꺼냈을 때 위생병은 깜짝 놀라며 39.7도라고 소리쳤다. 우리는 순간 혼란에 빠졌다. 허샤오만은 우리의 마지막이자 유일한 꼬마 전사였고, 이 무용에서 꼬마 전사가 빠지면 끝장이었다. 단장이 다급히 건너와 위생병이 샤오만에게 생강탕 먹이는 모습을 지켜보았다. 허샤오만이 생강탕을 삼킬 때 그의 목젖도 무겁게 흔들렸다. 허샤오만은 그날 밤의 달이고 단장을 포함한 우리는 별이었다. 양 선생님이 오늘 밤 공연을 취소하고 허샤오만을 쉬게 하는 게 좋겠다고 건의했다.

단장이 말했다. "안 됩니다. 다른 프로그램은 취소해도 이 춤은 반드시 춰야 합니다!"

단장은 나이가 많지 않았다. 서른셋이나 서른넷 정도로, 원래는 선동력이 출중한 중대 문예 담당자였다. 기분이 한껏 들떴다가 비장하게 가라앉은 단장은 기병과 군마는 수십 년 동안 피비린내 나는 전장을 누비며 큰 공을 세웠지만 이제 군대 역사에서 영원히 사라지게 되었다며 이 〈군마와 아가씨〉 무용은 그들에 대한 찬가이자 기념식, 고별인사라고 말했다. 단장의 눈동자가 눈물에 흔들리기까지 했다.

단장은 허샤오만 앞에 쪼그려 앉아 어린아이를 대하듯 말했다. "허 동지, 버티는 게 승리야. 기병 전사들이 자네를 기억하고 자네에게 감사할 걸세. 자네는 스스로를 위해 공연해서도, 우리 연대만을 위해 공연해서도 안 돼. 자네는 우리 군에서 계속 존재해나갈 모든 군인을 대표해 그들에게 최후의 경례를 해야 하네."

허샤오만은 그 부름에 응해 자리에서 일어났다.

무용이 시작되기 전에 단장이 무대로 나갔다. 우리는 직접 사회를 보려는 단장의 행동에 어리둥절해졌다. 단장이 이천여 기병과 군마를 향해 입을 열었다. "기병 동지 여러분, 다음 순서는 가장 용맹한 병사인 기병을 위해 저희가 특별히 창작한 무용극입니다." 모두들 단장이 '저희'의 범위를 좀 넓게 확대했다고 생각했다. 우리 공연은 상하이무용학교에서 창작한 무용극이었기 때문이다. 단장의 이어지는 말에서도 계속 '확대'의 느낌을 받았다. 주인공 역할의 허샤오만이 우리의 우수 무용수이며 40도 고열에도 무대에 오를 예정이니 혹시 무대에서 쓰러져도 용감한 기병 전사들이 이해해달라면서, 허 동지는 기병 동지들의 가벼운 부상으로는 말에서 내려오지 않고 전선에서 물러나지 않는다는 빛나는 전통을 기리기 때문이라고 말했다.

무대 밑에서 박수소리와 환호성, 군마의 울음소리가 터져 나오고 허샤오만은 순식간에 기병독립단 이천여 명의 보배가 되었다. 무대에서 자리를 잡았을 때 샤오만은 운명의 전환이 얼마나 절묘하고 얼마나 빠르며 얼마나 느닷없는지를 실감했다. 또한 주인공의 기분을 음미하며 주인공은 정말 좋구나, 보배 같은 존재는 참 좋구나, 하고 생각했다.

무대가 시작되자 허샤오만은 자기 역할을 제대로 잘해냈다. 두 차례 대형을 못 맞췄을 뿐 단장의 걱정처럼 '쓰러지지' 않았다. 기병단 수장은 무대에 올라와 단원을 접견할 때 스물한 살의 허샤오만을 진짜 꼬마 전사로 여겨 머리를 쓰다듬고 어깨를 두드려주기까지 했다. 허샤오만은 막을 내리자마자 쓰러졌다.

그날 밤 우리는 단장의 명으로 허샤오만이 언제든 물을 마시고 화장실에 갈 수 있게, 또 위급상황에 재빨리 대처할 수 있게 돌아가며 불침번을 섰다. 단장은 허샤오만을 지키는 게 우리의 모든 공연을 지키는 것이라고 말하면서 샤오만의 연기가 얼마나 많은 감동을 일으켰는지, 선전효과가 얼마나 컸는지 봤느냐고 했다. 또한 허샤오만의 '경미한 부상으로는 전선에서 물러나지 않는다'는 이미지를 계속 유지하면 기병들에 대한 군위원회 수장의 위로와 관심을 계속 전달하는 셈이라고도 했다. 이번에는 군위원회까지 확대된 것이다. 그때 우리는 기병대가 자신들에 대한 처사에 불복해 군마를 타고 청두, 심지어 베이징까지 청원하러 갈 계획인 줄 전혀 몰랐다. 158센티미터의 허샤오만이 그런 위험한 기류를 막아낸 거였다.

허샤오만의 체온은 전혀 떨어지지 않고 잴 때마다 늘 39.7도였다. 위생병은 체내에 악성 바이러스가 제대로 자리를 잡은 게 틀림없다고 걱정하기 시작했다. 허샤오만도 경미한 부상에 굴하지 않았지만 바이러스는 한층 더 굴하지 않고 버티니 이제는 더 이상 '경미한 부상'이라고 할 수 없었다. 나흘째 날 군마장으로 이동했을 때 위생병은 허샤오만을 관리부 병원으로 데려갔다. 군마장의 관리부 병원은 근방에서 가장 선진화된 병원으로 청두인민병원보다 신식 설비를 갖추고 있었다. 위생병은 허샤오만을 응급실로 부축해갔고 응급실 간호사는 체온계를 허샤오만의 옷깃에 꽂았다. 오 분 뒤 허샤오만이 체온계를 건넸을 때 간호사는 체온계를 보지도 않고 잘못됐다고 말했다.

위생병이 뭐가 잘못됐느냐고 물었다. 응급실 간호사는 체온계가 잘못됐다고 말했다. 위생병이 체온계 눈금을 보았지만 잘못되지 않고 정확히 39.7도였다. 간호사는 무척 바쁜 듯 총총거리며 밖으로 나갔다. 위생병이 얼른 쫓아가 어디가 잘못됐느냐고 물었다. 간호사가 대답했다. "그 수법은 군마장의 지식청년 목동이라면 누구나 알아요. 여기서는 아주 케케묵은 수작이지요." 응급실 복도에 선 채로 간호사가 왁자지껄 오가는 환자들을 가리키며 말했다. "지식청년이 어떤 꾀병인들 생각해내지 못하겠어요? 엽총으로 서로 쏘거나 자기를 쏘는 일도 허다해요. 위출혈, 혈뇨, 고열, 학질, 고혈압 등 당신이 생각해내지 못하는 병만 있을 뿐 그들이 꾸며내지 못하는 병은 없어요." 위생병은 여전히 혼란스러워 조금만 더 명확히 알려달라고 부탁했다. 간호사가 예의 체온계를 들고 가운 주머니에서 다른 체온계를 꺼내 위생병에게 비교해보라고 했다. 위생병이 비교해보니 하나는 기둥이 원형이고 다른 하나는 삼각형이었다.

"삼각기둥 체온계가 우리 병원 체온계고 원형이 당신들 거예요. 삼각기둥은 우리가 얼마 전에 상하이에서 들여온 새 제품이지요. 꾀병을 부리는 지식청년한테 쓰려고요." 간호사가 말했다.

간호사는 꾀병 '수법'의 비밀을 동작까지 곁들여가며 설명했다. "꾀병 환자는 미리 장만해둔 체온계를 겨드랑이에 꽂고 있어요. 원하는 만큼 높은 체온을 낼 수 있지요. 그러고는 겨드랑이 아래서 교묘하게 '뜨거운' 체온계와 병원 체온계를 바꾸는 거예요."

이제야 알겠다는 위생병의 표정을 보면서 간호사는 자세한 설명을 이어갔다.

"아주 간단해요. 옆에 보온병만 있으면 돼요. 뚜껑을 열어서 30초만 쐬면 온도가 올라가거든요. 너무 데워서 42도까지 오르면 아래로 흔들고요. 보온병이 없으면요? 찻잔으로도 가능하지요. 찻잔도 없으면요? 손을 비벼서 열을 내요. 요령 있게 비비면 몇 초도 안 돼 온도를 올릴 수 있거든요."

그리고 마지막으로 또 덧붙였다.

"지식청년들 잔머리는 정말 대단해요! 하긴 병에 걸리면 도시로 돌아갈 수 있으니 어떤 발명인들 못하겠어요?"

위생병은 허샤오만과 지식청년 누가 그런 발명특허를 얻었는지 몰라도 일단 응급실에서 단장에게 전화를 걸었다. 단장은 허샤오만의 체온조작에 관해서 들은 뒤 알았다고만 할 뿐 아무 지시도 내리지 않았다. 위생병은 그 몰염치한 꾀병환자에 대해 차마 폭로하기도 죄스러울 만큼 부끄러웠지만 달리 누가 알리겠는가?

단장이 나직하게 말했다. "잠시만 비밀로 하게."

위생병이 이유를 물었다. 하지만 단장은 그녀에게 비밀유지를 명하며 나중에 설명해주겠다고 말했다. 열여덟 살의 우리 위생병은 하마터면 항명해 전화로 당장 설명해달라고 요구할 뻔했다. 위생병의 상사는 군관구 외래진료부 부장이었다. 무용대 파견기간 때만 우리 단장의 지시를 받으므로 그녀는 간접적으로 항명하는 수밖에 없었다. 허샤오만의 꾀병을 계속 용인하면 다른 사람들에게 불공평하지 않느냐고 말한 것이다. 다른 사람이 누구겠는가? 당연히 병이 났는데도 '경미한 부상으로는 전선에서 물러나지 않는다'는 칭찬을 받고 싫어 하는 우리 젊은 사병들이었다. 그 시대의 사병은 싸울 곳이 없고 용맹해질 기회가 없어서 최고의 명예가 바로 그런 '경미한 부상'에서 나왔다. 위생병이 불공평하다고 느낀 이유는 우리가 '부상'을 미친 듯 바라며 병에 대한 부러움과 갈망을 숨김없이 드러냈기 때문이다. 하지만 우리는 진짜 병에 걸려 '경미한 부상으로는 전선에서 물러나지 않는다'는 군인의 영웅적 전통을 몸소 실현하려 했다. 진짜 고통으로 표창을 받으려 했다는 말이다. 우리 중에 사소한 병을 과장하거나 작은 통증에 요란을 떠는 사람은 많아도 '꾀병'을 연기하는 사람은 없었다. 그렇게 몰염치하게 겨드랑이에서 체온계를 바꿔치기하는 사람이 있을 줄은 꿈에도 생각하지 못했다.

단장이 발끈하면서 시키는 대로 허샤오만의 꾀병에 대해 입을 봉하라고 명했다. 정의감에 불타는 위생병의 분노는 단장의 마지막 말에 가라앉았다. "어디까지 연기하는지 봐야겠으니까."

위생병은 적을 깊숙이 유인해 전멸시키겠다는 단장의 전략을 이해했다.

하지만 그녀는 단장의 의도를 절반만 이해했다. 단장은 기병단과 군마장의 불안한 움직임을 아는 유일한 사람이었다. 군관구 수장이 우리를 '위문공연'에 보낸 것도 사실은 중재역할을 해주기 바라서였다. 기병과 방목공은 조직 해산으로 앞날이 불투명하고 사령관과 정치위원들은 그들이 불투명한 앞날 때문에 분규를 일으킬까 봐 노심초사했다. 우리 공연은 문제를 일으키려는 군대와 긴장한 수장들 사이에 놓인 중재의 다리 같았다. 실제로 허샤오만의 '고열'과 '고열'에도 연기해낸 고난도 무용자세는 퇴역을 앞둔 기병을 순화시키는 효력을 발휘했다. 그러니 꾀병이라는 것을 전사들이 알면 사기를 당했다고 느낄 게 뻔했다. 전사들은 고원에서 오랫동안 힘들게 복역하다가 갑자기 해산을 당하게 돼 그렇지 않아도 살짝 속은 기분이 드는데 사령관의 사자인 우리가 꾀병이라는 고육책을 쓴 줄 알면 진짜 사기라고 받아들일 터였다. 오랫동안 계획을 짜왔던 우리 단장은 정말 난감해졌다. 결국 허샤오만의 고육책을 알았어도 그녀의 조역이 되어 끝까지 그 장단에 맞춰주는 수밖에 없었다.

순회위문공연이 끝나고 청두에 돌아오자 위생병의 보건 파견임무도 종료되었다. 외래진료부로 돌아가기 전 위생병은 허샤오만의 체온계 조작을 여러 여군과 일부 남군에게 털어놓았다. 반면 단장은 끝까지 공개적으로 발표하지 않았다. 우리는 단장이 이미 사건을 알았다고 밝히면 자신이 그 추한 속임수를 묵인, 심지어 이용했다고 인정하는 셈이라 피한다고 생각했다. 그래서 허샤오만의 꾀병사건은 악의가 담긴 채 군관구 직속기관의 모든 부서로 퍼져나갔다. 얼마나 멀리까지 퍼졌는지는 한참이 지난 뒤에야 알았다.

1994년 청두로 추억여행을 떠났을 때 나는 군관구 차량대 운전사를 만났다. 그는 자신을 차이蔡라고 밝히면서 이십 년 전 우리 공연을 자주 봤다며 당시 경위대대와 차량대, 체육공작대 남자들 모두 두꺼비가 백조를 탐내듯 무대 위 '백조'의 이름을 외었노라고 말했다. 그러고는 가짜로 열병이 났다고 했던 샤오만은 어떻게 되었느냐고 물었다. 나는 허샤오만이 베트남전에서 진짜 영웅이 된 사실은 전혀 모르면서 꾀병의 추문은 또렷하게 잘도 기억한다고 생각했다. 여기에서 추문이 스스로 퍼지도록 만든 당시 단장의 고명함을 알 수 있었다. 민간의 힘은 정부보다 훨씬 대단해서 사건은 퍼져나가는 중간에 끊임없이 새로운 생명과 새로운 양분을 부여받아 갈수록 비대해졌다. 소문에 따르면 허샤오만은 공중에서 회전하고 도약하다가 갑자기 날개가 꺾인 검은 백조처럼 무대로 추락해 쓰러지고 쇼크에 빠진 그녀 몸 앞으로 막이 내렸다고 했다. 운전사는 정말로 그랬느냐고 물었다. 나는 느릿하면서 대수롭지 않게 기억나지 않는다고 대답했다. 차이 운전사는 또 자신도 허샤오만이 발명한 '고열수법'으로 여러 차례 결근계를 냈다고도 했다. 차량대에서 제대를 허락해주지 않아 그랬다면서 나중에 부사령관 자가용 기사로 승진한 이후에야 더 이상 꾀병을 부리지 않았다고 덧붙였다. 아, 당시 단장의 고명함을 나는 그때서야 완전히 깨달았다. 그는 허샤오만의 꾀병수법을 공개하면 그 효과가 널리 퍼지면서 차이 운전사 같은 꾀병 환자를 대거 만들어낼까 봐 걱정했던 거였다.

단장은 진상을 밝히지 않았지만 그렇다고 진상이 그의 결정에 아무 역할도 하지 않은 것은 아니었다. 단장은 허샤오만을 문예공작단에서 야전병원으로 내려 보냈다. 또한 야전병원에 연락해 허 동지는 고된 단련이 필요하니 세탁반으로 배치하라고까지 말했다. 야전병원은 문예공작단보다 자애로워서 허샤오만을 세탁반에서 한 달 동안 고름과 피 범벅의 붕대를 빨게 한 뒤 간호훈련반으로 옮겨주었다.

훗날 샤오만과의 대화를 근거로 나는 샤오만이 류펑의 강등 이후 우리 모두에게 완전히 실망했다고 판단했다. 샤오만은 우월하게 태어난 사람에게 질리고 하오수원, 린딩딩을 더는 견딜 수 없었다. 딩딩에 대해서는 적의까지 품었다. 군무에서 머릿수만 채우는 상황도 질려버렸다. 스물한 살이었던 샤오만은 류펑이 떠났기 때문에 자기 처지와 주변 세계에 신물이 나기 시작했고 그런 지긋지긋함은 시간이 흐르면서 비애로 변했다. 기병단을 위해 순회위문공연을 할 때 기병들의 처지는 그녀의 비애를 한층 더 깊게 만들었다. 기병이든 군마든, 혹은 십 년 동안 군마를 돌봐온 지식청년이든, 류평이든 자기 자신이든, 심지어 멍청하게 청춘을 낭비하고 있는 우리 모든 병사들까지 전부 친아버지가 가르쳐주었던 '마음이 오랫동안 기쁘지 못하고, 걱정과 시름이 끊이지 않네'라는 굴원의 시구를 떠올리게 만들었다. 결국 그녀는 양 선생님의 호의를 거절할 정도로 비애에 빠졌다. 양 선생님의 호의는 이미 늦어도 너무 늦어버렸다. "꼬마 전사의 독무라고? 미안하지만 못 추겠어." 하오수원이 의상팀으로 찾아와 양 선생님의 중용을 전했을 때 샤오만의 마음은 그렇게 참담한 상태였다. 지금 떠올려 보니 샤오만은 문인의 딸이라 비애로 죽은 문인 아버지가 언젠가는 그녀 몸에서 부활할 운명이었다. 비애는 문인들이 세상을 더는 사랑할 수도, 미워할 수도 없을 때 느끼는 정상적인 감정이었다. 하오수원이 양 선생님의 중용을 전할 때 만난 사람은 바로 그렇게 비애에 잠긴 샤오만이었다. 발레타이즈를 수선하면서 그녀는 포기를 계획하고 있었다. 투쟁을 포기하고, 류평을 '추방'한 우리 단체를 포기하고 있었다. 원래 샤오만의 '발열' 고육책은 연기를 거절하기 위해서였다. 그녀는 죽어버린 자기 마음에서 갑자기 되살아난 희망의 불씨를 꺼버리고 싶었다. 하지만 무대 측면에서 날아오를 듯 등장할 준비를 할 때 희망이 그녀의 온몸을 태우기 시작했다. 나중에 샤오만은 내게 그렇다고, 평생 한 번은 보배가 되어 봐야지 싶었고 참 좋았노라고 인정했다.

1994년에 만났을 때, 허샤오만은 의상팀에서 양말을 수선했던 건 '진보'나 '조직 우선'을 위해서가 아니라 우리를 피하기 위해서였다고 확인해주었다. 류평이 떠난 뒤 우리, 우리 모두는 그녀가 가장 보고 싶지 않은 사람들이었다.

샤오만은 내 추측이 맞았다고도 인정하면서 무대 측면에서 숨을 고르며 준비 자세를 잡는 순간 희망에 잠식당했노라고 말했다. 계속 꾀병을 부리면서 그녀는 희망에 계속 썩어 들어갔다. 사람들이 그녀에게 관심을 가지며 밤이면 차를 챙겨주거나 화장실을 돌봐주고 낮이면 밥과 물을 가져다주자 샤오만은 모두와 같은 해발로 돌아갈 수 있겠다는 희망을 품게 되었다. 이레 동안 희망에 완전히 잠식돼 그녀는 정말로 전환의 기회가 왔다고 여겼다. 하지만 여드레째 날, 단장이 순회공연 결산회에서 우리 모두에게 말했다. "오늘 회의는 환송회도 겸한다. 허샤오만 동지가 기층부대로 훈련을 받으러 갈 예정이니 모두들 인사하고, 다음 위치에서 더 좋은 성과를 거두길 빌어주기 바란다."

샤오만은 우리 모두를 내버리기 전에 우리의 선제공격에 하릴없이 버림받았다. 그녀는 단장이 자신의 고육책을 얼마나 강경하게 처리하는지 분명히 알 수 있었다. 그녀에 대한 처리는 단장이 고육책을 도왔다는 책임추궁에서 완전히 벗어나겠다는 의미였다. 샤오만이 떠나자 린딩딩은 더 이상 그녀가 작은 수건으로 목욕하고 얼굴을 닦은 뒤 엉덩이까지 닦는 꼴을 안 봐서 정말 감사하다고 말했지만 여군들은 험담할 화제 하나를 잃은 셈이었다. 물론 그래도 샤오만의 험담은 한참 더 가능했다. 가령 허샤오만은 그 엄청난 쉰내 좀 없앨 수 없었나? 딩딩의 머리 세 개를 합친 것만큼 머리숱이 대단했지! 그렇게 숱이 많으면 어떻게 되는지 알아? 원시인으로 되돌아가! 걔 눈썹을 자세히 본 사람 있어? 머리카락이랑 같이 자라더라! 걔 몸의 솜털 봤니? 완전 털북숭이야! 어쩐지 개가 땀을 흘리면 끔찍하더라니 장아

찌랑 파, 마늘 냄새가 전부 땀이랑 같이 나와서 그렇게 쉰내가 났던 거야! …….

허샤오만이 떠나고 일 년이 되도록 우리의 멸시와 박해는 그녀가 없음에도 그치지 않았다. 그녀에 대한 험담은 베트남전쟁이 발발한 뒤에야 잠잠해졌다.

류펑은 부상에서 회복한 뒤 일체의 영웅대회 요청을 사절했다. 스무 살 때 이미 평생의 영웅대회를 모두 치렀다. 영웅 노릇의 할당량은 진즉에 채웠고 초과한 분량은 린딩딩 때문에 일시에 날아갔다. 류펑은 영웅이란 호칭이 부질없는 허명이며 진심이나 행복과 바꿀 수 없다는 사실을 일찌감치 간파했다. 자신이 어떻게 부상을 당하고 목숨을 잃을 뻔했는지, 류펑은 누구에게도 말하고 싶지 않았다. 그는 팔뚝에 부상을 입었지만 포탄 파편이 동맥을 관통하는 바람에 붕대로 감싸서는 완전히 지혈을 할 수 없었다. 그때 구급차에 대한 기대와 기다림이란 류펑 평생에서 가장 길고 괴로운 기다림이었다. 린딩딩의 입당을 기다릴 때보다, 그녀가 예비기간을 통과해 고백할 수 있기를 기다릴 때보다 훨씬 길고 고통스러웠다. 구급차는 아무리 기다려도 오지 않고 보급품과 탄약을 운송하는 트럭 한 대가 왔다. 운전병이 길을 잃지 않았다면 길가 풀숲에서 정신을 잃은 류펑은 발견되지 않았을 것이다. 사실 운전병은 땅에서 꿈틀대는 십 센티미터 너비의 검붉은 띠를 먼저 발견했다. 자세히 살펴보았을 때 그는 머리카락이 전부 곤두섰다. 검붉은 띠는 놀랍게도 빽빽한 불개미 무리로 수만 마리의 불개미가 긴급하게 길가 풀숲으로 돌격하고 있었다. 곧이어 운전병은 불개미에 뒤덮인 사람을 발견했다. 아직 살아 있었고 군복 주머니가 네 개라 지휘관이겠다고 생각했다. 군모 안쪽에 이름 류펑, 혈액형 A형이라고 적혀 있었다. 그러니까 류펑이라는 사람의 찢긴 몸뚱어리가 불개미를 총동원하고 상처에서 끊임없이 흘러나오는 피가 도로를 가로지르는 불개미의 대이동을 초래한 거였다. 운전병이 다시 산비탈을 바라보니 또 다른 불개미가 잔뜩 흥분해 몰려오고 있었다. 불개미 왕국 전체가 움직이는 듯했다. 노면에 파인 거대한 폭탄구덩이에 맑은 새벽 빗물이 고여 있어서, 운전병은 류펑을 끌고 가 일 미터 깊이의 물로 두터운 불개미층을 떨쳐냈다. 류펑도 차가운 물에 정신을 차렸다.

운전병은 류펑에게 피를 너무 많이 흘려서 지혈이 더 늦어지면 생명이 위험하겠다고 말했다. 전형적인 운전병인 그는 자동소총으로 엉덩이를 두들기면서 호들갑스럽게 말하고 군복 목깃을 풀어 가슴을 반쯤 드러내고 있었다. 류펑은 말이 나오지 않았다. 너무 추웠다. 과도한 출혈과 폭탄구덩이의 냉수 때문에 턱이 꼼짝하지 않았다. "야전병원 치료소 천막이 어디 있는지 압니까?" 류펑은 소대 부상병을 여러 번 이송해봤던 터라 고개를 끄덕였다. 사실 고개를 끄덕였다기보다 눈꺼풀을 깜빡인 수준이었다. 아열대지역의 초봄에 류펑은 평생 가장 매서운 추위를 경험했다. 산둥성 고향의 겨울도 이렇게까지 춥지는 않았다. 운전병은 그를 운전실로 데려간 뒤 응급붕대로 다시 한 번 묶어주었지만 얼마 안 돼 새 붕대도 피로 물들었다. 운전병이 최대한 빨리 치료소로 데려갈 테니 길을 알려줄 수 있겠느냐고 물었다. 류펑은 또 고개를 끄덕였다. 이번에는 체온과 힘이 조금 돌아와 제대로 끄덕였다. 운전병은 트럭을 몰면서 계속 큰 소리로 말을 시켰다. 그는 부상자가 또 정신을 잃으면 다시 깨어나기 힘들까 봐 걱정스러웠다. 운전병의 야단스러운 말 속에서 류펑은 그가 탄약과 보급품을 모 연대로 운송하던 길이었음을 알았다. 다른 부대와 호응하며 적의 후방을 끊던 모 연대가 탄약과 식량이 끊겨 진퇴양난에 빠졌고 어느 탄광까지 밀려난 상황이었다.

삼거리에서 운전병이 어느 쪽으로 가야 치료소냐고 물었다. 류펑은 턱을 왼쪽으로 기울였다. 운전병은 얼마나 머냐고 물었고 류펑은 별로 안 멀다고, 기껏해야 오 킬로미터라고 대답했다. 운전실의 온도와 운전병의 수다 덕분에 단단히 굳었던 류펑의 턱이 회복되었다. 트럭은 곳곳이 물웅덩이인 길을 돌풍처럼 내달렸고 덜컹거릴 때마다 운전병은 "젠장" 하고 소리쳤다. 오 킬로미터가 오십 킬로미터 같았다. 목적지에 도착했을 때 운전병은 십여 미터 높이의 석탄산과 반쯤 무너진 갱구를 발견했다. 운전병이 운전실에서 뛰어내리며 소리쳤다. "들것! 간호사! 사람 옮겨요!"

그곳에 있던 모든 중국 병사가 눈을 동그랗게 뜨고 쳐다보았다.

운전병이 또 소리쳤다. "젠장, 의사는? 사람이 죽어 가는데 왜 꼼짝도 안 해?"

그때 사병들이 대답했다. "간호사랑 의사라니요? 여기는 모 연대 모 병영입니다!"

"여기가 모 병영이라고요?"

사병들이 왁자지껄 떠들기 시작했다. 탄약과 보급품 차량을 계속 기다리고 있었다면서 마지막으로 전투식량을 먹은 지 사십 시간이 훨씬 넘었고 석탄갱도 물만 마셔서 목부터 창자까지 다 까매졌다고 말했다.

정치지도원이 다가와 어떻게 된 일이냐고, 잘못 찾아온 거냐고 물었다. 운전병은 멍하니 엄지로 뒤쪽 운전실을 가리키며 대답했다. "저 류펑이라는 자가 이리로 안내했습니다. 원래는 치료소로 안내해 달라고 했는데, 보아하니 제대로 데려다주었습니다. 하지만 틀리기도 했네요. 지금 다시 치료소로 달려가면 제시간에 닿을 수 있을지 모르겠습니다." 운전병은 사병들에게 어서 탄약상자와 압축건조식품을 내리라고 재촉하면서 부상병을 최대한 빨리 치료소로 데려가지 않으면 피가 다 빠져나가 죽을 거라고 말했다. 그러면서 호들갑스럽게 오늘은 정말 귀신이 곡할 노릇이라며, 먼저 불개미가 부상병 앞까지 안내했고 부상병은 원래 치료소로 안내해야 하는데 잘못해서 자신을 이곳으로 데려다줬다고 말했다. 짐을 내리던 사병들이 운전실을 들여다보다가 그중 한 명이 안에서 죽어가는 부상병을 알아보았다. "공병대 같습니다!"

정치지도원이 류펑을 알아보고 공병대대 제1중대 3소대 부소대장이라고 말했다. 정치지도원이 창문을 두드리며 류펑을 불렀다. "라오류! 라오류!"

기층부대 간부에 대한 존칭인 '라오류'에 부상자는 전혀 반응하지 않았다. 까무잡잡하게 그을린 얼굴이 아직도 깨끗한 게 언뜻 스무 살도 안 되어 보였지만 미간과 광대뼈에 불길한 회백색이 아른거리고 눈꺼풀이 거의 투명했다. 죽어가는 새 같았다.

정치지도원은 류 부소대장이 살기 어려울 듯하자 자기 목숨을 구할 수 있는 마지막 수십 분의 시간을 이용해 일부러 운전병에게 길을 잘못 알려줬음을 알았다. 지금 탄약과 보급품은 이곳에 왔지만 치료소는 너무 늦어버렸다. 그래서 정치지도원은 전체 사병을 소집해 죽어가는 류펑에게 경례를 바쳤다.

당시 류평이 살고 싶지 않아서 그랬던 것인지는 잘 모르겠다. 자신의 목숨을 걸고 길을 안내하는 게 필요했을 수도 있지만 필요 없었던 듯도 싶다. 류평이 구급차를 기다리던 갈림길에서 치료소까지는 칠 킬로미터도 되지 않았다. 운전병이 그를 구호천막에 데려다준 다음 방향을 돌려 모 연대로 탄약과 보급품을 가져다주어도 삼사십 분밖에 차이가 나지 않았다. 탄약과 식량이 떨어진 수백의 군인이 삼사십 분 더 탄약과 식량이 없을 뿐이었다. 물론 그 삼사십 분 동안에 적의 습격을 받을 가능성도 있고 아무 일 없이 태평할 가능성도 있었다. 모두 끝난 뒤의 결과로는 아무 일도 없었다. 모 연대는 무선통신기가 폭파돼 얼떨결에 작전에서 벗어나 이틀 동안 전투에 휘말리지 않았다. 류평이 죽음을 무릅쓰고 운전병의 탄약 운송을 도운 게 고귀한 인격 때문인지 아니면 영웅담을 만들고 싶은 소망 때문인지는 나도 모른다. 어쩌면 허샤오만처럼 잠재의식 속에 죽음에 대한 갈망이 있었을 수도 있다. 그 비밀스러운 갈망은 린딩딩이 "사람 살려!"라고 외친 순간 싹텄을 것이다. 조금 더 늦게는 우리 모두가 그에게 등을 돌렸을 때 싹텄을지도 모른다. 원래 하오수원은 린딩딩에게서 절대 류평을 팔지 않겠다는 약속을 받아냈었다. 하지만 나중에 류평이 물에 빠지자 함께 짓밟지 않으면 다수의 미움을 받을 판이 되었다. 그래서 하오수원도 류평을 짓밟는 무리에 합세했다. 원래 떼거지로 무언가를, 그게 사람이든 개든 짓밟는 행위는 일종의 분출이자 광적인 즐거움이다.

트럭 운전병이 치료소로 미친 듯이 차를 몰 때 류평은 가 봐, 안 될 테니까, 내 동맥에서 흘러나오는 피를 못 따라갈걸, 하는 독한 마음이었다. 트럭이 폭탄구덩이를 지나면서 진흙물이 차문 유리창에

요란스럽게 튀는 바람에 류평이 깜짝 놀라 정신을 차렸다. 운전병은 그가 정신을 차리자 울음 섞인 고함을 질렀다. "젊은 사람이 말이야! 거짓말이나 하고! 살기 싫어도 내 차에서 죽지는 말라고!" 류평은 회심의 미소를 지었다. 그게 바로 류평이 원하던 바였다. 그의 죽음이 영웅담이 되어 멀리 퍼져나가고 곡으로 만들어진 뒤 가사가 입혀져 노래로 여가수의 노래책에서 유행하는 것. 나면서부터 감미로운 목청을 가진 린딩딩까지 그 노래를 부르지 않을 수 없게 되는 것. 그녀가 노래할 때 자기도 모르게 그를 떠올리고 그의 죽음이 자신과 관련, 아주 가늘지만 결코 벗어날 수 없는 관련이 있음을 떠올리는 것이었다. 여름밤 그 한 번의 접촉이 스물여섯 해 그의 평생에 걸친 연애 전부였는데, 너는 "사람 살려"라고 외쳐? 그럼에도 결국 목숨을 잃는 건 나다. 트럭이 부서질 듯 덜컹거리며 내달리는 동안 류평은 유리에 튀기는 진흙 꽃을 만족스럽게 바라보았다. 그의 목숨이 만들어낼 영웅담과 영웅담이 만들어낼 찬가는 그를 통렬하게 비판하던 사람들이 소리 높여 부르게 될 것이다. 그들은 정말 순식간에 얼굴을 바꿨다. 어제까지만 해도 그렇게 나를 떠받들어 레이펑 모범병사대회 때는 가지런하게 푸른 장막처럼 팔을 들어 올리더니, 눈 깜짝할 사이에 주먹을 일제히 쳐들며 "류평은 겉으로만 레이펑일 뿐 사상은 쓰레기다!"라고 소리쳤지. 나는 죽음으로 당신들에게 빚을 지우고 죄책감을 안길 것이다. 당신들한테도 린딩딩과 마찬가지로 마음속 깊은 곳에서 이 목숨의 빚을 어떻게 졌는지 똑똑히 알게 해주겠다. 거기까지 생각한 뒤 류평은 진흙에 완전히 더럽혀진 유리창을 보면서 만족스럽게 눈을 감았다.

치료소에 도착했을 때 류평은 의식이 전혀 없는 상태였다. 운전병은 그때 이미 류평을 영웅으로 숭배하고 있어서 기꺼이 O형 피 300CC를 수혈했다. 류평의 이야기는 운전병의 입을 통해 퍼져나갔다. 마침 치료소를 취재하러 나왔던 군관구 기자가 그 이야기를 듣고 〈삶과의 역행〉이라는 제목으로 보도했다.

류평의 기사는 허샤오만의 기사와 거의 비슷한 시기에 보도되었다. 당시 나는 이 분야에 막 발을 들인 신인이라서 기사를 본 뒤 뭔가 이상하네, 아닌 것 같은데 하고 생각만 할 뿐 왜인지는 말할 수 없었다. 그 기사들을 내가 쓰지 않은 게 유감스럽다. 나라면 좀 더 사실적으로, 군대 영웅담의 상투적인 어조에서 벗어나 훨씬 사람다운 말투와 사람다운 행동으로 묘사했을 것이다. 어쨌든 나는 그들을 훨씬 다층적으로 이해하고 있었으니까.

그런 식으로 만들어진 영웅담은 허샤오만의 돌발적인 정신병에 어느 정도 영향을 미쳤다. 오천 자에 이르는 보도문학 속 허샤오만의 이미지는 다음과 같았다. 가냘프면서 강인하고 결연하면서 이상으로 충만한 그녀는 앙상하지만 단단한 어깨로 중상 입은 병사를 업고 산골짜기와 계곡, 뱀과 전갈이 들끓는 수풀, 적군이 출몰하는 마을의 수십 킬로미터 길을 걸어 죽음의 경계에서 인간의 삶으로 돌아왔다. 허샤오만은 기사를 읽었을 때 거기에 등장하는 여주인공이 자기라고 믿을 수 없었다. 상황을 한 번, 또 한 번 아무리 생각해 보아도 기사와 달랐다. 대략적인 과정은 이러했다. 그녀가 젊은 남성 간호조무병과 열사 시신을 실은 트럭을 타고 치료소로 돌아오던 중 트럭이 지뢰밭으로 잘못 들어가는 바람에 폭파하고 말았다. 운전병과 보조운전병은 그 자리에서 사망하고 동행했던 간호조무병도 다리를 다쳤다. 그녀는 간호조무병을 부축해 오 킬로미터를 걸어오다가 다큐멘터리 촬영팀을 만나 장비운송 차량을 얻어 타고 야전병원으로 돌아왔다. 부축해 돌아오던 중 간호조무병이 걷지 못할 만큼 지쳤을 때, 그렇다고 중간에 멈춰 쉴 수가 없어서 잠깐 업었던 것은 사실이다. 하지만 기사처럼 부상당한 전우를 업은 채 산을 넘고 강을 건너는 수준은 아니었다. 전우는 열예닐곱이나 열여덟 살의 전형적인 쓰촨 산골사람으로 왜소하지만 어떻게 해도 오십 킬로그램이 넘었다. 그녀로서는 죽었다 깨어나도 업고서 오 킬로미터를 강행군할 수는 없다는 뜻이다! 시체를 감쌌던 천으로 그를 감싼 뒤 한쪽 끝을 자기 허리에 묶고 잠깐 포복자세로 기어가기도 했다. 하지만 천이 금세 마모돼 너덜너덜해지는 바람에 그녀는 울면서 같이 기어가자고 애원했고 결국 두 사람은 길가 수풀을 따라 칠팔백 미터를 기어가다가 촬영팀 차를 만났다.

허샤오만은 신문 속 사진도 자기라고 인정하기 힘들었다. 하얀 간호복을 입은 여군이 뒤쪽 빨랫줄에서 새하얀 침대보가 바람에 날리는 가운데, 나무뿌리에 앉아 앳된 얼굴로 쏟아지는 석양을 받으며 꽃잎이 입술에 닿을 듯 말 듯 야생화를 손에 들고 있었다. 사진 속 간호사는 시처럼, 읽다 보면 괜히 낯간지러워지는 시처럼 아름다웠다. 사진 옆에는 '전장의 천사 허샤오만'이라는 글귀도 적혀 있었다. 기사가 나간 다음 날 샤오만은 오전근무를 위해 아침 일찍 문을 나섰다가 맞은편 나무에 걸린 현수막을 보고 깜짝 놀라서 도로 들어갔다. 현수막에는 커다랗게 '군관구의 호소처럼 허샤오만 동지를 적극적으로 본받자!'라고 적혀 있었다.

샤오만은 복병의 기습을 받은 듯 문 안으로 되돌아갔다. 네 살

때 아버지도 문을 나서다가 현수막을 보고는 얼른 집 안으로 되돌아갔다. 그때는 완전히 상반된 총동원으로 '우경 분자'인 아버지를 타도하자는 내용이었다. 고작 하룻밤 새에 사람들이 전부 나서서 연합한 뒤 아버지를 무너뜨렸다. 아버지가 편안히 자는 동안 바깥에서 표어를 만들고 '우경'이라는 두 글자로 아버지를 기습 공격한 것이다. 샤오만은 아버지처럼 창문 틈새로 '복병' 같은 현수막 표어가 아직도 그곳에 있는지, 방금 전에 잘못 본 것은 아닌지 조용히 살펴보았다. 그곳에는 확실히 붉은 바탕에 황금 글씨의 현수막이 있었다. 샤오만은 창문을 닫았다. 정말로 잘 자고 일어나서 복병에게 당한 느낌이었다. 명예라고 사람을 공격할 수 없겠는가? 샤오만은 방 안에서 계속해 맴을 돌았다. 어떻게 나가지? 오전근무가 기다리는데 누구를 만나면 뭐라고 말하고, 어떤 자세와 표정을 지어야 할까? 모두가 '본받을' 사람은 어떤 모습이어야 할까?

십여 분 뒤 마당을 청소하거나 운동하던 젊은 간호병들은 어제와 완전히 달라진 허 간호사를 보았다. 중간 굽의 검정 구두를 신고 하얀 바탕에 하늘색 물방울무늬가 있는 셔츠와 무릎까지 내려오는 파란 군복 앞치마를 착용하고 있었다. 특히 머리가 돋보였는데 머리카락을 풍성하게 말아 올린 뒤 뒤통수에서 목까지 길게 리본을 늘어뜨렸다. 산골 사람들이 안 좋은 뜻에서 '서양식'이라고 부르는 머리 모양이었다.

문 앞 현수막 표어에 뒷걸음질 친 다음 샤오만이 선택한 방어책은 스스로를 단장하는 것이었다. 표어 속 허샤오만은 그녀 자신이 아니었다. 신문 사진 속의 '천사'처럼 또 다른 사람이었다. 샤오만의 치장은 그 사람에게 다가가려는 노력 같았다. 샤오만은 십여 분 동안 남동생이 잡아당기며 '똥고집'이라고 놀렸던 거칠고 검은 머리카락, 과하게 풍성해 우리의 의아함을 자아냈던 그 머리카락을 잘 매만져 말아 올렸다. 그런 다음 얼굴에 얇게 분을 바르고 입술에도 눈에 띄지 않는 색깔을 입힌 뒤 세면대의 작은 거울을 보면서 그 속의 얼굴이 다른 사람 같은지, 신문 사진과 비슷한지 살펴보았다. 이어서는 옷을 골랐다. 그녀에게는 순백색과 하늘색 물방울무늬의 사복 셔츠가 두 벌 있었다. 물방울무늬는 결혼할 때 남편이 사준 옷이라 결혼사진에서도 입고 있었다. 결혼사진 속 그녀도 자신 같지 않았다. 삶의 마지막 순간 결혼사진 속에서 자신이 환하고 행복했음을 발견하는, 결혼을 위해 결혼하는 세상의 모든 신부와 다름없어 보였다. 중간 굽의 검정 구두도 결혼사진 속에 있었다. 그걸 신으면 160센티미터가 되기 때문에 자신을 본받으려는 사람들을 실망시키지 않을 수 있을 듯했다. 신문 사진 속 '천사' 허샤오만은 앉아 있지만 두 다리를 무용할 때처럼 뻗어 가늘고 길어 보였다. 누가 봐도 하오수원만큼은 아니어도 린딩딩 정도는 되게 최소 165센티미터로 보였다. 샤오만은 다리가 치마 아래로 조금 더 드러나도록 군복 앞치마의 허리끈을 위쪽으로 맸다. 그녀는 자기 몸에서 다리가 가장 멋지다는 것을 잘 알고 있었다.

허샤오만이 간호조무병을 구한 뒤 치료소 홍보계에서는 볼품없는 허 간호사가 영웅담의 좋은 소재가 될 수 있다고 직감하고는 잘 보호해야지, 전선에 남겨둬서는 안 되겠다고 판단했다. 그렇게 해서 참전 일주일 만에 허샤오만은 쓰촨과 윈난의 경계에 있는 산골짜기 병원으로 보내졌다. 그리고 전우를 구한 영웅담이 사람보다 먼저 도착해 그녀가 기차에서 내렸을 때 정치부 주임이 군관구 신문기자 두

명과 함께 마중을 나와 있었다.

허샤오만은 유칼립투스의 커다란 잎사귀 아래로 이어진 오솔길을 종종거리면서 뛰어갔다. 길 양쪽으로는 붉은 바탕에 금색 표어가 적힌 현수막이 가득했다. 표어마다 그녀의 이름이 등장하고 이름 앞에는 영웅간호사, 죽어가는 부상병을 도운 천사, 닥터 노먼 베쑨 같은 백의의 전사 등 찬미의 수식어가 달려 있었다. 샤오만은 총탄에 쫓기듯 갈수록 다급해졌다. 다행히 병원 사람들은 모두 그녀를 처음 봐서 아직은 그녀 모습과 이름을 연결 짓지 못했다. 그녀는 심장이 목구멍으로, 태양혈로 튀어나올 것만 같았다. 손가락 끝, 눈꺼풀 위, 속눈썹 끝에서까지 심장 박동이 느껴졌다. 예전에 아버지도 하얀 바탕에 까만 글씨로 적힌 표어들 속에서 이렇게 총탄에 쫓기듯 뛰었다. 간호사 당직실 앞까지 뛰어간 샤오만은 문을 열며 소리쳤다. "늦어서 죄송합니다!"

간호사 당직실에 앉아 있던 대여섯 명이 그녀를 보자마자 의자에서 벌떡 일어났다. 또다시 복병의 습격을 받았다. 사람들이 두 손을 내밀며 악수를 청했다. 샤오만은 계속 늦어서 죄송하다고 사죄했다. 그들 대여섯 명은 안 늦었다면서 허 간호사를 기다리고 있었다고 말했다.

허샤오만은 의아했다. 안 늦었다니? 간호사로 근무한 두 해 동안 그녀는 일 분도 늦은 적이 없었다. 하지만 오늘은 이십 분이나 늦었으니 야간 간호사가 그녀 대신 이십 분을 더 근무했다는 뜻이다. 올림머리, 구두, 옅은 화장, 옷차림까지 샤오만은 그 이십 분을 어디에 쓰느라 늦었는지 사람들이 알아볼까 봐 두려웠다. 대여섯 명 가운데 한 사람은 병원 정치부 사람이었다. 며칠 전 기차역으로 그녀를 마중 나왔던 젊은 정치부 주임이었다.

젊은 정치부 주임은 그녀에게 다른 손님들을 소개했다. 전부 성省에서 나온 보도부 사람들로 허 간호사가 역내 학교와 기관에서 강연해주기를 바랐다. 허샤오만은 그들 눈이 지나칠 정도로 빛난다고 생각했다. 자신을 비추는 스포트라이트 같은데 정작 본인은 대사를 생각하느라 죽을 맛이었다. 그녀가 뭐라고 대사를 뱉었는지 대여섯 사람이 곧장 "너무 겸손하네요"라고 반응했다. 젊은 주임이 그녀를 "샤오허"라고 부르며 말했다. "샤오허, 오늘은 출근하지 말지? 돌아가서 준비하게. 내일 아침 기차거든. 청두쿤밍 특급열차." 정치부 주임은 젊은데 어투가 권위적이고 노숙했다. 성에서 나온 사람들이 돌아가자 주임이 주머니에서 원고를 꺼내 샤오만 손에 쥐어주었다. "강연원고니까 잘 준비하게."

그랬다. 대사가 나왔다.

허샤오만은 하루 종일 원고 속 대사를 연습했다. 중상 입은 전우를 업은 채 삶의 언덕을 오르는 심경이 주요 내용이었다. 여러 번이나 동요와 절망, 공포에 휩싸였고 그때마다 이기심과 삶에 대한 욕구, 심지어 혼자만이라도 살아야겠다는 생각이 솟구쳤지만 무방비 상태의 전우를 보고 그의 고통스러운 신음소리를 듣자 이기적인 삶의 욕구가 사라졌다고 했다. 원고는 대사처럼만 읽을 수 있었다.

전쟁영웅 강연단에서는 허샤오만 혼자만 여군이라 진짜 보배라고 할 수 있었다. 그녀도 다른 강연자들처럼 군복 앞쪽에 훈장, 기념 배지, 그녀 얼굴보다도 큰 비단꽃 등을 빈틈없이 달고 있었다. 모든 영웅이 꽃가마를 타도 될 정도로 꾸며졌다. 기차역에서 고음의 나팔이 〈다시 만나요, 어머니〉를 연주하고 객차 안에서도 〈다시 만나요,

어머니〉가 울렸으며 청두 대로에 도착한 뒤에도 온통 〈다시 만나요, 어머니〉가 들리고 보이고 느껴졌다. 허샤오만은 전선으로 가기 전 다시 만나자는 작별인사를 어머니에게 하지 않았다. 마지막 작별인사는 일 년 전 장거리전화를 할 때였다. 장거리전화는 어머니가 걸어왔다. 계부를 위해 티베트약을 사다달라고 부탁하기 위해서였다. 그때 "다시 봐요, 엄마"라고 말한 뒤 샤오만은 다시는 만나지 않겠다고 결심했다.

"이미 나팔이 울려 무기를 장전하고 행장도 꾸렸으니 부대는 출발합니다."

출정하는 전사에게 어머니는 아주 많은 것을 상징했다. 나는 〈다시 만나요, 어머니〉의 노랫소리가 허공을 가득 메울 때 샤오만의 마음이 얼마나 공허했을지 상상해보았다. 그것은 어머니의 빈자리에서 나오는 공허함이었다. 영예의 빨간 꽃을 달고 전투영웅의 연단에 앉아 있을 때 샤오만은 밤낮으로 함께 지냈던 우리의 청춘을 아득하게 떠올리지 않았을까? 우리가 공유했던, 그 대놓고 말하기에는 창피한 작은 결점들을 생각하지 않았을까? 여군들이 몰래 혹은 공개적으로 먹던 간식이나, 온갖 간식을 각자 꺼내놓고 벌였던, 허샤오만은 거의 초대되지 못했던 간식만찬을 떠올리지 않았을까? 샤오만이 찐빵을 잘게 쪼개 종이로 싸두었다가 조금씩 먹었던 이유도 그래야만 그녀에게도 간식이 생기기 때문이었다.

"몰래 눈물 흘리지 마세요, 걱정하지 마세요……."

누가 몰래 운단 말인가? 샤오만에게는 딸을 몰래 울리는 어머니만 있었다.

샤오만은 소년선봉대에게 꽃을 받고 전국에서 보내온 엄청난 양의 사탕과 떡, 육포를 받았을 때 식품포장지 특유의 바스락 소리를 떠올리지 않았을까? 그때 같은 방 여군의 서랍에서 비닐봉지나 기름종이 소리가 들려오면 그녀는 얼른 보온병을 들고 물을 받으러 나가거나 대야를 들고 빨래를 하러 나가는 척 자리를 피했다. 자기만 빼놓고 서로 간식을 먹어보라며 부르는 상황도 두려웠지만 그보다는 되갚아줄 방법이 없는 자신을 행여 부를까 봐 더 두려웠다. 청두의 열악한 부식상황은 전국적으로 유명했다. 여군이라면 너 나 할 것 없이 후방 가족들이 베이징이나 상하이에서 청두까지 간식운송로를 만들어주길 바랐다. 우편이나 기차를 타는 지인, 혹은 출장 및 가족방문을 가는 전우를 통해 원활한 운송을 꾀했다. 샤오만도 자신이 먼저 그 운송로를 개척하는 나름의 방법을 생각해냈다. 어느 날 악대 지휘자가 악보집을 베끼러 상하이에 갈 때 허샤오만은 육 개월의 급여를 아낀 돈으로 티베트산 담요를 사서 어머니에게 보냈다. 어머니가 담요를 받으면 예의상으로라도 지휘자 편에 뭔가를 보내줄 것이라고 믿었다. 그러면 운송로가 만들어지는 셈이고 이후에도 지속될 수 있을 거라고 생각했다. 하지만 악대 지휘자가 상하이에서 돌아왔을 때 허샤오만이 받은 것은 편지 한 통뿐이었다. 딸의 효심에 감동했으며 잘 받았지만 티베트 모직제품은 거칠기만 하니 앞으로는 사기를 당하지 말라는 내용이었다.

"몰래 눈물 흘리지 마세요, 걱정하지 마세요……."

이게 아들이 어머니에게 하는 당부라면 당부를 받는 사람은 분명 친어머니일 것이다. 계부에게 시집간 어머니는 더 이상 친어머니가 아니었다. 어머니는 몰래 울었을지도 모르지만 샤오만 때문에 더 이상 걱정할 필요가 없다며 좋아했을지도 몰랐다. 삼천 리 멀리로 떠나는 샤오만을 위해 그 풀기 어려운 머리를 땋아준 것도 모든 걱정을 한 번에 다 해주고 앞으로는 편히 지내겠다는 마음일 수도 있었다.

"제가 전투 중에 영광스럽게 희생되면 활짝 핀 동백꽃을 보세요."

무슨 말인가? 대체 무슨 논리인가? 동백꽃의 만개가 아들의 부재를 의미한다면 친어머니들은 차라리 세상에서 동백꽃이 사라지길 바랄 것이다!

노래 속의 아들은 더할 나위 없이 서정적이고 낭만적으로 후사를 미화했다. "아…… 아…… 아…… 아…… 동백꽃이 어머니와 함께 할 거예요!"

샤오만이 간호조무병을 끌며 치료소로 돌아가다가 영광스럽게 동백꽃이 되어 어머니 곁에 남았다면 어머니는 받아들였을까? 어머니는 차라리 동백꽃을 원했을지도 모른다. 샤오만이 사라지면 어머니의 가정은 옛 혁명군 남편과 아들, 딸로 더 완전해질 테니까. 동백꽃이 샤오만 대신 아무런 말이나 욕망 없이, 그저 장식품처럼 곁을 지킨다면 어머니 마음도 해방된 듯 자유로워지고 복잡한 인간관계 때문에 변형될 필요도 더는 없을 테니까. 아…… 아…… 아…… 아…… 다시 만나요, 어머니! 하지만 동백꽃이 있든 말든 샤오만은 이미 오래 전에 어머니에게 작별을 고했다.

전장의 천사가 겪었을 심리를 감동적으로 지어내 강당에 앉은 중고생들을 울렸으니 젊은 정치부 주임도 꽤나 능력 있다고 말해야 마땅하다. 심지어 제일 앞줄에 앉은 몇몇 여학생은 엉엉 소리 내며 울기까지 했다. 샤오만은 우는 일이 거의 없었다. 사랑 받는 여자아이만 우는 법이었다. 그녀는 어머니에게 일방적으로 영원한 이별을 고할 때도 눈물 한 방울 흘리지 않았다. 강연 원고를 덮으면서 샤오만은 1977년의 봄도 덮었다. 버들개지가 눈처럼 흩날리던 봄날 오후 샤오만은 어머니의 편지를 받았다. 편지에는 아저씨가 출장 가는 길에 상하이 간식을 보낸다고 쓰여 있었다. 대문 앞에서 아저씨한테 커다란 망태기를 건네받을 때 샤오만은 눈물을 흘렸다. 어머니한테 미안해서였다. 자신을 무시한다고 어머니를 오해했던 것 때문에 눈물이 났다. 그녀가 어떻게 숙사까지 달려갔겠는가? 숙사로 돌아가면서 어떻게 모두를 초대했겠는가? "와서 드세요! 엄마가 먹을 것을 보내왔어요!" 여군들은 호기심에 가득 차 샤오만이 종이상자 뜯는 모습을 바라보았다. 그 끝에 나온 것은 잘게 썬 귤피를 절인 옌진짜오鹽津棗였다. '코딱지'라는 더러운 별칭을 가진 옌진짜오가 작은 봉투로 잔뜩 들어 있었다. 두 푼짜리 작은 봉지가 백 봉지도 넘어서 한 알씩 먹으면 어머니가 돌아가실 때까지 어머니의 사랑을 맛볼 수 있을 듯했다. 그렇게 큰 망태기에 또 무엇이 들었던가? 플라스틱 기름통과 편지봉투였다. 봉투에는 편지 한 통과 전국 식량배급표 한 뭉치가 있었다. 쓰촨에는 암시장이 발달해 전국 식량배급표로 식용유를 살 수 있다고 들었으니 암시장에서 거래를 해달라는 내용이었다. 샤오만은 산더미 같은 옌진짜오를 보면서 그 허접한 간식조차 그냥 먹을 수 있는 게 아니라 암거래를 해야만 받을 수 있는 대가임을 깨달았다.

그때만큼은 우리도 각박하게 굴지 않고 옌진짜오를 주겠다는 샤오만의 가련한 초대에 응해 한 봉지씩 받아들었다. 샤오만은 또 어머니를 만족시키기 위해 식량배급표를 식용유와 바꿨다. 그 아저씨가 식용유를 가지러온 날 샤오만은 같은 방 여군에게 자신은 허리를 치료하러 진료부에 가야 하니 대신 좀 전해달라고 부탁했다. 하지만 그녀는 아무 데도 가지 않고 공중변소의 벽돌 틈새로 아저씨가 식용유통을 받아 임무를 완수했다는 듯 가벼운 발걸음으로 떠나는 모습을 지켜보았다.

우리 기억 속 허샤오만은 그때 이후로 한층 더 조용해지고 겉돌았다. 더 이상 예전처럼 우리가 어머니 이야기를 꺼낼 때 갑자기 흥분하지도, 자기 어머니를 유명인처럼 묘사하지도 않았다. 그 전까지 샤오만은 자기 어머니가 세련된 상하이 사람들 속에서도 눈에 띈다며 검은 벨벳 정장에 새하얀 스카프를 매고 거리에 나서면 쳐다보지 않는 사람이 없다고 자랑했다. 또 검은 벨벳 정장을 이웃에서 수없이 빌려가 본을 뜨고 재단을 했지만 누가 입든 어머니처럼 허리가 가늘지 못해 어색했다고도 말했다. 심지어 자기 말을 증명하기 위해 두 여자가 들어 있는 삼 센티미터 남짓한 작은 사진까지 꺼내보였다. 샤오만은 액자에 비스듬하게 끼워놓은 사진 속 위아래 두 얼굴을 가리키며 어느 쪽이 어머니인지 맞혀보라고 했다. 그러고는 누가 시도하기도 전에 킬킬 웃으면서 두 사람 모두라며, 어머니가 젊을 때 상하이 사진관에서 이렇게 한 사람을 두 사람으로 만들어주는 게 유행이었다고 말했다. 우리는 뒤에서 뭐가 그렇게 대단하다고, 우리가 생전 미인을 못 본 줄 안다니까, 하고 수군거렸다.

암거래가 성공하자 어머니는 딸의 거래 능력에 믿음이 생겨 곧바로 또 다른 거래를 지시하기 위해 장거리전화를 걸어왔다. 청두의 소수민족 상점에서 파는 티베트약이 노년 남성들 보양에 좋다는데 소수민족 신분이 아니면 살 수 없다며, 예전에 너희 문예단에 티베트족 가수가 있다고 했으니 그 가수에게 신분증을 빌릴 수 있느냐고 물었다. 샤오만은 티베트족 가수는 수습기간도 채우지 못하고 벌써 티베트로 돌아갔노라고 간략하게 대답했다. 어머니가 말했다. "정말? 어떻게 그러니?" 샤오만은 설명하기 귀찮았지만 미성발성법을 연습하다가 원래의 좋은 목소리를 잃어버려 퇴역조치 되었다고 대꾸했다. 그러고는 "엄마, 다시 봐요!"라고만 말하고 전화를 끊어버렸다. 그녀는 전화기 옆에서 수화기를 든 채로 한참을 서 있었다. 거치적거릴 것 없는 고아의 독립과 자유를 만끽하기 위해서였다. 이십여 살에 고아라니 조금 늦은 감이 있지만 어쨌든 해내서 참 좋았다. 스스로 선택한 고아가 선택할 수 없었던 덤받이보다 훨씬 좋았다.

"전쟁에서 승리해 돌아오면 사랑하는 어머니를 다시 찾아뵐게요……."

노래 속 아들은 세상에 샤오만 같은 딸이 있다는 사실을 이해하지 못할 것이다. 세상에 샤오만의 어머니 같은 어머니가 있다는 것을 상상할 수 없을 테니까.

1979년 4월의 그날, 허샤오만은 태양이었고 해바라기처럼 찬란한 어린 얼굴들에게 빽빽하게 둘러싸였다. 딱 그들 나이였을 것이다. 샤오만은 어머니가 빗겨준 양 갈래의 '프랑스식 땋은 머리'를 간직한 채 삼천 리 멀리의 새로운 삶으로 뛰어들었다. 그 갈래머리를 풀기 아쉬워 미루고 미루다가 결국에는 풀리지 않게 돼 그녀는 땋은 부분을 잘라내야 했다. 잘라내는 게 제일 번거롭지 않은, 유지를 위한 더 나은 선택이어서 아버지도 잘라내지 않았던가? 다만 잘라낸 것은 아버지의 삶, 그리고 사물 및 인간관계가 추악하게 변해갈 가능성이었다. 그녀는 공책에 사인할 때 '샤오만'이라고만 적었다. 이미 잘라

냈으니 종속되지 않은 자유를 왜 누리지 못하겠는가? 그녀의 펜 밑에서 '샤오만', '샤오만', '샤오만'이 움직였다. 아버지가 준 것을 어머니 손에서 되찾았고 그녀에게 속하지 않은 것을 어머니와 계부에게 돌려주었으니 그녀에게는 '허'라는 성이 필요 없었다. 허샤오만? 웬 허샤오만? 누가 허샤오만인가? 샤오만은 그녀 자신이고 그녀 자신에게만 속할 뿐이었다.

매일 얼마나 많은 숭배를 받았는지! 우리가 그녀에게 준 멸시와 모욕보다 백배천배 더 많이 받았으니 마이너스는 플러스가, 더 나아가 더블플러스가 되지 않았겠는가? 전부 상쇄하지 않았겠는가? 그런데 너무 많은 찬미와 너무 많은 영광이 한꺼번에 밀어닥쳤다. 골고루 줄 수는 없었나? 가물 때는 타죽을 정도로 가물고 장마 때는 빠져 죽을 정도로 쏟아지니…… 손이 마비될 정도로 사인할 때 샤오만의 가슴과 등, 관자놀이에서 땀이 흘러나왔다. 또 쉰내가 나지 않을까? 분명 나겠지. 신문의 커다란 사진 속 여인이 어떻게 그녀일 수 있겠는가? 한없이 청량하고 상쾌해 보이는 또 다른 사람일 뿐이다. 그와 달리 샤오만은 수시로 땀을 흘리며 땀범벅이 되어 악취를 풍겼다. 그녀는 사람들에게서 벗어나기 시작했다. 사람들 바깥으로 빠져나가면서 사인해주던 상품 만년필도 내팽개쳤다. 몇몇 팔이 그녀를 잡고 저도요, 저도요, 저한테도 사인해주세요! 라고 외치고 수많은 어린 얼굴이 그녀에게 다가왔다. 생생히 기억한다고, 예전에는 나를 건드리려고도 하지 않았으면서!

그날 저녁 샤오만이 군관구 제1초대소로 돌아왔을 때 정문 보초가 그녀에게 전보를 건네주었다. 그녀한테 영영 버려진 어머니가 갑자기 찾아온다는 내용이었다. 밤이 되어 고위간부 초대소의 시몬

스 침대에 누운 샤오만은 그녀가 다른 사람으로 변한 건지, 아니면 세상이 다른 세상으로, 사람들이 다른 사람들로 변한 건지 생각에 잠겼다. 혹은 어머니가 다른 어머니로 변한 것일까? 데면데면하고 나이든 모습이 아니라 친근하고 젊은, 아버지의 애무를 받으며 그녀를 임신했던 친엄마로 돌아간 것일까? 아니면 그녀를 생명의 새싹으로 되돌려서 친엄마의 자궁에서 재생산해 새로운 명분으로 내보내려는 것일까? 샤오만은 확실히 새로운 명분이 생겼다. 다만 자신을 재생산해줄 친엄마가 없어서 그녀에게는 부적합하고 송구스러우며 감당하기 힘든 명분이었다. 아침에 〈다시 만나요, 어머니〉 노래 속에서 깨어났을 때 샤오만은 배가 더부룩한 느낌이 들었다. 〈다시 만나요, 어머니〉 가사가 배에 가득 차 소화돼 내려가지도, 위로 역류하지도 않는 듯했다. 또 기관지와 폐에도 노랫소리가 가득 찬 듯 가슴이 답답했다. 그녀는 동백꽃이 되어 어머니 곁에 있을 수 없었다. 누구로도 변할 수 없어서 그녀는 그녀 자신일 수밖에 없었다. 어머니의 자궁이 그녀를 재생산해주지 않는 이상, 멸시와 혐오의 대상이 될지언정 그녀 자신일 수밖에 없었다.

나중에 류펑을 만났을 때 나는 샤오만의 갑작스러운 정신분열 소식을 듣고 곧장 그녀가 입원한 군관구 종합병원 정신과로 찾아갔다. 하지만 그녀는 이미 훨씬 전문적인 정신병원, 충칭거러산重慶歌樂山 병원으로 옮긴 뒤였다. 내가 들은 그날의 상황은 이랬다. 그날 아침 '전장의 천사' 허샤오만은 창문을 열고 밑에서 구보 중인 사람들에게 소리쳤다. "그만! 멈춰요! 그만 불러요!"

달리던 사람과 마당을 청소하던 사람들 모두 동작을 멈추고 그녀를 쳐다보았다. 그녀의 머리카락이 엄청나게 크고 까만 민들레 같았다.

"그만! 부르지 말라고요!" 그녀는 허공에서 울리는 노래에 대고 소리쳤다.

종업원이 그녀 방문을 열었을 때 강연 원고가 눈송이처럼 갈가리 찢겨 바닥을 하얗게 뒤덮고 있었다. 샤오만이 종업원에게 말했다. "나는 전쟁 영웅이 아니에요. 영웅하고는 거리가 한참 멀다고요."

샤오만이 그 몇 마디만 되풀이했기 때문에 오전 강연은 취소될 수밖에 없었다. 오후에 초대소로 어떤 중년 여자가 찾아와 딸 허샤오만을 만나러 상하이에서 왔노라고 말했다. 여자는 왼손에 여행 가방, 오른손에 망태기를 들었는데 망태기 속 과자철통과 사탕상자가 또렷하게 보였다. 얼마나 금빛 찬란한지 청두 사람들은 철통과 상자만으로 값비싼 물건임을 짐작할 수 있었다. 망태기에는 청두 사람들이 진즉에 생김새를 잊어버린 커다란 바나나 송이도 들어 있었다. 여자는 원래도 크지 않은데 손에 육중한 물건까지 들어서 한층 더 작아보였다. 종업원이 여자에게 따님이 지금껏 문을 잠그고 빗장까지 건 채 누구도 들여보내지 않는다고 말했다.

종업원은 여자를 방문까지 데려간 뒤 가볍게 문을 두드렸다. 아무 응답이 없었다. 햇빛이 잘 드는 남향 방이라 중간 굽의 구두 그림자가 문틈으로 보였지만 안에 있는 사람은 확실히 등을 문에 기댄 채 아무리 두드리고 불러도 꿈쩍하지 않았다.

중년 여자가 종업원을 밀치고 문틈으로 조용히 불렀다. "샤오만, 문 열어, 엄마야."

안에서 살짝 신발바닥과 마룻바닥 부딪히는 소리가 났다. 방 안의 사람이 등지고 있던 몸을 돌려 문을 마주했다.

"만만, 문 열어!"

호칭을 바꾸자 안에 있는 사람이 걸쇠를 풀었다.

"만만!"

문이 열리고 허샤오만의 환한 모습이 드러났다. 새 군복과 새 모자, 가슴에 가득한 훈장과 기념배지, 어깨에 비스듬히 걸린 붉은 리본, 리본 가운데의 커다란 방울까지, 영락없이 젊은 사령관의 모습이었다. 눈에서도 영웅들 사진에서 보이는 미래를 향한 불멸의 빛이 반짝였다. 중년 여자는 종업원 몸을 방패삼아 뒤로 한 걸음 물러나면서 젊은 사령관을 살펴보았다. 뭐지? 분명 살아 있는데 왜 저렇게 불멸의 동상 같은 모습이지?

그때 그녀는 샤오만의 애처로운 속삭임을 들었다. "저는 영웅과 거리가 멀어요. 저는 여러분이 찾는 사람이 아니에요……."

샤오만은 그렇게 계단을 내려가 〈다시 만나요, 어머니〉의 노랫소리가 울려 퍼지는 태양 아래로 걸어갔다. 그때서야 중년 여자는 정신을 차렸다. 그건 정말로 자신의 딸 허샤오만이었다. 그녀도 뒤따라서 아래층으로 내려갔다. 망태기 속의 과자철통과 사탕상자가 쿵쿵 쾅쾅 소리를 냈다.

초대소 마당에서 경비병이 붙잡아준 덕분에 허샤오만은 건물 뒤쪽에서 나오는 수장의 자동차를 피할 수 있었다. 그대로 뒀으면 수장의 자동차는 그녀를 쳤거나 담장에 부딪힐 뻔했다. 허샤오만의 어머니는 그 순간 비명을 지르며 두 손으로 눈을 가렸다. 딸이 전선에서가 아니라 수장의 자동차 밑에서 목숨을 잃는 줄 알았다. 수장이 창문 유리를 내리며 큰 소리로 호통을 쳤다. "미쳤나? 어딜 뛰어들어?”

그러다 샤오만의 온몸이 영웅처럼 훈장과 꽃, 리본으로 장식된 것을 보고는 더 이상 소리치지 않았다. 수장은 자동차에서 내려 무슨 단서를 찾듯 샤오만에게 물었다. “아가씨, 무슨 일인가?”

샤오만의 얼굴에는 천사의 미소가 서려 있었다.

허샤오만은 정신병원에 입원한 일 년 내내 그렇게 아무 근심 없이 온화하고 친절한 천사의 미소를 짓고 있었다. 극도로 제한된 공간에 갇혀 매일 한 움큼씩 약을 삼켜야 하는 상황에 조금도 불만이 없는 듯, 정신과가 자신의 천국이라도 되는 듯했다. 입원한 지 닷새째 날 젊은 정치부 주임이 찾아왔다. 허샤오만의 표정과 태도에서 그에 대한 기억은 아무 흔적도 없어 보였다. 자기 어머니에게 그랬듯 샤오만은 친근함도 드러내지 않았지만 낯선 표정도 짓지 않았다. 정치부 주임은 비보를 가져왔다가 허샤오만을 보고는 바지주머니에 도로 전보를 구겨 넣었다. 결혼한 지 얼마 되지 않은 샤오만의 남편이 전사했다는 소식이었다.

샤오만은 남편의 전사를 일 년이 지난 뒤에야 알았다. 병이 조금 호전되었을 때 그녀의 주치의가 전해주었다. 열사의 유품과 저축, 유족연금 등 미망인이 서명해야 할 관련 서류가 산더미 같아서였다. 샤오만의 서명이 없으면 고향의 부모는 아들이 목숨 대신 가져다 준 얄팍한 혜택을 누릴 수 없었다. 주치의는 샤오만이 가장 신뢰하는 사람이었다. 그가 일 년 전의 부고를 샤오만에게 전해주었을 때 샤오만은 아주 평온하게 받아들였다. 의사는 샤오만이 이해했는지 의심스러웠지만 이튿날 그녀 침대 옆에 놓인 칠 센티미터의 사진과 양치컵에 황금빛 야생화, 제초제로도 제거하지 못한 민들레꽃 한 다발이 꽂힌 것을 보고는 그녀가 이해했음을 확신했다. 칠 센티미터 결혼사진 속의 샤오만과 남편은 아직 서로가 낯선 듯 웃음마저 어색했다. 한때 샤오만의 간호를 받았던 소대장은 검고 마른 얼굴에 빛나는 눈동자를 가졌지만 눈빛이 딱딱했다. 샤오만은 실망의 바다를 건너던 중 처음으로 섬을 만나 육지를 밟았던 터였다.

베이징에서 근무한 지 육 년째 되던 어느 날 침실과 마루, 식당, 작업실을 모두 겸한 내 방을 누군가 가볍게 두드렸다. 문을 열어보니 뜻밖에도 린딩딩이었다. 군복바지에 붉은색 체크무늬 외투를 입은 린딩딩은 자기 나이에 어울리지 않게 앞머리까지 전부 넘긴 말총머리를 묶고 있었다. 머리카락을 얼마나 세게 잡아당겨 묶었는지 정수리가 휑해 보였다. 모습이 많이 변했지만 나는 한눈에 그녀를 알아보았다. 딩딩은 웃으면서 앙칼진 목소리로, 대작가가 되더니 자기 같은 보통 사람은 잊어버렸냐고 말했다. 그녀는 안으로 들어와 책이 너무 많이 꽂혀 기울어진 책장을 둘러본 뒤 팔 두 개 올려놓을 공간만 빼고 좌우가 온통 종이로 뒤덮인 책상과 얇게 먼지에 파묻힌 친필 원고 뭉치를 살펴보았다. 내가 보기에 모두에게 잊힌 사람은 나 같았다. 그녀는 방을 둘러보면서 내가 책을 두 권 출판하고 무슨 상도 받았다기에 자기 이야기를 써줄 수 있는지 물어보러 왔다고 말했다. 나는 그녀처럼 순탄하게 살아온 사람에게 무슨 이야기가 있을까 생각해보았다. 제일 그럴 듯한 이야기라고 해봐야 그녀가 기어코 꺾어버린 류펑의 일이 아니겠는가. 나는 접시와 그릇을 들었다. 아래층 식당에서 점심식사 냄새가 풀풀 올라오고 있었다. 늦게 가면 맛있는 음식이 남아 있지 않으니 같이 식당에 가겠느냐고 물었다. 딩딩은 활영 간사에게도, 내과 의사에게도 시집가지 않고 이모의 중매로 베이징에 시집왔다. 남편은 지위도 있고 능력도 있는 '일거양득'의 상대로 군사과학원 연구생이었다. 시아버지는 국민당에서 투항한 장군으로 모 병종 부사령관이며 해외에 친척이 많았다. 딩딩이 결혼하기 직전부터 해외 친척이 배우자 선택의 좋은 조건으로 꼽히기 시작했다.

식당에서 나는 상류층 음식에 길들여졌을 테니 이런 기층 군관 식당 음식은 먹기 힘들겠다고 농담을 건넸다. 딩딩이 웃었다. 우리 차례가 되었을 때 칠판 메뉴를 가리키며 무엇을 먹겠느냐고 묻자 그녀는 대충 훑어본 뒤 매운 거면 다 좋다고 대답했다. 예전에는 매운 음식만 보면 울상을 짓던 딩딩이 쓰촨을 떠난 뒤에는 매워야 입맛이 돈다고 했다. 딩딩의 변화가 무엇인지 나는 불현듯 깨달았다. 예전의 연약함은? 진짜인지 가짜인지 알 수 없던 천진함은? 예전에는 움직일 때마다 경미한 소아마비후유증이 있는 듯 손발이 살짝 어긋나 모두들 안쓰러워하지 않았던가. 딩딩을 딩딩답게 만들던 그런 특징이 혹시 결함이 된 걸까? 그렇다면 과거의 특징이 그녀의 위장이었다는 해석밖에 내릴 수 없었다. 혹은 어떤 치명적인 사건이 발생해 환골탈태했거나.

딩딩이 도넛 하나만 사줄 수 있느냐고 물었다. 막 튀겨서 백설탕을 살포시 뿌린 도넛이 식당 입구에 놓여 있었다. 오 마오毛(10마오는 1위안－역주)짜리 식권을 주자 그녀가 도넛을 사왔고 우리는 서로 쳐다보면서 웃었다. 상대의 웃음이 어떤 의미인지 잘 알았다. 류펑이 그녀에게 달달한 전병을 얼마나 많이 만들어줬는지, 그녀 배에는 아직도 단 음식에 대한 식탐이 남아 있었다.

앉아서 도넛을 다 먹고 우리 식당의 유명 메뉴인 고기완자찜과 고추건두부볶음도 몇 젓가락 먹고 난 뒤 그녀는 본격적으로 이야기를 꺼내며 반드시 자기 억울함을 풀어줘야 한다고 말했다. 뭐가 억울하냐고 묻자 딩딩은 생각이 잘 정리되지 않은 듯 고기보다 밀가루가 더 많은 완자를 또 입으로 쑤셔 넣었다. 나는 재촉하지 않았다. 딩딩은 조리 있게 말하지 못하고 늘 한 가지 사건을 뒤죽박죽으로 늘어놓곤 했다. 그 방면에서도 아이 같다는 착각을 불러일으켰다. 내 숟가락이 바닥을 긁을 때 그녀가 숟가락 끝을 물고는 눈물을 떨어뜨렸다. 그때는 살짝 원래의 딩딩 같았다. 나는 여기서 말고, 여기서 이러지 말고 돌아가서 울라고 말렸다. 원래 딩딩을 데리고 식사하러 올 때는 도로 데려갈 마음이 없었다. 하지만 이제는 불가능해졌다. 울먹이는 린딩딩을 내버려둘 수 없었다. 그런데 그녀는 대범하게도 다른 사람과 함께 앉은 커다란 식탁에서 갈수록 심하게 울기 시작했다. 나는 주변을 둘러보았다. 그녀의 울음에 괜히 죄의식이 들었다. 한바탕 울고 난 뒤 딩딩은 왕장허王江河가 자신과 이혼하려 한다고 말했다.

왕장허가 바로 그 군사과학원 연구생이었다. 그가 왜 이혼하려 하냐고 묻자 딩딩은 왕씨 집안 여자들이 자기와 맞지 않아서라고 대답했다. 다시 물었지만 돌아오는 건 눈물뿐이었다. 식탁에 같이 앉아 있던 사람들이 눈치 빠르게 밥그릇과 접시를 들고 자리를 비켜주었다. 나는 딩딩을 그냥 울게 내버려두자고 생각했다. 참을성도 있고 어차피 오후 글쓰기가 어려워져 시간도 충분했다. 실컷 울고 난 딩딩은 한숨을 돌리더니 또 자기 억울함을 풀어달라고 말했다. 부중대급 창작대원인 내가 그녀에게 무슨 도움이 되겠는가? "글로 써!" 딩딩은 남편 집안이 높은 지위를 이용해 자기 같은 평민여자를 괴롭히는 걸 폭로하라고 말했다. 그녀가 평민여자라고 할 수 있나? 무대 속 가수지만 어쨌든 그녀는 수많은 남성 인재들에게 '두꺼비가 백조를 탐내는 듯한' 동경의 대상이었다. 다른 사람은 차치하고 류펑만 봐도 그랬다. 류펑에게 린딩딩을 일개 평민여자라고 말한다면 그는 틀림없이 인정하지 않을 것이다.

딩딩이 횡설수설 늘어놓은 이야기에서 나는 대충 그녀의 혼인생활을 정리해낼 수 있었다. 딩딩은 왕장허와 정식으로 혼담이 오간 뒤 1981년 여름에 베이징으로 발령을 받았다. 그전에 왕장허는 청두에서 겨울 휴가를 보냈고 딩딩도 그의 여자 친구로서 노동절 휴가를 베이징에서 보냈다. 1982년 결혼하면서 린딩딩은 군사과학원 석사의 아내가 되었을 뿐만 아니라 더 중요하게 명문가 며느리이자 왕장허 자매의 올케, 왕씨 집안 큰며느리의 동서가 되었다. 큰며느리는 또 다른 병종 사령관의 딸로 전국 중고생들이 인민공사 생산대에 지식청년으로 내려가던 시기에 군의대학에 진학했다. 처음 린딩딩을 난처하게 만든 사람도 바로 그녀였다.

딩딩은 청두에서는 주연이었지만 베이징에 오자 무대마다 전국 최고의 배우가 자리 잡고 있어서 여성 소합창단에서 머릿수를 채우는 역할밖에 할 수 없었다. 어느 주말, 관례대로 가족이 전부 모여 저녁식사를 할 때 큰며느리가 딩딩에게 왜 하루 종일 간식을 먹느냐며 재떨이와 휴지통에 매실 씨나 사탕껍질, 호두껍데기가 없을 때가 없다고 말했다. 딩딩은 겸연쩍게 웃으며 문예공작단 여병들은 간식을 좋아한다고 대꾸했다. 그러자 문예공작단 사람들은 문제가 많군, 너무 한가해서 그래, 하고 큰아들이 말했다. 딩딩은 요즘 공연이 갈수록 줄고 한가한 것은 그녀 잘못이 아니라 외국영화 탓이라고, 모두들 외국영화를 보러가서 그렇다고 변명했다. 큰며느리가 말했다.

"내가 보기에는 공연이 많아도 동서하고는 별 관계없겠네. 대합창단 아니야?" 딩딩이 반박했다. "소합창단이에요!" "어쨌든 다 합창이지, 크고 작은 구별이 어디 있담? 한 사람이 많든 적든 무슨 상관이라고." 그때 넷째인 막내딸이 끼어들며, "고작 삼 분 노래하면서 공도 많이 들고요, 화장에 머리 손질하고 옷까지 갈아입으니 그럴 필요가 있나요?" 하고 말했다. "제대로 된 일로 바꿀 수 없어? 어쨌든 평생 노래하고 춤출 수는 없잖아." 왕장허의 누나인 둘째도 입을 열었다. 둘째는 대학의 정치활동 간부였다. 딩딩이 다른 무슨 일을 할 수 있겠는가? 큰며느리가 말했다. "문예공작단에서 밀려난 사람은 우리 병원 홍보과에서도 안 받아. 글도 제대로 못 읽고 엉덩이를 가만히 못 붙이거든!"

딩딩은 그때서야 셋째인 남편이 왕씨 집안에서 제일 별 볼 일 없어 아내를 위해 반격 한마디 못한다는 것을 알았노라고 내게 말했다. 남편과 둘만 남았을 때 딩딩이 울면서 시누이와 맏동서가 괜한 트집을 잡으며 자기를 궁지로 몰아세운다고 하소연하자 왕장허가 대꾸했다. "당신이 다른 일을 못해서 그러는 거니까 뭔가 다른 일을 해서 보여주면 어때?" 그래서 딩딩은 통신대학에 등록하기로 결정했다. 왕씨 집안 여자들은 매실 씨나 사탕껍질이 더 많아진 것을 발견했다. 이번에는 남편이 여자들의 원성을 전하며 간식을 안 먹으면 죽기라도 하냐고 물었다. 딩딩은 그가 논문 쓸 때 담배를 피우고 아버님이 서류 검토할 때 진한 차를 마시는 것과 같다면서 자기는 책을 읽을 때 간식을 안 먹으면 졸린다고 대꾸했다.

두 달 뒤 딩딩은 통신대학을 포기했다. 일부 연기자들이 외부공연을 조직해 딩딩도 여러 도시를 따라다니면서 몇 천 위안을 벌었다.

순회공연 생활을 다시 시작하고 나서야 딩딩은 이게 바로 자신의 삶이고 서로 같은 말로 대화한다는 게 어떤 건지 깨달았다.

그런데 일 년 뒤 외부공연 조직자가 딩딩을 도태시켰다. 딩딩은 왕씨 집으로 돌아온 뒤 완전히 한가해졌다. 거실 컬러텔레비전 앞 탁자의 커다란 재떨이에서 당번병이 매실 씨와 호두껍데기, 사탕껍질을 수시로 치우는 모습이 눈에 띄었다. 어느 주말의 저녁식사 때 큰며느리가 또 딩딩에게 통신대학 공부는 어떠냐고 물었다. 딩딩은 아주 좋다고 얼버무렸다. 큰아들이 요즘 시험기간 아니냐고 물었다. 딩딩은 계속 우물거리며 그렇다고, 시험기간이라고 대답했다.

왕 부사령관이 끼어들었다. "딩딩, 통신대학을 마치면 무엇을 할 계획이니?" 딩딩은 웃으면서 아직 모르겠다고 대답했다. 부사령관 부인이 나중에 직장을 어디로 옮길 건지 전혀 계획이 없느냐고 물었다. 딩딩은 웃으며 남편을 쳐다봤지만 남편은 누구보다 나 몰라라 하고 있었다. 부사령관 부인이 또 말했다. "네 생각에 너는 노래 말고 또 무엇을 할 수 있니, 딩딩?"

딩딩이 시어머니에게 어떻게 대답해야 할지 고민하고 있을 때 주치의인 큰며느리가 또 입을 열었다. "그건 딩딩을 나무랄 수 없어요. 그 시대에 잘못 휩쓸려 망가진 거니까요. 그 시대에는 그렇지 않았나요? 문화지식은 내버리고 선전만 중요시해서, 십 년 동안 선전기계가 하루 종일 울려댔잖아요? 고양이든 개든 소리를 내거나 뛰어오를 수만 있으면 기계 속 나사가 될 수 있었지요, 그렇지 딩딩?"

"그게 아니면 왜 딩딩을 불렀겠어요?" 시누이의 말에 모두들 웃었다. 그때 부사령관 부인이 또 말했다. "딩딩, 우리는 고위 간부지만 다른 고위 간부와 다르단다. 내 말 이해하지?"

딩딩은 고개를 끄덕였지만 사실 무슨 뜻인지 몰랐다. 시어머니의 말은 왕 부사령관이 귀순한 장군이라 일반적인 민간 군인과 달리 문인 기질이 풍부하므로 자녀에 대한 요구도 민간 장군들과 다르다는 뜻이었다. 시어머니는 또 통신대학을 마친 뒤 절대 수장과의 관계를 이용해 일자리를 찾아서는 안 된다며 첫째, 수장은 남에게 부탁하지 않고 둘째, 부탁할 수도 없기 때문이라고 했다. 수장은 2야전군이니 3야전군, 4야전군에 아무 기반이 없다며 서로 자녀를 도와주는 사람들은 친밀한 옛 관계를 동원하는 것인데 우리는 그렇게 오래된 관계가 없고 설령 있어도 수장이 이용하지 않을 거라고 했다. 시어머니는 늘 장군 남편을 수장이라고 불렀다.

큰며느리가 말했다. "어머니, 딩딩이 통신학교를 졸업한 뒤 무슨 일자리를 찾을지 걱정하지 마세요. 졸업 못할 거거든요. 교재가 집에 왔는데 뜯지도 않고 폐지로 내보냈어요." 큰아들이 말했다. "아직 시험이라고? 통신학교 졸업시험이 끝난 게 언젠데!" 그들은 미리 준비를 해놓고 딩딩의 바닥을 들춰낸 거였다.

셋째가 풀 죽은 모습으로 식탁에서 달아났다.

두 사람만 남았을 때 딩딩이 남편 앞에서 울자 남편이 말했다. "왜 울어? 울고 싶은 건 나라고! 당신은 내 체면을 살려줄 만한 일을 단 하나도 못해?"

내가 확실히 하기 위해 남편이 정말 그렇게 말했느냐고 묻자 딩딩은 한 글자도 틀림없다고 대답했다. 딩딩은 자신이 어떻게 남편 체면을 깎는 여자가 되었는지 이해할 수 없었다. 나도 한때 우리의 보배였고 류펑이 몇 년 동안 사랑하다가 겨우 한 번 만져본(심지어 그 접촉으로 엄청난 후폭풍을 낳은) 린딩딩이 지금은 남편 체면을 구기는 아내가 되었다니 조금 당황스러웠다. 딩딩의 남편 왕장허는 박사 유학을 떠나기 전에 집안의 압박을 못 이겨 결국 딩딩과 이혼했다. 가족들이 린딩딩은 외국어를 한마디도 못하는 벙어리에 귀머거리니 무슨 뒷바라지가 가능하겠느냐며 함께 유학 갈 자격이 없다고 말했기 때문이었다.

딩딩은 왕씨 집을 나온 뒤 내 거처에서 며칠 지내다가 외부공연 때의 수입으로 소속 군병 단지에서 방을 하나 얻었다. 죽어도 문예공작단 숙사로는 돌아가지 않겠다고 했다. 장군 집에서 쫓겨난 건 장군 아들한테 젊음을 다 뺏기고 껍질만 남아 버려진 셈이니 창피한 일이었다. 딩딩은 문예공작단 여군들 특유의 허영과 그들이 허영의 희생양을 어떻게 대할지 잘 알았다. 나는 딩딩의 부탁대로 글을 써서 결혼과 연애를 주로 다루는 여성잡지에 발표했다. 그때는 '가십'이라는 말이 유행하기 전이니 지금 돌아보면 일종의 가십 선구자라고 할 만하다. 얼마 뒤 잡지사에서 독자의 편지를 받았다. 독자는 하오수원이었다. 몇 줄 되지 않는 그녀의 편지에는 줄곧 내 글을 읽어왔다며 편할 때 전화를 달라고 쓰여 있었다. 어쨌든 군대전화는 무료라서 나는 그날 밤 청두로 전화를 걸었다. 역시 호탕한 하오수원답게 입을 열자마자 물었다. "그거 린딩딩이지? 이니셜로 쓰면 모를 줄 알았어? 보자마자 알아봤다고!"

나는 왕 장군의 가족들도 틀림없이 보자마자 알아차렸겠다고 생각했다. 그들이 한눈에 알아보도록 하는 게 바로 내 의도가 아니었겠는가?

하오수원은 자기 생각을 털어놓았다. 딩딩이 그때 류펑을 받아들였으면 류펑은 강등되지 않았고 전쟁에도 나가지 않았을 거야. 그러면 불구가 되어 280위안의 장애연금을 받으며 산둥성 고향의 전통극단에서 수위로 살지 않았겠지. 지금쯤은 문화과 류 부과장이 되었거나 최소한 조직부 류 간사가 되었을 거라고. 딩딩과 편안하고 소박하게 매일 우유를 가져오고 아이를 돌보고 음식을 하면서 살았겠지. 류펑은 능력 있고 손재주도 좋아서 대단한 행복은 몰라도 소소한 행복은 매일 만들어냈을 테니 나쁠 게 뭐야? 레이펑을 본받자는 행사는 매년 정기적으로 열리니까 류펑도 며칠은 영광을 누렸을 테고. 전부 딩딩이 사람 살리라고 고함쳤기 때문에 류펑이 벌목중대로 쫓겨나 손이 잘린 거야. 소파 제작 솜씨가 최고조에 달했을 텐데 무슨 소용이람, 이제 류펑은 손이 없는데.

하오수원은 결국 그 건달 군인인 '사촌동생'을 벗어나지 못하고 결혼해 아들을 낳았다. 혹은 거꾸로 아들을 먼저 가진 뒤 결혼했을 수도 있다. 1983년 건달 군인은 군복을 벗고 선전深圳으로 가서 장사를 시작하더니 일 년 만에 성공했다. 내 생각으로는 그동안 재능을 발휘할 길이 없어서 어쩔 수 없이 건달 노릇을 했던 게 아닐까 싶다. 시대가 맞지 않아서 건들거리다가 자기 시대가 열리자 건달 때 쌓아두었던 내공을 아낌없이 발휘한 것 같다. 예전에는 제대로 된 일 사이에서 어슬렁거리기에 제대로 된 일을 못한다고 생각해 건달이라고 불렀는데, 요즘 보면 그런 어슬렁거림은 제대로 된 일을 위한 준비기이자 자신의 정력과 시간에 감행한 벤처투자였던 것 같고, 심신의 불안정요소도 귀중한 개척 정신이었던 듯싶다. 혹은 성공적인 사업 자체에 건달 같은 소질이 필요했을 수도 있고, 더 어쩌면은 사회 가치관이 바뀌어 돈을 잘 버는 건달이 사장님으로 대접받게 된 것도 같다. 어쨌든 하오수원의 남편은 황무지 개척자의 성격을 가지고 있었다. 신대륙을 개간한 네덜란드인이나 잉글랜드인, 아일랜드인처럼 '어디든 빵이 있는 곳이 조국'이라는 신념과 미국 서부 개척자처럼 '지금 있는 곳을 못 견디겠으면 서쪽으로 가자'(건달의 경우는 남쪽이었지만)의 신념을 갖고 있었다. 하오수원의 남편은 80년대에 내륙에서 연해지역으로 간 1세대 개척자여서 다른 사람들이 궁금해 하며 황무지 개간에 뛰어들었을 때 그는 이미 본사와 분사를 합쳐서 일이백 명의 직원을 거느린 전자제품회사 사장님이었다. 당시 하오수원은 나와 통화하면서 자기도 사장을 따라 남쪽에 가야 한다며 선전이 얼마나 신식인지 아느냐고 물었다. 변소를 화장실이라고 부르고, 손을 씻은 뒤 손수건이나 바지에 닦을 필요 없이 기계 밑에 집어넣으면 기계가 몇 초 만에 자동으로 말려준다고 말했다.

하오수원이 남쪽에서 편지를 보내왔을 즈음 린딩딩은 재혼해 외국으로 떠났다. 그녀는 이모에게 다시 한 번 나서달라고 부탁하면서 외국으로 나갈 사람을 최우선 조건으로 내걸었다. 전남편이 출국할 자질이 부족하다는 이유로 그녀를 버렸기 때문에 딩딩이 멀리 해외로 시집간 것은 어디든 넘어진 곳에서 재기하겠다는 의미가 있었다. 딩딩의 현 남편은 가족과 함께 호주로 건너간 이민자로 형제들과 중국패스트푸드 체인점을 열어 딩딩을 사모님으로 만들어주었다.

린딩딩이 출국할 때만 해도 중국 도시인 중 외국으로 향하는 사람은 별로 없었다. 대부분 남쪽에 뜻을 두고 남쪽으로 몰려갔다. 짐만 챙겨갈 뿐 가족조차 데려가지 못하니 도덕이나 법은 한층 더 챙겨가지 않았다. 도덕과 법이 없는 곳이라 사람들은 쉽게 돈을 벌어들였지만 하오수원의 남편에 비하면 늦어도 한참 늦은 출발이었다.

1989년 10월 광저우廣州에 출장을 갔던 나는 기왕 내려온 김에 기차를 갈아타고 중국인의 부자 꿈을 이루어준다는 선전에 가보기로 결정했다. 기차역을 막 나갔을 때 내 어깨의 가방끈이 화끈거려서 쳐다보니 이미 가방은 이삼십 미터 바깥에서 시속 백 킬로미터의 속도로 멀어지고 있었다. 오토바이 뒷좌석에는 열 살 정도의 아이가 앉아 있었다. 아이의 손힘과 속도, 놀라운 정확도가 그게 일상적인 생계 기술이자 자금을 확보하는 수단임을 설명해주었다. 나는 돈과 주소를 잃어버려 어떻게 하오수원의 집을 찾아야 할지 난감해졌다. 길에서 잠시 배회하다가 교통경찰에게 도움을 청해 근처 파출소에 간 나는 파출소 전화로 하오수원의 집에 전화를 걸었다. 이십 분 뒤 하오수원이 나타났다. 살이 쪄서 파출소의 작은 접대실을 꽉 채울 듯 커 보였다. 그녀는 나를 보자마자 잔소리를 늘어놓았다. 왜 가방끈을 꽉 잡지 않았어? 누구든 선전에 오는 사람은 가방을 길가 쪽으로 메면 안 된다는 걸 다 안다고. 나는 속으로, 이곳은 전 국민의 부자 꿈을 처음 실현한 곳 아닌가? 이게 하오수원이 말한 '신식'인가? 하고 생각했다. 하오수원은 잔소리로 안부와 위로를 대신한 뒤 선전 사람들이 너처럼 어리바리 두리번거리는 사람을 두고 누구 물건을 훔치겠냐고 말했다.

하오수원을 따라 그녀의 집으로 갔다. 그 큰 집에 사람이 없었다. 아들은 기숙학교에 다니고 남편은 늘 하이난海南에서 지낸다고 했다. 하이난이 또 개척자들의 서부가 되었다. 하오수원의 남편에게 선전은 이미 모험을 즐길 수 있는 낙원이 아니어서 그의 개척과 모험정신이 도로 불안정요소가 된 모양이었다.

하오수원의 집에서 지낸 며칠 동안 나는 그녀와 현재나 미래에 대해서는 나눌 이야기가 없고 과거만 이야기할 수 있다는 사실을 발견했다. 우리는 과거의 사람들과 사건을 반복해서 말하고 반복해서 웃었다. 너무 많이 말해서 이야기가 모두 일그러질 정도였다. 기억이란 원래가 살아 있어서 스스로의 생명력으로 성장하기 때문에 그 속에 존재하는 이야기도 함께 살고 자라며 원래의 모양을 잃어버린다. 하지만 또 누가 사건의 원래 모양이 진실이라고 보장할 수 있겠는가? 가령 허샤오만이 정신분열을 일으키고 "저는 영웅과 거리가 멀어요"라는 말을 반복할 때 아주 오랜 압박을 받던 영혼이 너무나 갑작스럽고 맹렬하게 명예를 얻자 기쁨을 주체하지 못해 미친 듯 보였다. 하지만 내가 느끼기에 그것은 사건의 모든 진상이 아니라 작은 일부에 불과했다. 샤오만의 성장은 너무도 복잡하고 세밀하게 뒤엉킨 채 한없이 깊고 넓은 어둠에 뿌리를 내리고 있어서 명확하게 정리하기 힘들어 보였다. 그녀에 관해 내가 썼던 이야기도 내 상상과 천성적인 이야기꾼으로서의 습성에 의지했을 뿐이다. 사실을 성실히 기억해낼 머리가 없으니 내가 무엇을 할 수 있겠는가? 지어내는 수밖에 없다. 나와 하오수원은 낮이고 밤이고 우리가 이미 수없이 말했던 사람과 사건에 대해 이야기했지만 누구도 상대의 기억이 어설프다고 지적하지 않았다. 류펑도 이야기할 때마다 조금씩 달라졌다. 하오수원은 하이커우海口에서 류펑을 만났을 때 식사 대접을 하고 돈도 빌려주었다고 말했다. 류펑도 남방으로 내려와 해적판 책장사를 한다고 했다. 나는 건달 군인도 사장님으로 변하는 곳이니 류펑처럼 성실한 사람이라면 한 손만 남아 손재주로 먹고살지는 못해도 장사는 문제없겠다고 생각했다. 다만 작가의 입장에서 해적판 책장수는 내 지갑을 강탈해간 오토바이 아이처럼 작가의 돈을 탈취하는 존재라 조금 찜찜한 기분이 들었다.

류평에 대한 하오수원의 묘사를 근거로 나는 80년대 말의 류평을 상상해보았다. 류평은 서적상한테서 도매로 책을 떼어와 한 손으로 소형 삼륜트럭을 몰아 노점에 배달했다. 하오수원과 만난 그날은 바이샤먼白沙門공원 입구의 최대 노점이 차압되었을 때였다. 그날 하이커우로 여행을 왔던 어느 색정소설 전문 번역가가 농수산물시장과 패션시장, 교차로 밑, 이발소 밀집 거리에서 자신이 번역한 책의 해적판을 발견했다. 번역가가 도시관리부에 신고하자 도시관리부에서는 노점의 책과 류평의 삼륜트럭을 압수했다. 원래 류평과 하오수원은 속한 사회가 워낙 달라서 만나려야 만날 수 없었다. 그날 류평이 삼륜트럭을 돌려달라고 부탁하기 위해 도시관리부 책임자를 찾아가지 않았다면, 그날 하오수원이 이틀 밤낮 카드만 치는 남편을 찾아 그 거리의 클럽에 가지 않았다면, 류평이 클럽 맞은편에서 사우나에 간 관리부 책임자를 기다리지 않았다면, 하오수원의 남편이 도박 빚을 갚게 현금을 가져오라고 그녀를 집으로 보내지 않았다면, 절망에 빠진 류평이 자신을 가로막는 사우나 경비와 큰 소리로 싸우지 않았더라면 두 사람은 마주치지 않았을 것이다. 혹은 어깨를 스치고도 그냥 지나쳤을지 모른다.

산둥성 사투리가 섞인 류평의 어투는 우리 모두에게 너무도 익숙했다. 그 어투로 우리에게 얼마나 많은 사상교육을 하고, 얼마나 많이 지부에서 제기한 '부족함'을 전달하고, 얼마나 많이 개진의 '희망'을 말하며, 얼마나 많이 "허샤오만이 어때서? 수건 하나로 얼굴을 닦고 목욕하는 게 어때서? 땀 냄새가 좀 나는 게 어때서? 왜 그렇게 싫어하고 괴롭히는데?"라고 말했던가. 또 얼마나 많이 마루운동수업 때 우리의 공중회전을 도우며 "준비, 출발! 잘했어!"라고 말했던가.

류펑이 떠난 뒤에도 그의 목소리는 우리의 기억 속에서 생생히 살아 나갔다. 우리는 류펑이 우리를 떠난 뒤에야 조금씩 그 목소리와 어투가 얼마나 성실하고 선량한 마음에서 나왔는지 깨달았다.

하오수원은 산둥 사투리를 따라가다가 류펑을 발견했다. 류펑은 가슴에 색색으로 줄이 들어 있는 칼라티셔츠를 입어서 원래도 발달한 가슴이 훨씬 다부져보였다. 사우나 문 앞의 전등 빛에 류펑의 의수가 무척 눈에 띄었다. 하오수원이 길을 건너가 보니 의수의 플라스틱 재질이 무척 낡은 데다 담배자국으로 보이는 작은 구멍이 팔꿈치에 뚫려 있었다. 하오수원은 눈가가 뜨거워졌다. 류펑을 부르자 그가 몸을 돌려 통통하고 키가 큰 여인을 보며 웃었다. "샤오하오." 조금도 놀란 것 같지 않았다.

그날 하오수원은 남편을 구할 돈을 얼른 집에서 가져와야 하고 류펑도 재회할 상황이 아니라 두 사람은 휴대폰 번호를 교환한 뒤 헤어졌다. 이튿날 하오수원은 전화를 걸어 모 호텔 음식점에서 차를 마시기로 약속했다. 류펑은 전날과 같은 옷차림이었지만 티셔츠를 빨아서 빳빳하게 다려 입고 있었다. 문예공작단에 있을 때도 류펑은 알루미늄 밥그릇에 뜨거운 물을 담아 군복을 다렸다. 하오수원은 티셔츠의 악어 로고를 알아보았고 류펑의 치아가 예전처럼 하얗게 고르지 않다는 것도 알아보았다. 삶의 수준은 치아의 건강상태에서 가장 먼저 드러난다. 그는 고향에서 하이커우로 온 지 삼사 년 되었다며, 함께 전투에 참여했던 옛 전우가 하이난에 진출한 뒤 남쪽에 기회가 많으니 내려오라고 부추겼다고 했다.

하오수원이 물었다. "그래서 기회가 많은 것 같아요?"

류펑이 웃었다. 이어서 그는 전날 도시관리부에 압수당한 트럭에 대해 이야기했다. 세 번째로 사들인 삼륜트럭이었다. 도시관리부는 압수한 차량을 암시장에 팔아 부수입을 챙겼다. 우리는 류펑이 고향에서 장거리버스 매표원과 결혼해 딸을 낳았다고 알고 있었다. 하오수원이 아내와 딸도 하이커우에 왔냐고 물었다. 류펑은 하이커우에 온 첫 해에 아내가 바람이 나서 자신에게 이혼을 요구했다고 말했다. 장거리버스는 남자를 만날 기회가 많고 설령 다른 조건이 류펑만 못해도 최소한 사지는 멀쩡했다.

"그럼 지금은 혼자예요?"

류펑은 애매하게 웃으면서 그런 셈이라고 대답했다.

그래서 하오수원은 그가 완전히 혼자는 아니겠다고 판단했다. 하이난에 온 어느 남자가 완전히 혼자겠는가? '대범하게 전진'하는 그 많은 '여동생'이 가만둘 리가 없었다. 당장 이 음식점만 나가도 날이 어두워지면 가로등 아래에 전국 각지에서 대범하게 건너온 여동생이 서 있었다. 류펑의 책장사는 그런 이발소 여동생들에게 의지하고 있었다. 류펑은 책을 거래할 때 들어오고 나가는 책을 자연스럽게 읽다 보니 여동생들에게 수준 있는 책을 추천해줄 수 있었다. 사실 제일 안 팔리는 책도 바로 그 고상한 책들로 권당 일이 위안에도 나가지 않을 때가 허다했다. 류펑은 그런 책을 여동생들에게 빌려주면서 이발소 일은 오래 못해, 책을 읽다 보면 나중에 제대로 된 일을 찾을 수 있을 거야, 라고 말했다. 하오수원은 여기에서 하하 크게 웃었다. 류펑은 어떻게 해도 레이펑에서 벗어나지 못한다니까. 그녀는 부동산개발상인 자기 남편도 하이난에서는 돈 벌기가 어려운데 어떻게 돈을 벌 수 있겠느냐고 류펑에게 말했다. 류펑은 벌어들인 돈을 고향에 있는 딸과 어머니에게 부치는데 그런대로 잘 부양하고 있다고 말했다.

두 사람은 딩딩 이야기를 꺼내기 전까지는 유쾌하게 대화를 이어가며 차를 마셨다. 하오수원은 류펑에게 딩딩이 재혼해 호주에서 산다고 알려준 뒤 새 혼다자동차를 샀다는 내용의 편지를 방금 받았다고 말했다. 그러고는 딩딩의 사진을 보여주려고 가방을 뒤지기 시작했다. 하오수원은 사진을 찾은 뒤 왜 황갈색 차를 샀는지, 이런 색은 처음 본다고 말하면서 고개를 들었다. 그러자 류펑의 검게 그을린 얼굴이 회백색으로 변하고 됐어, 딩딩 얘기는 왜 꺼내? 하는 질책하는 듯 애원하는 듯한 눈빛이 보였다. 하오수원은 사진을 도로 가방에 넣었다. 순간 류펑의 마음이 정말로 망가지고 딩딩 때문에 무너진 상처는 영원히 나을 수 없음을 깨달았다.

두 사람이 헤어지기 전 류펑이 더듬거리면서 얼굴과 목까지 빨개져서는 삼륜트럭을 되찾아올 돈을 좀 빌려줄 수 있겠느냐고 물었다. 차가 없으면 장사를 할 수 없다고 말했다. 하오수원은 곧장 가방에서 만 위안을 꺼내주었다. 류펑은 주소를 물으며 책을 팔면 돈을 갚으러 가겠다고 말했다. 하오수원은 돈은 갚지 않아도 되니까 집에 놀러오라고 청했다. 그러면 진짜 북방 만두를 빚어주겠다고, 도대체 남방 만두가 만두냐고 덧붙였다. 류펑도 자기 주소를 적어주면서 해변에 사는 덕분에 몇 년 동안 어부에게 생선요리를 배웠으니 솜씨를 보여주겠노라 말했다.

하오수원은 집으로 돌아간 뒤 남편에게 옛 전우의 일자리를 좀 마련해달라고 부탁했다. 남편은 그가 무슨 일을 할 수 있느냐고 물었다. 두 손이 멀쩡할 때라면 류펑은 무엇이든 할 수 있고 무엇이든 금방 배우겠지만 지금은 손이 하나뿐이라 청소기를 밀거나 바닥 닦는 일조차 어려울 터였다. 그녀는 남편에게 이 전우는 절대적으로 좋은 사람이라고 보장했다. "좋은 사람이 어떤 사람인데?" 남편이 경멸하듯 웃으며 자기 회사에는 좋은 사람에게 줄 공밥은 없다고 말했다. 하오수원은 회사에 공밥 먹는 사람이 정말 그렇게 없냐고 물었다. "많지! 당신이 최고에다 먹는 것도 해삼, 전복, 부레 같이 대단한 공밥을 먹지." 남편의 대답에 하오수원이 대꾸했다. "몇 년이나 쫓아다니면서 그 해삼이랑 전복 같은 공밥을 먹여주겠다고 울고불고 매달린 게 누군데! 안 먹으면 안 된다고, 그러면 강물에 뛰어들거나 목을 매단다고! 마누라가 공밥 먹는 게 아깝다는 거야? 군복을 안 벗었으면 문예공작단에서 죽을 때까지 나라 밥을 먹었다고!" 언제부터인지 몰라도 하오수원은 남편에게 말할 때 그렇게 비꼬거나 질책하는 어투를 썼다.

한바탕 퍼붓자 남편이 조금 부드러워져서는 회사에서 경비견으로 셰퍼드 두 마리를 기르는데 먹이고 산책시킬 사람이 없으니 그 레이펑 아저씨에게 개 관리를 맡기자고 했다. 그렇게 일자리가 생겼지만 류펑이 사라졌다. 하오수원이 휴대폰으로 연락하자 정지되었다는 안내멘트만 나왔다.

그녀는 하는 수 없이 차를 몰고 류펑이 적어준 주소지로 찾아갔다. 그곳은 해변이 맞았지만 하이커우 시내는 아니었다. 어부한테 세낸 시골집은 벽이 똑바르지 않아 해풍까지 비스듬히 부는 듯했다. 집주인은 류펑이 한 달 전에 이사 갔다고 말했다. 따져보니 류펑은 돈을 빌릴 때 이미 이사와 휴대폰 정지를 계획하고 있었다. 하오수원은 이웃에게 류펑이 어디로 이사 갔는지 물어보려 했지만 주변 집들 모두 문이 잠겨 있었다. 집주인이 위에서 정기 위생검사를 나오는 날이라 세입자들이 전부 문을 닫고 숨었노라 알려주었다. 하오수원의 차가 좋아서 집주인은 차를 태워주면 검사를 피해 숨은 세입자를 찾아주겠다고 제안하며 그중 누군가는 틀림없이 류펑의 행방을 알 거라고 말했다. 어느 편의점 뒤편에서 마작을 하는 여자들을 찾아낸 집주인은 그녀들이 바로 류펑의 이웃이라고 알려주었다. 하오수원은 한눈에 무슨 일을 하는 여자인지 알 수 있었다. 위에서 나온다는 검사는 환경위생뿐만 아니라 풍속위생까지 의미하고, 위생적이지 못하면 돈을 들여 검사를 받아야 한다는 뜻이었다.

여자들이 입을 열자 중국 방언의 절반은 튀어나오는 듯했다. 그중에는 정말로 류펑을 알거나 류펑의 여자 친구를 아는 사람이 있었지만 누구도 자세히 말하려 하지 않았다. 하는 수 없이 하오수원이 자동차로 돌아왔을 때 한 여자가 따라와서는 손짓을 했다. 하오수원이 창문을 내렸다. 여자는 쓰촨 표준어로 소식을 듣고 싶으면 천 위안을 내고, 길까지 안내받고 싶으면 별도의 금액을 지불하라고 말했다. 하오수원은 타라고 한 뒤 문을 잠그고 오륙백 미터를 운전해 아무도 차를 강탈하러 따라오지 않는지 확인한 다음에야 천 위안을 꺼내 소식부터 듣겠다고 말했다. 여자는 류펑이 삼 개월 전에 샤오후이小惠를 따라 이곳에 들어왔다고 알려주었다. 류펑의 여자 친구인 후이 씨는 원래 이발소 아가씨였다가 류펑한테 책을 빌려보며 잡다한 지식과 손재주를 익혀 머리로 먹고살 수는 없어도 손재주로 먹고살 수 있게 되었다. 변변치는 않아도 깨끗한 생활이었다. 처음에는 류펑의 장사가 괜찮아 두 해 정도 샤오후이를 지원할 수 있었지만 나중에 장사가 안 돼 집세도 못 낼 형편이 되자 샤오후이가 류펑을 데리고 이리로 왔다. 그러다 샤오후이가 옛날 손님과 몰래 연락한다는 사실을 알게 된 류펑이 화를 내며 떠나버렸고 샤오후이도 따라서 이사를 나갔다.

이야기가 끝났을 때 하오수원은 말이 한마디도 나오지 않았다. 쓰촨 여자에게 길을 안내해달라고 할 기분은 더더욱 아니었다. 집으로 차를 몰면서 하오수원은 스스로를 달랬다. 슬퍼할 필요 없어. 누구든 타락시키는 하이난도 류펑을 완전히 타락시키지는 못했잖아. 창녀를 제대로 교육하지 못했지만 최소한 두 해 동안 샤오후이라는 쓰촨 여자를 올바르게 살도록 만들었으니까.

바로 그 즈음에 내가 하오수원과 선전에서 만났던 거였다.

"나는 류펑한테 뭔가 빚진 듯한 기분이야." 말을 마친 뒤 하오수원은 고개를 흔들었다. "나도 잘 모르겠어. …… 우리는 류펑을 왜 그렇게 대했을까. 린딩딩을 위해서였겠지. 우리 모두가 뭔가를 빚진 듯해. 우리 중에 류펑한테 홀대받은 사람이 누가 있어? 그런데도 우리는 딩딩을 위해 류펑을 그렇게 대했지."

우리는 류펑을 왜 그렇게 대했을까? 정말 린딩딩을 위해서였을까? 벽에 아무 물건이 없는데도 휘황찬란한 하오수원네 거실의 먼지가 얇게 내려앉은 그랜드피아노 옆에서 나는 갑자기 깨달았다. 사실은 그때 홍루에 있던 사람들도 전부 나처럼 시종일관 류펑의 선량함을 의심했던 것이다. 나처럼 모두의 가슴 밑바닥에도 어두운 그림자가 깔려 있어서 류펑의 바닥을, 꼬리를 밝혀내 최소한 우리보다 나을 것이 없다고, 그도 우리처럼 조금씩 뻔뻔하고 저질스러우며, 취사반에서 조미료를 훔치거나 수영장에서 여자 몸을 슬쩍 만지는 등 수시로 자그마한 죄를 범한다는 사실을 확인하고 싶었다. 그래서 우리는 류펑의 호의를 누리는 한편 끊임없이 그의 호의를 의심했다. 류평을 믿지 않는 것과 영웅을 믿지 않는 우리 무의식의 차이는 거리에 있었다. 영웅은 우리와 아득히 떨어져서 우리와 같은 삼차원 공간에 존재하지 않지만 류평은 우리와 같은 삼차원의 공간에 있었다. 동일한 분자와 밀도를 가졌는데 그가 어떻게 우리보다 나을 수 있겠는가? 어떻게 그렇게 선하겠는가? 나는 류평을 처음 알았을 때 한동안은 그의 환한 웃음에 뻔뻔함과 무례함이 살짝 숨어 있다고 믿으며 본능적으로 호감을 배제한 채 류평의 낭패를 기다렸다. 그가 인성을 가지고 있다면 틀림없이 볼 만한 구경거리를 만들어낼 거라고 생각했다. 하오수원의 화려하지만 공허한 선전 별장에서 나는 그렇게 스스로를 이해하고 우리, 그토록 우매했던 홍루의 젊은 남녀들 속마음을 깨달았다. 1977년 여름 홍루에서 있었던 크고 작은 회의를 떠올린 뒤에야 나 혼자만 몰래 류평의 바닥이 드러나길 기다린 게 아니라 모두가 암암리에(어쩌면 무의식중에) 그가 인성의 마각을 드러내길 기다리고 있었음을 알았다. 1977년 여름 '접촉사건'이 터졌을 때 모두들 역시 터졌군! 류평도 마찬가지였어! 그도 사람이었어! 하고 무의식적으로 안도의 한숨을 내쉬었다. 류평의 인성과 인격의 밑바닥이 마침내 드러난 셈이라 더 이상 조마조마하지 않고 모두들 편안하게 쉴 수 있었다. 류평의 수준에 대한 실망과 안도는 그렇게 돌발적이고 신속하게, 그리고 예상했던 그대로 찾아왔다. 만약 주커나 류안경잡이, 쩡다성, 심지어 양 선생님, 창 부주임 등까지 다른 사람이 접촉사건을 일으켰으면 양상은 완전히 달랐을 것이다. 애당초 그들에게는 별 기대가 없었고 우리와 비슷하다고 생각해 원래부터 높이 평가하지 않았기 때문이다.

그날 밤 나는 하오수원 집에서 찌든 라면 냄새를 맡았다. 이렇게 부유한 집에서 여주인이 매일 라면을 먹는다니. 소탈한 건지, 쪼잔한 건지 알 수가 없었다.

하오수원은 말이 없었다. 나는 어디에 그림을 걸면 좋을지 사방을 둘러보았지만 마땅한 장소를 찾을 수가 없었다. 벽면이 모두 비어 있기는 한데 언제든 가라오케로 바뀔 수 있는 부드러운 포장지 같았다. 건달 군인의 미적 취향과 화려함에 대한 로망이 엿보였다. 나는 예전에 그 멋져보였던 건달 군인의 기질 가운데 가장 이름 붙이기 어려운 게 무엇이었는지 생각났다. 그건 일종의 자기혐오였다. 그가 입을 삐죽거리며 웃을 때면, 나도 내가 날라리에 비호감인 거 알아, 나도 내가 싫다고, 멍멍이도 싫어하지, 하지만 당신은 당신이 얼마나 비호감이고 멍멍이까지 싫어하는지 자체를 모르잖아, 당신은 스스로를 조금도 싫어하지 않지, 하루 종일 아주 아름답다고! 우리의 차이를 알겠지? 라고 말하는 것 같았다. 그렇게 빈둥대고 무능력하던 건달조차 우리를 혐오하고 있었다. 우리가 스스로를 혐오할 줄 모른다고 혐오했던 것이다. 누군들 스스로를 혐오하고 증오할 때가 없을까? 하지만 우리에게 달리 무슨 방법이 있었겠는가? 우리의 옹졸함과 이기심은 태생적인 성향이자 공통된 인격상의 약점이기 때문에 싫고 유감스럽더라도 우리는 또 스스로와 화해하고 스스로를 용서할 수밖에 없었다. 우리는 스스로를 벌할 수도 없고 '원죄'를 생각할 종교적 배경이나 경계도 없었다. 그러니 우리의 추악함이 류평에게서 터지자, 아, 그도 우리 같은 저열함을 갖고 있구나, 모범병사도 본능적인 접촉을 억누르지 못하는구나, 그도 우리와 마찬가지구나! 그냥 위장한 우리로구나! 라고 생각했다. 그렇다면 우리가 느꼈던 자기혐오를 더 이상 인내할 필요가 없었다. 류평은 우리가 혼쭐을 내주고 싫었던 우리 자신이었다. 우리는 스스로를 때릴 수는 없어도 그를 때릴 수는 있었다. 아무리 호되게 때려도 상관없었다. 이전까지는 몇 번이나 스스로를 놓아주고 용서했지만 이제는 그럴 필요가 없었다. 그동안 스스로에 대한 관용을 눌러 담고 제련하고 응집시키던 우리는 류평 앞에서 하나같이 비판의 원고를 들고 일어났다. 간이 의자에 앉아 눈물과 땀을 흘리는 자그마한 군인은 얼마나 추한가? 스스로를 벌하기 힘들었던 우리는 류평을 벌함으로써 자기 자신과 화해했다. 인류는 이렇게 평등하고 인간은 이렇게 균형을 찾아가는 것이다. 칠팔 일 동안 홍루에서 열린 크고 작은 회의 때 우리는 류평에게 비슷비슷한 비판을 쏟아 부었다. 우리도 조금은 가슴이 아팠던 건지 하오수원은 비판 원고를 읽을 때 눈물을 흘렸다. 아픈 가슴으로 하고 싶던 말은 아마도 류평, 끝까지 힘을 내서 예외를 하나 만들 수 없었나요? '사람은 순결하고 고상할 수 있다'는 증명을 해낼 수 없었나요? 언제까지나 우리의 부족함과 부끄러움의 반대에 있을 수 없었나요? 였을 것이다. 의자에 앉은 류평은 갈수록 작아졌다……. 영웅도 우물에 빠질 수 있다는 사실을 발견하자 돌을 던지는 사람은 특별히 용감해지고 군중은 한층 더 밀집했다. 우리는 높아질 수 없었기 때문에 높이 있는 사람을 끌어내려 높아지려 했고, 서로를 북돋우며 자신의 높이를 실감하려 했다. 왜 류평을 그렇게 대했을까? 우리는 전부 열 몇 살, 스무 살의 불쌍한 벌레들이어서 인간다워질 수 있는 능력이 없었다. 그저 무리를 이루어 서로를 북돋우며 누군가를 핍박할 때에만 개인적으로 강해지는 느낌을 받았다.

그때 나는 다른 데 정신이 팔려 있어서 핍박에 직접 참여하지는 않았다. 1977년 늦여름 홍루 밖에서는 새로운 일들이 수도 없이 벌어지고 있었다. 대학생 모집과 영어 개인교습이 성행하고 1차 유학생이 조용히 해외로 떠나고 거리에 원피스가 등장하며 내 연애도 일찌감치 홍루를 넘어 아주 멀리로 나아가고 있었다.

하오수원이 가볍게 탄식했다. "그 의수랑 구멍을 보니까 가슴이 꽉 막히더라. 어쩌다 구멍이 생겼는지 감이 안 와. 직접 담뱃불로 지졌을까? 아니면 다른 사람이? 혹시 그 여자 친구인 샤오후이? …… 밥을 샀던 날, 내가 좀 일찍 도착했거든? 멀리서 자전거를 타고 오는 모습이 보이는데 한 손으로 핸들을 잡고 의수는 바지주머니에 넣었더라고. 자전거가 아주 빠르게 통유리창 앞을 지나쳤다가 도로 왔어. 그렇게 고급 음식점에서 대접할 줄은 상상도 못했나 봐. 한 손으로도 자전거를 엄청 빨리 타더라. 류펑은 헤어지고 나서도 내가 뒤에서 계속 보고 있었던 걸 모를 거야……."

하오수원도 원래는 마음이 약했다.

"그때 내가 뭐라고 말하고 싶었는지 알아? 류펑은 정말 바보라고, 엉뚱한 사람을 만져서 그렇다고. 그때 나를 안았다면 나는 절대 사람 살리라고 외치지 않았을 거라고 말하고 싶었어."

나는 깜짝 놀랐지만 아무 내색도 하지 않았다.

"누가 엉뚱하게 린딩딩을 안으래? 그러지 않았더라면 중대로 강등되지 않았을 거야. 손을 잃지도 않았을 거고. 의수가 얼마나 끔찍하던지. 일종의…… 싸구려 느낌에 오래되고 망가졌어. 넌 모르지. 그렇게 많은 사람이 나를 더듬었는데 왜 류펑이라고 안 되겠어? 그들에 비하면 최소한 류펑은 인품이 훌륭하잖아."

인품이 무슨 소용인가? 어떤 사람이 좋은 사람인가? 우리 같은 여자들은 애인으로서는 '좋은 사람'에게 눈이 먼다. 하오수원이 가장 적절한 예다. 그녀는 동정과 선의, 심지어 숭배를 좋은 사람에게 바쳐서 한 번의 포옹 정도는 좋은 사람이라면 얼마든지 가능하다고 여기지만, 정작 격정적인 사랑과 결혼이 걸릴 때는 좋은 사람을 절대 안으로 들이지 않을 것이다.

·

2000년, 나는 일을 대신 좀 처리해달라는 지인의 부탁을 받아 사흘 동안 하이커우에 머물렀다. 지인은 광시廣西 사람으로, 하이커우에서 부동산 개발 일을 하다가 뭔가 문제를 일으켜 미국으로 피신한 상태였다. 지인은 어쩌면 악덕 상인일 수도 있고 또 어쩌면 피의자일 수도 있지만, 인간성이 나쁘지 않은 데다 특히 미국에서 출처는 알 수 없어도 어쨌든 자기 돈으로 가난한 예술가와 뜨내기 영화인을 많이 도와주었기 때문에 그 두 부류 사이에 끼어 있는 나와도 살짝 친분을 맺게 되었다. 지인의 동생은 하이난 토박이이자 숲속 참호굴에서 복역했던 퇴역 군인이라 처음 만나는데도 낯설지가 않았다. 그는 내게 하이커우를 구경시켜 주었다. 그런데 어디를 가든 나는 자꾸만 류펑과 그의 샤오후이 아가씨가 잠시 살았다던 곳이 떠올라 상상력을 억누를 수가 없었다.

10월이었고 저녁놀이 지자 맑은 하늘에 달이 환하게 떠올랐다. 나는 하오수원이 말했던 이발소 밀집 지역으로 갔다. 이발소는 이미 전성기가 지나서 억지로 버티고 있는 가게는 문 앞의 분홍색 전등마저 꼬질꼬질했다. 하지만 가로등 밑에는 여전히 굴곡이 선명한 그림자가 하늘하늘한 넋처럼 서 있었다. 자가용이 달려오다 속도를 줄이거나 신호등 앞에 멈추면 그녀들은 다가가 길을 묻고, 모모 차인 줄 알았는데 잘못 봤네요, 죄송해요, 하는 식으로 수작을 걸었다. 나는 이발소가 한때 성행했던 거리의 작은 음식점에서 야식을 먹으며 사장에게 류펑을 아느냐고 물었다. 사장은 모른다고 대답했다. 사장이 하이커우에 온 지 십오 년이 되었고 육 년 동안 택시를 몰았다기에 그럼 샤오후이를 아느냐고 물었다. 그는 잠시 생각하다가 후이야링惠雅玲이라는 쓰촨 아가씨가 맞느냐고 되물었다. 나는 성이 후이라서 샤오후이라고 부르는 것만 안다고 대답했다. 그럼 후이야링이죠, 후이는 흔한 성이 아니라 허난河南에서 하이커우까지 딱 한 사람만 만났는걸요, 하고 사장이 말했다. 샤오후이의 자매들 이야기에 따르면 예전에 외팔이 사장이 도와줘 이발소를 떠났다면서, 외팔이 사장은 나이가 지긋한데 돈은 잘 못 벌어도 지식인이라 책장사를 했다고 덧붙였다.

나는 틀림없이 류펑이겠다고 생각했다. 불쌍하게도 류펑은 사장이라는 호칭에도 불구하고 도시관리부에 압수된 삼륜트럭을 되찾아올 돈도 없었다. "그래서요?" 나는 허난 출신의 사장에게 물었다. "나중에 외팔이 사장은 파산했고, 후이야링은 사장한테 받은 돈으로 코를 높이고 쌍꺼풀을 만들었지요. 그렇게 업그레이드해서는 오성급 호텔 손님을 상대했답니다." 나는 불현듯 류펑이 하오수원한테서 빌려간 만 위안은 차를 찾기 위해서가 아니라 자신을 찾기 위한 돈이었음을 깨달았다. 그는 만 위안을 후이야링에게 준 뒤 그녀에게서 벗어나고 해변 어촌의 창녀들 근거지에서 떠났다. 류펑은 만 위안을 십 년에 걸쳐 갚았으니 샤오후이의 코와 쌍꺼풀은 하오수원이라는 은행에서 대출 받은 것과 같았다. 허난 사장은 이후에 샤오후이가 돈을 벌어 쓰촨 고향에 집을 사고는 홀어머니를 모셨다고 말했다. 지난 이 년 동안 하이커우에 여섯 살짜리 계집아이를 데리고 한 번 다녀갔으며, 딸에게 피아노를 가르쳐 귀족학교에 보내 자신과 완전히 다른 여자로 키울 거라고 말했다고도 알려주었다. 보아하니 하오수원은 무심결에 류펑이 투자한 아름다움을 통해 적지 않은 이윤을 얻은 듯했다. 대출해준 코와 쌍꺼풀은 물론 집, 딸, 미래의 피아니스트 '귀족'까지 모두 생각하면 말이다.

음식점에서 나오니 자정이 가까웠다. 샤오후이는 딸을 자신과 완전히 다른 여자로 키우겠다는 큰 꿈을 가지고 있었다. 류펑도 한때 샤오후이를 완전히 다른 샤오후이로 만들겠다는 꿈이 있었다. 류펑은 창녀를 평범한 아가씨로 바꾸려 했지만 중간에 포기하고 샤오후이를 악독한 금전의 노예로 되돌려 보내야 했다. 하지만 평범한 아가씨라는 씨앗을 샤오후이의 젊고 우매한 마음에 뿌린 것은 어쨌든 류펑이었다.

그때 하이커우는 내게 얼마나 낯설어 보였는지 모른다. 류펑의 전우는 성실한 류펑을 그 낯선 곳까지 불러들였다. 그는 샤오후이와 보낸 이삼 년 동안 잘 지냈을까? 어떻게 시작된 걸까?

……어느 날 밤 류펑은 쭈글쭈글한 원피스를 입고 가로등 아래에 서 있는 샤오후이를 발견했다. 샤오후이가 삼륜트럭을 알아보고 "류 오빠!" 하고 불렀다. 류펑은 한 손으로 삼륜트럭 핸들을 돌려 털털거리며 샤오후이에게 유턴해 돌아갔다. 샤오후이는 아래 눈꺼풀에 검은색 아이라인을 진하게 그려 상대가 누구든 전부 흘겨보는 듯했다. 스물한 살의 샤오후이는 예쁜 얼굴도 아닌데 그나마 빛나는 청춘의 광채까지 화장으로 가리고 있었다. 샤오후이는 하이난에 온 지 오 년이 되었고, 류펑은 그녀가 출근하는 이발소 부근의 간이서점에 책을 공급했다. 오후에 길거리에 쭈그리고 앉아 이를 닦는 샤오후이

와 자주 마주쳤고 그녀는 그때마다 "오빠"라고 불렀다. 나중에 이발소 사장만 배불리기 싫다며 독립한 샤오후이를 류펑은 삼류호텔 입구의 가로등 아래에서 우연히 발견했다.

그는 트럭 안에서 비가 올 듯하니 퇴근하라고 말을 걸었다. 샤오후이가 다가와 웃으면서 한 건도 못했다고 대꾸했다. 류펑은 그녀를 보면서, 계속 장사하게? 비가 금방 오겠는데, 하고 말했다. 남의 옷을 입었는지 샤오후이의 원피스는 엉덩이 바로 밑에서 체면은 물론 목숨까지 상관없다는 듯 아슬아슬 짧고, 가슴앞도 단추가 다 떨어져나가 안쪽에 커다란 핀을 꽂는 바람에 가슴과 등이 무척이나 빈약해 보였다. 그때 크라운 자가용 한 대가 신호등 앞에 서자 샤오후이가 냉큼 달려가 '길 묻기'나 '히치하이크'를 시도했다. 류펑은 그녀의 검은 스타킹에 구멍이 나 허벅지부터 복사뼈까지 길게 올이 나간 것을 보았다. 자가용 안에서 담배꽁초가 던져져 샤오후이가 피하는 순간, 크라운이 부릉 큰 소리를 내며 출발했다. 샤오후이는 몸을 돌린 뒤 오빠, 지난번에 빌린 잡지를 샤오옌이 가져갔어요, 하고 말했다. 류펑은 샤오후이가 길을 묻다가 담배꽁초에 맞을 뻔해 창피할 텐데도 아무렇지도 않은 척 갑자기 잡지 이야기를 꺼내자 무척 안쓰러웠다. 왜인지 린딩딩이 떠올랐다. 똑같이 이십대 초반이라도 딩딩은 빳빳한 모직 군복을 입고 뛰어난 재능을 자랑하던 독창 여군이었는데 말이다. 류펑은 샤오후이에게 어쨌든 지난 잡지니까 돌려서 보라고, 최소한 글자를 좀 더 익힐 수 있을 거라고 말했다. 류펑이 떠나려 할 때 샤오후이가 또 물었다. "오빠, 담배 있어요?"

"난 담배 안 피워." 그는 백 위안짜리 지폐 두 장을 꺼내 샤오후이에게 건네며 금방 비가 쏟아지겠는데 무슨 장사냐고, 돌아가라고 말했다. 그러면서 우렁이 껍데기 같은 운전석으로 들어갔다.

류펑의 트럭이 골목 두 개를 지났을 때 천둥 번개를 동반한 폭우가 쏟아지기 시작했다. 다시 유턴해 돌아가면서 그는 황당한 걱정에 빠졌다. 눈꺼풀의 검은 아이라인이 빗물에 까맣게 번진 채로 '히치하이크'를 시도하면 상대가 귀신인 줄 알겠다는 걱정이었다. 샤오후이가 서 있던 가로등 아래에 도착했지만 그녀는 보이지 않았다. 근처 거리와 골목을 뒤진 끝에 류펑은 작은 슈퍼 문 앞에서 샤오후이를 발견했다. 아이라인이 검은 눈물로 변해 귀신같은 그녀가 한 손에는 신발을, 다른 손에는 굽을 들고 있었다. 십 센티미터의 굽이 고무나무 뿌리에 떨어져나간 거였다. 그녀를 차에 태운 뒤 류펑은 어디에 살고 얼마나 먼지 물었다. 샤오후이는 룸메이트 남편이 쓰촨에서 오는데 오늘 밤만 오빠네서 재워주면 안 되냐고 물었다. 류펑은 아무 말도 하지 않았다. 마음이 약해지면서 역겹기도 했다. 참 불쌍하구나. 길고양이도 이런 폭우에는 비 피할 곳을 줘야겠지?

류펑은 샤오후이에게 침실을 내준 뒤 베란다에 있는 해적판《인체예술》과《성의 시편》재고 속에서 밤을 보냈다. 아침에 출근하기 전 그는 아직 자고 있는 샤오후이에게 사백 위안과 쪽지를 남겼다. 쪽지에는 동네 '커우위안蔻媛 네일아트'에서 수강생을 모집하니 삼백 위안은 수강료로 내고 나머지 백 위안은 지하실 월세 반 달치로 쓰라고, 동네에서 그렇게 지하실을 단기로 세주는 사람이 있다고 적었다.

샤오후이는 돈을 수강료로 쓰지 않았다. 그냥 돈을 가지고 사라졌다. 류펑은 그 비 오던 밤을 금세 잊어버렸다. 샤오후이가 머물고 간 흔적은 검은색 스타킹이 전부였다. 스타킹은 그의 원룸 아파트 화장실 구석에 떨어져 있었다. 두 손가락으로 들어 올리자 농촌 여자의 튼실한 다리 모양이 고스란히 남아 있었다. 두 다리가 남기고 간 투명하고 망가진 그 검은 장막은 엉덩이부터 뒤꿈치까지 올이 나갔다. 류평은 뱀 허물을 집듯 들어서 쓰레기통에 넣었다.

류평과 샤오후이가 다시 만났을 때 두 사람은 예전의 쾌활하고 단순한 인사 대신 모르는 척 서로를 외면했다.

류평이 다시 샤오후이와 가까이에서 접촉한 것은 사 개월 뒤였다. 류평의 옛 전우는 개사육장을 운영하며 명견을 훈련했다. 하이난에서 치안문제가 심각해지면서 순종 독일 셰퍼드 가격이 이십만 위안까지 치솟자 전우는 책 사업을 류평에게 넘겨주었다. 사업을 인수한 뒤에야 류평은 손해가 막심해 파산 직전이라는 사실을 알았다. 빚을 갚기 위해 류평은 원래의 원룸 아파트에서 오피스텔로 옮겨 사무실과 주거를 겸하게 되었다. 그런데 오피스텔이 아직 완공되지 않아서 창문이고 방문이고 틀만 있을 뿐 창과 문짝이 없었다. 나중에 세입자들은 개발업자가 부지소유권 때문에 현지 농민과 소송이 붙어 건물이 영영 완공될 수 없다는 이야기를 들었다. 이른바 부도 건물이었다. 2월의 어느 오후, 역시 비가 오던 날 류평은 집에 돌아갔을 때 문 앞 복도에서 젖은 옷이 걸린 철사줄을 발견했다. 줄 아래에는 한 아가씨가 쪼그리고 앉아 커다란 플라스틱 대야에서 침대보를 빨고 있었다. 류평이 나가기 전에 문 앞에 두었던 옷과 침대보였다. 그가 다가가자 여자가 고개를 돌렸는데 하마터면 못 알아볼 뻔했다. 늘 빼놓지 않고 그렸던 검은 아이라인이 없었기 때문이다. 샤오후이가 웃으면서 '지나는 길'에 류 오빠를 만나러 왔다고 말했다.

그날 샤오후이는 남의 옷을 주웠거나 빌려서 입었는지 남자 옷

같지도 않고 여자 옷 같지도 않은, 최소한 세 치수는 큰 검은 정장을 걸치고 안쪽에는 가슴에 여자아이가 커다랗게 수놓인 데님 멜빵치마를 입고 있었다. 치마 아래의 한눈에 봐도 산 넘고 재 넘던 조상이 대대로 물려줬을 통통한 종아리는 조금만 힘을 줘도 알이 툭 불거져 나왔다. 한편 머리카락은 여대생이나 직장인, 여배우 누구에게도 뒤지지 않을 만큼 아름다워서 어떤 형태로 빗든 그녀에게 점수를 더해주었다. 대낮의 샤오후이는 귀신같지 않고 사람 같았다.

이번에는 류 오빠의 말을 따라 샤오후이는 '커우위안 네일아트'에 등록했다. 합격 수료증을 받고 '커우위안' 네일아트 체인점에 수습으로 남으면 수업료 삼백 위안이 면제된다고 했다.

류펑과 샤오후이는 그렇게 살림을 시작했다. 류펑은 샤오후이에게 간단한 요리를 가르치고 아침 일찍 일어나는 습관을 길러주며 신문을 읽게 하고 아이라인을 금지하고 '아줌마' 말투를 쓰지 않게 했다. 네일아트 수업을 일주일 만에 그만두면서 샤오후이는 하도 공짜로 홍콩 손님 발을 맡기는 통에 발 냄새가 손에 배는 것 같다고 말했다. 류펑은 동정하면서 화훼 속성반에 다니겠다는 샤오후이의 계획에 동의했다. 고상할 뿐만 아니라 수료하면 매일 꽃을 바꾸는 오성급 호텔에 취직할 수 있다고 했다. 하지만 또 일주일 뒤 샤오후이는 피곤하다면서 일어나지 못했다. 화훼 수업은 매일 아침 일찍 열렸고 비용을 줄이기 위해 학생들은 새벽 다섯 시에 교외 농장에서 값싼 생화를 사와야 했다. 또 화훼반 학생들은 대부분 하이난 개발 일을 하는 남편을 따라온 사오십대 가정주부로, 친구나 친척은 없고 돈과 시간은 많아서 수료한 뒤 오성급 호텔에 취직할 일이 없었다. 샤오후이는 외롭고 쓸쓸한 데다 수업료도 비싸고 매일 생화를 사러 새벽

네 시에 일어나야 했다. 그녀는 류펑이 벌어온 돈을 겉만 번지르르한 수업에 쓰고 싶지 않다며 호텔 로비를 전부 살펴봤지만 조화만 꽂혀 있더라고 말했다. 류펑이 언제 호텔에 가봤느냐고 묻자 샤오후이는 얼른 예전 얘기라고 말을 바꿨다.

나는 두 사람이 그때부터 싸우기 시작했다고 상상했다. 류펑은 아마 나처럼 "한 번 창녀는 평생 창녀라더니"나 "천박하게 태어나서 그래" 같은 각박한 말은 못하고 "제 버릇 개 못 준다더니" 정도로 말했을 것이다. 류펑의 욕은 고작 그런 수준이었다. 그때 이후 류펑과 샤오후이는 자주 싸웠다. 샤오후이가 아이라인 그린 것을 봤을 때 류펑은 제일 분개했다. 한번은 집을 발칵 뒤엎어 깊이 감춰둔 아이라이너를 찾아내서는 억지로 샤오후이에게 아이라인을 그려주며 중얼거렸다. "돼지고기를 못 먹어봤다고 돼지를 못 봤을까 봐? 내가 내로라하는 가수들 화장하는 걸 볼 때 넌 아직 태어나지도 않았다고!" 샤오후이는 거울을 보면서 헤헤 웃었다. "오빠 왼손이 이 정도면 오른손은 말할 필요도 없었겠네……." 류펑은 다 그린 뒤 아이라이너와 싸구려 화장품을 전부 6층에서 내던지고 샤오후이의 값싼 옷과 신발, 장신구까지 모조리 내던졌다. 창문이 없어서 좋은 점도 있었다. 물건을 휙휙 내던지는데 유리창 대용의 비닐에 구멍이 하나 났을 뿐이었다.

샤오후이가 류펑에게 달려들어 물고 때렸다. 사실 한 손밖에 없어도 류펑이 정말 반격하려 하면 샤오후이는 상대가 되지 않았을 것이다. 우리의 류펑이 어떤 근육을 가졌던가? 사오 년이나 우리 여군들 공중회전을 받쳐주었으니 조금만 움직이면 가슴과 팔 근육이 살아 숨 쉬듯 피부 밑에서 기습에 대비할 터였다. 샤오후이 셋이 덤벼도 상대가 되지 않겠지만, 류펑은 닭은 개와 싸우지 않고 남자는 여자와 싸우지 않는다는 자신의 소박한 신념을 지키며 반격하지 않았다.

샤오후이는 욕을 퍼부으며 아래층으로 내려가 옷과 신발을 주워서는 난간 없는 계단으로 올라왔다. 두 사람이 화해하기 위한 선결조건은 샤오후이가 더 이상 호텔에 나가지 않는다는 것이었다. 소박하게도 류펑은 풀떼기를 먹어도 널 굶기지는 않아! 하고 맹세했다. 샤오후이는, 내가 고향을 떠난 이유가 바로 풀떼기를 먹기 싫어서거든, 하고 속으로 되뇌었다. 그런 생각에 샤오후이는 깊이 잠든 류펑을 경멸의 눈으로 쳐다보다가 담배꽁초로 그의 의수를 지졌다.

나는 류펑과 샤오후이의 좋은 시간들도 상상할 수 있었다. 두 사람은 덜덜거리는 삼륜트럭을 함께 타고 화산구지질공원, 바이샤먼공원에 갔다. 류펑이 책을 배달하러 나가면 샤오후이도 찰거머리처럼 따라붙었다. 류펑은 아이스크림이나 꼬치구이를 하나 사서 자기는 안 먹고 샤오후이가 먹는 모습을 지켜보았다. 그런 만족감은 살짝 가슴을 찌르며 멀리 있는 딸로 이어졌다. 딸이 정신없이 먹는 걸 볼 때도 똑같은 만족감을 느꼈다.

두 사람에게 좋은 순간은 꽤 많았다. 가령 어촌에서 어부가 직접 구워주는 해산물을 맛볼 때 불에서 펄떡거리는 새우는 '행복'이라고 정의할 수 있을 만큼 맛있었다. 다 먹고 나면 두 사람은 고속도로 다리 밑으로 갔다. 거기에서는 팡方 씨가 매일 저녁 다리 상판 아래에 걸상과 접이식 의자를 놓고 가라오케 기계를 먼지투성이 텔레비전에 연결한 뒤 트럭기사, 어부, 무직자, 이색분자 등을 모아 한 곡에 일 위안씩 받고 노래할 수 있게 해주었다. 샤오후이는 류펑이 어느 시대의 노래를 부르는지 몰랐다. 전부 처음 들어보는 무슨 '새하얀 눈과 망망한 들판, 차가운 고원에 곡식이 끊겼네'나 무슨 '바람아 불지 마라, 비야 울지 마라' 같은 노래였다. 한 번은 '동지여 차를 마시게'라는 노래를 신청했는데 팡씨가 찾지 못하자 마이크를 들고 생으로 불렀다. 음이 얼마나 엉망인지 트럭기사가 그만 부르라고 소리칠 정도였다. 샤오후이는 맥주를 좀 마신 뒤에야 노래했고 그녀가 노래할 때면 류펑은 멍하니 쳐다보았다. 샤오후이는 류펑이 속으로 어떻게 자기 노래를 비판하는지 몰랐을 것이다. 목을 누르며 숨을 뽑아내는 가짜 음색, 가짜 감정, 싸구려야, 천박해, 들어보라고, 발정난 고양이 같잖아? 요즘 여자들은 전부 발정 난 듯 노래한다니까, 하고 얕보는지 몰랐다. 류펑에게는 린딩딩이 노래하지 않으면 세상에 가수가 없는 것과 같았다. 류펑의 음악교육은 전부 린딩딩이 무의식중에 진행했다. 그가 우리에게 마루운동을 가르칠 때 린딩딩은 아침마다 소연습실에서 "황허黃河의 물이여, 울지 마라……", "말아 천천히 가자, 천천히……" 하며 연습했다. 그는 기마자세로 우리 한 사람 한 사람을 마대자루처럼 던졌다가 내려놓으면서 혼자 감동에 휩싸였다. 노래란 신기하구나, 일곱 개밖에 안 되는 음으로 무한한 곡을 만드니 글자가 어떻게 비할 수 있을까? 수만 자의 글자로 이루어진 한 편의 글은 기껏해야 두세 번 읽으면 끝이지만 노래는 천만 번을 부르고, 부를수록 힘과 맛이 커진다. 영원히 녹지 않는 사탕, 계속해서 씹을 수 있는 육포처럼 층층이 맛있고 평생 끝나지 않으니……. 땀범벅이 되어 우리를 한 사람씩 들었다가 내려놓을 때 류펑은 노래가 세상에서 가장 좋고 노래를 잘하는 여자가 가장 사랑스럽다고 설정했다. 그녀가 달콤하게 부르는 "동지여! …… 차를 마시게……"는 연애하자는 뜻이 아닌가? "징강산井岡山의 찻잎은 달콤하고 향기롭네, 달콤하고…… 향기롭구나!"도 연애의 뜻이 아닌가? 어느 연애편지가 이보다 절절하겠는가?

류평은 노래로 연애할 수 있는 딩딩과 이번 생은 불가능하다는 것을 알았지만 그렇다고 이번 생에 샤오후이와 인연을 맺을 줄도 전혀 예상하지 못했다. 류평과 샤오후이는 확실히 좋을 때도 있었다. 가장 좋을 때는 한밤의 침대에서였다. 류평은 샤오후이를 마음으로 사랑하지는 않아도 몸으로는 열렬히 사랑했다. 몸이 스스로를 깨우고 자신의 동반자를 찾는 것에 그는 끌려갈 수밖에 없었다. 몸이 몸을 사랑할 때는 편견이나 차별이 없고 그의 몸 아래 여인의 몸은 대체될 수 있었다. 예전 아내로 바뀔 수도 있고 샤오후이의 자매인 샤오옌이나 리리로도 가능했다. 하지만 마음으로 사랑할 때, 그러니까 린딩딩을 사랑할 때 린딩딩의 유일성, 복제 불가능성은 절대적이었다. 린딩딩은 유일무이했다. 류평은 딩딩을 마음과 몸, 손끝으로 모두 사랑했다. 손끝으로 건드렸던 몸이 다른 사람이 아니라 딩딩이었기 때문이다. 그 한 번의 접촉은 너무도 황홀하고 너무도 끔찍했지만 죽을 만큼 가치 있었다.

내가 베이징으로 돌아와 정착한 뒤에도 하오수원은 가끔 전화를 걸어왔다. 보통은 주식이 올랐거나 폭락했을 때, 남편과 헤어졌을 때, 합쳤다가 다시 헤어졌을 때 등 뭔가 좋고 나쁜 일이 생겼을 때였다. 건달은 도대체 안분지족을 몰라서 돈을 벌면 절반은 도박에, 절반은 몇몇 '내연녀'에게 썼다. 하오수원은 십 년을 싸운 끝에 건달이 내연녀를 위해 마련했던 베이징 집 두 채를 손에 넣었다. 한 채는 세

주고 나머지 한 채에서 살았는데 부유하지는 않아도 먹고 사는 데 걱정이 없었다. 그때는 나도 결혼생활을 청산하고 부모님과 살고 있었다. 하루는 수박 한 통을 안고 슈퍼에서 나올 때 휴대폰이 울렸다. 한 손으로 수박을 잡아 허리에 걸친 뒤 다른 손으로 전화기를 꺼내 보니 하오수원의 이름이 떴다. 반년 동안 소식을 듣지 못해서 통화 버튼을 눌렀다.

"알려줄 일이 있어. 류펑을 찾았어." 하오수원이 말했다.

"아……." 태양이 주차장을 거대한 프라이팬처럼 달궈놓아 나는 지글지글 소리를 내며 익어가는 기분이었다. "조금 이따가 전화할게……."

"안 돼, 매번 조금 이따가 전화한다고 해놓고 한 번도 안 걸었잖아!"

수박을 허리에서 겨드랑이 쪽으로 올렸다. 나는 구부정한 나무처럼 선 채로 류펑에 대한 소식을 들었다. 사실 그때 그 사람들은 내 아득한 과거에 속할 뿐이었다. 류펑은 남쪽에서 떠돌다가 북쪽으로 옮겨왔다. 1998년 베이징으로 온 그는 여행사 사장인 조카 밑으로 들어가 직원들 식사와 사무실 청소, 기차표와 버스표 발송 등을 담당했다. 낮에는 사무실에서 일하고 밤에는 접이식 소파를 펼쳐 침대로 썼다. 조카는 그렇게 숙식을 제공하는 것 외에 한 달에 오백 위안의 임금을 주고 3대 기본보험도 제공했다. 류펑은 그 돈을 노모의 생활비와 딸 학비로 부쳤다. 전부 수박을 비스듬히 안은 채 하오수원에게서 들은 내용이다. 수박이 겨드랑이에서 허벅지까지 내려왔을 때 하오수원은 류펑과 한번 모이자고 제안했다. 베이징에서 십 킬로미터 떨어진 사람과 만나는 일은 세상에서 가장 어렵고 지루한 여행이라

할 수 있었다. 그래도 나는 알았다고 약속했다. 그렇지 않으면 수박이 바닥으로 굴러 떨어질 판이었다.

장소는 하오수원의 집이고 토요일이었다. 안으로 들어가자 현관의 불당과 벽에 걸린 탱화 두 점이 눈에 들어왔다. 불단 위에는 용과 한 접시와 오렌지 한 접시가 놓여 있고 밑쪽 한편에는 귤나무 두 그루가 심어진 커다란 화분이 있었다. 금방 향을 피웠는지 연기가 자욱하고 거실에서까지 눈이 따가웠다. 하오수원의 두 칸짜리 집은 작은 사당 같았다.

거실에는 이미 여자 손님이 한 명 와 있었다. 뜻밖에도 린딩딩이었다. 딩딩이 달려와 나를 안더니 발을 동동거리며 애교를 부렸다. 입으로도 "샤오쑤이쯔, 샤오쑤이쯔, 샤오쑤이쯔!" 하고 계속 읊어댔다. 나는 내 어깨를 덮친 동글동글 말아놓은 파마머리와 그 아래의 둥근 머리통, 그리고 바가지 같은 얼굴을 쳐다보았다. 딩딩은 칠십 노인의 머리모양밖에 할 수 없을 정도로 머리숱이 없었다. 하지만 얼굴은 아직도 보들보들하고 동그란 눈도 여전히 "정말이야?" 하고 묻는 듯했다. 언제 돌아왔느냐고 묻자 딩딩은 작은 손을 흔들면서 사나흘 되었다고 말했다. 시차 때문에 정확히 새벽 세 시에 깬다며 눈 밑이 다 처졌다고 툴툴거렸다.

나는 하오수원을 따라 부엌으로 가서는 과일접시를 들며 미쳤냐고, 류펑을 부르면서 딩딩까지 부르면 어떡하느냐고 물었다. 하오수원이 조용히 말했다. "딩딩이 이혼했어. 외국에서 몇 년 동안 식모 일을 하다가 이번에 꽤 괜찮은 일을 찾았대. 홍콩 부자의 빈 집을 관리하는데 집이 아니라 무슨 성채 같고, 층마다 그랜드피아노가 있다더라. 딩딩은 애국 화교들 자녀에게 민요를 가르친대."

차와 과일을 들고 거실로 나가자 딩딩이 웃으며 말했다. "내 얘기 했지? 뭘 부엌에 숨어서 말하니!" 그녀는 얼굴을 내게로 돌렸다. "샤오쑤이쯔, 내가 뭐 하는지 궁금해? 그럼 나한테 직접 물어봐!"

과거와 달리 딩딩은 시원시원하니 여장부처럼 보였다. 하하 웃을 때도 목청이 크고 걸걸했다. 구슬처럼 나긋나긋하던 옛날 목소리는 어디로 갔는지, 살짝 막노동꾼 같은 느낌이었다.

사실 나는 린딩딩의 외국 생활에 대해 전혀 몰랐던 건 아니다. 딩딩이 시집갔던 차오저우潮州 출신의 패스트푸드점 사장은 그녀에게 삼 년 동안 닭날개 끝부분을 먹이고(패스트푸드의 닭날개 튀김은 끝부분을 남겨두지 않아서), 삼 년 내내 만두와 스프링롤을 빚게 하며(열 손가락이 전부 갈라졌다), 삼 년 내내 콩나물계란볶음밥에 간장을 넣어(딩딩이 제일 눈감아줄 수 없는 부분이었다. 상하이 사람이 어떻게 간장을 넣어 까매진 볶음밥을 참을 수 있겠는가?) 결국 딩딩은 먹다 질리고 보다 질려서 사모님도 필요 없다며 달아났다. 그런 다음 자신이 다니던 성인교육학교 선생님에게 이혼을 도와달라고 부탁해 이혼합의서를 차오저우인의 패스트푸드 체인점으로 보냈다.

냉채가 나왔을 때 전화가 울렸다. 하오수원이 신나게 받았다가 이내 수화기에 대고 말했다. "류펑에게 전해요. 절대 천 위안 때문에 숨으면 안 된다고!" 전화를 끊은 뒤 하오수원은 류펑이 예전에 만 위안을 빌려갔다가 십 년에 걸쳐 구천 위안을 갚았다고 설명했다. 전화는 그의 조카가 류펑이 감기에 걸려서 오늘 올 수 없다고 양해를 구하는 거였다.

"그러니까 누가 레이유펑한테 내가 오는 걸 말하래?" 딩딩이 아무렇지도 않게 웃었다. "류안경잡이가 그랬잖아. 똥 먹는 것들은 똥한테 당한다고!" 류안경잡이는 우리의 수석 비올리스트였다. 딩딩은 그가 몇 년 전에 하오수위을 구박했던 말로 자신이 과거에 했던 일을 생각하면 자신이 피해야 한다는 뜻을 표현한 것이다. 옛날에는 쓰촨 말을 한마디도 하지 않더니 이제는 시원시원해져서 저속한 쓰촨 표현까지 서슴지 않았다. 그렇게 말한 뒤 크게 웃었는데 정말 막노동꾼 같았다.

"언니, 옛날에도 이런 성격이었어?" 하오수원이 의심스럽다는 듯 딩딩을 바라보았다.

"옛날에도 이러지 않았나?" 딩딩은 반문하며 또 킬킬댔다. 수장의 며느리라는 짐을 내려놓고 가수의 꿈을 잃어버리자 딩딩은 그렇게 자유로워졌다.

하오수원이 음식을 만들고 나는 옆에서 거들었다. 그녀가 탕탕거리는 국자 소리를 틈타 속삭였다. "이제는 류펑이 만져도 사람 살리라고 소리칠 것 같지 않아."

나는 기분 나쁘게 웃었다. 류펑이 그녀를 쓰다듬었던 손은 어떻게 보면 나라에 바쳐졌다고 할 수 있었다.

하오수원이 내 불량한 뜻을 알아채고 한마디 덧붙였다. "그 의수로 쓰다듬으라고 하면 아마 됐다고 할 거야."

"불교신자는 전부 언니처럼 못 됐어?" 내가 말했다.

딩딩이 거실에서 소리쳤다. "또 내 얘기하지?"

이번에는 나와 하오수원이 킬킬거리며 웃었다. 행복하지 않은 사람이라면 누구나 이해할 수 있는 웃음이었다. 마음의 부담을 내려놓고 꿈이 깨졌을 때의 웃음. 그렇게 한때 진지했던 우리의 모든 일을 웃음으로 지워 버렸다. 앞에도 기대할 만한 좋은 일이 없고 뒤에도 자랑스러워할 만한 과거가 없으니 무의미한 시간이고 남은 게 별로 없는, 분명 깨진 단지지만 내던져버리면 그나마 깨진 것마저 없어질까 봐 내던져버릴 수도 없는 그런 웃음. 쓰다듬어줄 손길을 간절히 원해도 쓰다듬어줄 사람이 없는 상황에 이르렀는데 이제와 무엇 때문에 인색하겠는가? 어쨌든 결국에는 버려져 개떡만도 못해졌으니 신성할 게 무엇인가? 그렇다, 그런 웃음이었다.

한바탕 웃어젖힌 뒤 우리는 저녁 내내 먹고 마시면서 맥주 두 상자를 비웠다. 이혼남이 오지 않아서 세 이혼녀는 마음껏 하고 싶은 대로 했다. 새벽 1시가 되었을 때 하오수원이 린딩딩의 어깨를 치면서, 한 바퀴 돌고 나니 제일 혼자면 안 되는 딩딩도 외톨이가 되었다며 이제 류펑도 혼자니까 되찾아도 늦지 않는다고 말했다. 린딩딩이 미간을 찌푸리며 웃었다.

하오수원이 말했다. "왜? 최소한 류펑은 좋은 사람이잖아. 요즘은 좋은 사람이 제일 드물어." 그 말에 나는 드물죠, 그런데 요즘 시대에 좋은 사람이라는 말은 욕이야, 하고 반박했다.

딩딩이 말했다. "류펑이 좋은 사람인 걸 나보다 더 잘 아는 사람이 어디 있겠어? 그때 퍼졌던 정치부 강 부주임에 관한 험담 기억나?" 내가 대답했다. "당시 단장이랑 정치위원이 하루 종일 우리를 심문했으니 당연히 기억해요." 린딩딩은 그럼 누가 제일 먼저 강 부주임을 강간 부주임이라고 했는지 아느냐고 묻고는 자기를 가리키며 말했다. "나야."

나는 처음 강 부주임의 '색'에 대해 말한 사람이 외래진료부 간호사와 조무사였음을 떠올렸다. 하오수원도 말했다. "맞아, 간호사들이 문예공작단 여군들에게 강 부주임과 둘만 있을 때는 반드시 두 팔로 가슴을 감싸라고 경고했어! 간호사들이 폭로하니까 문예공작단 여군들도 떠올렸잖아. 강 부주임과 둘이 있으면 그 자애로운 손이 어깨를 두드리고 땋은 머리를 건드리다가 예외 없이 어깨나 머리카락을 타고 가슴 앞 언덕까지 내려가는 거. 언덕을 올랐다 내려갈 때까지 놔주질 않는다고."

우리 셋은 여기까지 말한 뒤 깔깔거리며 웃었다. 하오수원이, 지금 우리를 만나면 그 늙은이가 우리한테 당할까 봐 벌벌 떨걸! 하고 말했다. 내가 대꾸했다. "맞아, 나중에 우리가 강 부주임의 손짓을 흉내 낼 때 딩딩 언니가 강 부주임은 무슨, 아예 강간 부주임으로 부르자고 했지. 그때 여자들 십여 명만 합창연습 중이고 남군은 옆에서 탬버린을 수리하던 류펑뿐이었어." 하오수원이 그때를 떠올리며 이어서 말했다. "남군들 사이에서 그 별명이 빠르게 퍼졌고, 얼마 지나지 않아 취사반장과 사무장 귀에까지 들어갔지." 나는 트림을 한 뒤 계속해서 말을 이었다. "그해 국경절 기억나요? 정치부 수장이 공연 점검하러 왔을 때 단장과 정치위원이 수장의 명예를 더럽힌 사람을 색출해야 한다고 말했잖아."

우리 셋은 1970년대 중반 9월 하순, 가랑비가 흩날리던 날의 대대적인 심문을 또렷이 기억했다. 오전부터 한 사람씩 분대장의 호출에 따라 연대 사무실로 들어가 심문을 받았다. 낮잠 시간이라 유난히 조용한 마당에서 가랑비가 쏴아 쏟아지는 소리 사이로 "모모모! 연대로!" 하는 분대장의 외침만 들렸다. 호출된 사람은 직전에 심문받은 사람이 자신을 언급했음을 알았다. 한 사람이 다른 사람을 지명하는 식으로 이어진 끝에 결국 가랑비의 쏴아 소리 속에서 "류펑"의 이름이 울렸다. 린딩딩은 류펑이라는 소리를 듣자마자 얼른 침대에서 내려와 옷을 입고 신발을 신었다. 류평이 심문을 받으면 틀림없이 그녀 딩딩을 댈 터였다. 그녀는 침대에 앉은 채 "린딩딩"의 호명을 저녁때까지 기다렸다. "맞아, 그랬어!" 하오수원이 취기에 눈을 게슴츠레하게 뜨고는 물었다. "당직 분대장이 여군들에게 말했잖아. 류평이 정치위원의 훈계에 눈물을 쏟았다고 말이야. 그때 당직 분대장이 연극대의 차이蔡였지?" 딩딩이 맞다고 대답했다. 나중에 단장은 류평을 몰아세우며 모욕한 사람을 대지 않으면 명예를 더럽히고 유언비어를 퍼뜨린 사람이 너 자신이라고 법정에서 인정할 수밖에 없노라고 말했다. 차이 분대장은 그 말에 류평이 침통하게 고개를 끄덕였다고 전했다. 단장이 왜 고개를 끄덕이느냐고 묻자 류평은 군사법정에 가는 게 아니냐고 물었다. 차이 분대장은 단장이 얼마나 화가 났는지 주전자에 든 물을 류평 뒤쪽의 벽에 뿌렸다고 전해주었다. 류평은 그곳에서, 저는 성실하게 근무하고 연대 수장과 서남지역에서 최선을 다해 싸웠으니 수장을 모욕한 사람이 누구인지 잊어버렸더라도 물을 맞을 정도는 아닙니다! 라고 말했을 뿐이다. 그 주전자의 물이 얼마나 오래된 물이었을까? 지난해 겨울 야영훈련을 마치고 돌아온 뒤 미처 버리지 않은 물이었다. 류평은 그 말을 하면서 울었다. 169센티미터의 산둥 남자 류평은 다른 결점은 없지만 청결을 지나치게 따졌다. 우리 셋은 웃다가 잠이 들었다.

왕푸징 대로에서 류평을 본 뒤 왠지 자꾸만 옛일이 떠올랐다. 류평의 휴대폰이 계속 꺼져 있어서 나는 그의 조카 회사로 찾아갔다. 업종이 보안모니터 소프트웨어로 바뀐 회사 사무실은 베이징 북단 건물의 한 층 전체를 차지하고 있었다. 조카는 류평이 몸이 안 좋아

출근하지 않고 집에서 쉰다고 알려주었다. 무슨 병인지는 정확히 모르지만 어쨌든 나이가 있으니 병이 아니더라도 퇴직할 때가 되었다고 말했다. 조카는 한창 바쁜 나이라 은퇴자의 생활방식을 몰랐고 살펴볼 여유도 없었다. 그저 숙부가 집에서 쉰 지 일 년이 넘었다고만 말했다. 류펑에게 집이 있다는 뜻이었다. 집에는 누가 있을까? 내가 알기로 류펑의 딸은 산둥에서 사범대를 졸업한 뒤 독립했고 노모는 진즉에 세상을 떠났다. 그럼 집에서 우두커니 혼자 있다는 말인가? 심지어 병을 앓으면서?

이야기를 나누다 보니 조카는 입담이 무척 좋았다. 그는 산둥 고향에서 일자리를 찾아 베이징에 온 여자를 몇 명이나 숙부에게 소개해줬지만 숙부는 전부 거절한 뒤 여자가 있으니 걱정하지 말라면서 자신도 여자를 돌봐준다고 덧붙였노라 말했다. 조카는 어느 날 류펑의 초대를 받아 집에 가본 뒤에야 중매할 마음을 접었다. 숙부에게 정말로 여자가, 그것도 꽤 예쁜 여자가 있었다. 젊지 않은 나이인데도 아름다웠다. "말이 별로 없었어요. 아, 말수가 적은 여자는 기본적으로 어느 정도 예쁘잖아요." 조카가 흥분해서 말했다.

류펑 조카의 회사에서 나온 뒤 나는 하오수원에게 전화를 걸어 늘그막 류펑의 여복 소식을 전했다. 하오수원은 이번 생을 포기하고 내세에 희망을 걸겠다는 듯 대부분의 시간을 대사와 달인의 설법이나 경전 해석을 들으며 보냈다. 하지만 류펑의 스캔들을 듣고는 곧장 속세로 되돌아와 류펑의 이불 속을 뒤지러 가자고, 예순 살 외팔이가 이불 속에서 아직도 예쁜 여자를 주무를 수 있는지 확인하자고 말했다. 우리는 주소를 대조하다가 하오수원이 가진 류펑의 주소와 내가 조카한테 받은 주소가 다르다는 것을 발견했다. 참 재미있게도 류평은 나이가 들수록 신비스러워지는 듯했다.

조카가 알려준 주소대로 공항 옆길의 주택단지까지 찾아갔는데 류평은 금방 나가고 없었다. 이웃들은 나름 출중한 능력으로 베이징에 입성한 외지 노동자들이었다. 고향에서 자녀까지 전부 데려와 흙마당 곳곳에 아이들의 대소변이 보였다.

류평의 집은 잠겨 있었다. 커튼 틈으로 들여다보니 군인 거처처럼 물건이라고는 절대적인 필수품 몇 개뿐이고 먼지 한 톨 없이 깨끗하게 정리돼 있었다. 여자 흔적도 전혀 보이지 않았다.

류평의 창문을 기웃거리는 우리를 보고 옆집 여자가 노천 부뚜막에서 안후이安徽 어투가 섞인 표준어로 소리쳤다. "누굴 찾아요? …… 류 씨는 지금 없어요!"

하오수원이 류 씨가 없으면 그 아내를 찾는다고 대답했다.

옆집 여자는 류 씨에게는 아내가 없다고 말했다.

"요즘은 여자 친구와 아내가 같은 뜻이지." 이건 내가 말했다.

옆집 여자가 물었다. "어느 류 씨를 찾나요? 여기 류 씨는 홀몸이에요!"

우리는 류평이 지나칠 정도로 신비해진 탓에 당황스러웠다. 하오수원이 말했다. "그럴 리가요? 류 씨는 우리 전우이고, 여자 친구가 있는 것도 알아요." 옆집 여자는 더 이상 우리를 상대하기 귀찮은 듯 고개를 숙인 채 채소만 썰었다.

우리가 떠나려 할 때 마흔 남짓의 남자가 순종처럼 보이는 독일 셰퍼드 두 마리를 끌고 길목에서 들어왔다. 위장복 차림을 보니 근처 부자들 별장에서 개인 경비로 일하는 듯했다. 옆집 여자가 저 탕唐 씨가 여기에서 제일 오래 산 터줏대감으로 오 년이나 살았으니 류

씨에게 여자가 있는지 없는지 물어보라고 말했다.

탕 씨는 류 씨가 병이 났을 때 여자를 봤노라고 말했다. 우리는 그때서야 생각이 나서 류펑이 무슨 병에 걸렸느냐고 물었다. "대장암이었던 것 같더군요." 그 말에 우리는 류펑의 연애사를 캐겠다는 마음이 순식간에 사라졌다. 류펑은 그렇게 병을 숨기고 고통을 숨기다가 결국에는 죽음마저 숨길 사람이었다. 건강할 때는 누가 귀찮게 해도 얼마든지 받아주지만 자신이 건강을 잃으면 누구에게도 폐를 끼치지 않을 사람이었다. 하오수원이 여자의 생김새에 대해 물었다. 탕 씨는 키가 작고 말랐으며 나이가 들어 보이지는 않아도 결코 젊지 않았다고 대답했다.

우리는 류펑이 언제 돌아오느냐고 물었다. 탕 씨는 일정하지 않다면서 약물치료를 받을 때면 병원과 가까운 시내에서 지낸다고 대답했다. 나와 하오수원의 눈이 마주쳤다. 류펑의 주소가 왜 두 곳인지 설명되었다.

내가 오륙 킬로미터를 운전하는 동안 하오수원은 한마디도 하지 않았다. 하는 수 없이 내가 먼저 입을 열었다. "금방 어두워질 것 같으니까 근처에서 밥이나 먹어요. 퇴근시간도 좀 피하고." 하오수원은 배가 고프지 않다고 대꾸했다. 나는 왕푸징 대로에서 류펑을 봤을 때 큰 병을 앓는 사람 같지 않았고 정신도 또렷해 보였다고 말했다. 우리 두 사람 모두를 위로하는 말이었다. 사실은 그때 곧바로 부르지 않았던 게 후회됐다. 하오수원은 한숨을 내쉬며 좋은 사람은 좋게 끝나지를 못한다고 탄식했다. 나는 탄식 뒤의 말이 너무 심각하다고 생각하며 웃었다.

하오수원에게 묻지 않고 차를 어느 호텔 입구에 세운 뒤 뭐든 먹다 보면 러시아워가 지날 거라고 말했다. 호텔 레스토랑은 한산하고 피아노 소리가 비현실적으로 울리고 있었다. 먹을 수도 없는 그런 우아함과 화려함이 바로 엄청난 폭리의 식대를 감내해야 하는 대가였다.

우리는 요리를 주문했다. 고기와 야채 한 가지씩 둘 다 냉채였다. 종업원이 당연하다는 듯 다음 주문을 기다렸지만 우리는 메뉴판을 덮은 뒤 부족하면 다시 주문하겠다고 말했다. 종업원이 눈을 동그랗게 떴다가 몸을 돌렸다. 나는 하오수원에게 웃음을 지으며 종업원처럼 눈을 동그랗게 떴다. 우리는 이제 체면에 얽매이지 않을 만큼 나이를 먹었다. 해파리냉채를 몇 입 먹고 나자 식욕이 도는지 하오수원이 맥주를 주문했다. 절반쯤 마셨을 때 그녀가 입을 열었다. "그때 우리는 왜 그렇게 배신을 많이 했을까? 왜 배신을 수치라고 생각하지 않고 정의라고 생각했을까?" 나는 또 무슨 일이 생각났느냐고 물었다. 하오수원은, 우리 모두가 류평을 배신했잖아, 아니야? 샤오쑤이쯔 너도 비판대회 때 발언하지 않았어? 하고 물었다. 나는 물론 발언하지 않았다고 대답했다.

"비판 안 했다고?" 하오수원의 눈이 붉어졌다. "나는 왜 모두들 발언했다고 기억하지?"

"나는 다르지. 나도 모두에게 비판 받았던 사람이잖아. 류평을 비판하기에는 자격이 부족했어요." 나는 농담처럼 진실을 말했다.

"내 기억으로는 너도 분명히 발언했어!"

"뭔 거지같은 기억력이람?"

"허샤오만은 말하지 않았지."

나는 대꾸하지 않았다. 조금 뒤 하오수원은 맥주를 또 한 잔 주문했다. 체면을 내려놓으니 모양새도 따지지 않았다.

"내 기억은 왜……." 그녀가 중얼거렸다.

"좀 더 마시면 기억이 더 잘 날 거야." 내가 웃으며 말했다.

두 번째 맥주잔에서 거품이 넘실거렸다. 그녀 입가에서도 거품이 넘실거렸다.

"그때 우리는 정말 쓰레기였어. 배신을 정의로 여기다니." 그녀가 말했다.

"그때는 배신의 시대였어요. 시대 자체가 쓰레기였다고."

"너를 배신했을 때 얼마나 정의감에 넘쳤는지!"

하오수원이 나를 배신했다고? 나는 그녀를 쳐다보았다.

"내가 말하지 않았어?"

그런 얘기는 한 번도 한 적이 없었다.

"네가 사오쥔少俊에게 쓴 연애편지를 상부에 제출했을 때 기분이 정말 끝내줬는데! 소년 선봉대원이 인민공사 작물을 훔친 지주를 생포한 듯했지! 너, 이 얘기 들었을 때 내가 죽이고 싶도록 미웠지?"

나는 놀라지 않은 척했다.

"지난번에 네가 선전에 왔을 때 털어놓았잖아, 그렇지? 맞아, 우리 집에서 만났을 때. 그때 우리 집에는 너랑 나 둘 뿐이었어."

사십여 년 만에 밀고자가 내게 처음으로 비밀을 공개했다. 실로 영험하게도 맥주는 있었던 일을 잊게도 만들지만 없었던 일을 기억나게 만들 수도 있었다. 나는 좋은 패를 가지고도 전혀 티내지 않는 포커페이스를 유지하며 계속 그녀를 쳐다보았다.

"아무한테도 말하지 않고 너한테만 말했어. 너는 내 자백을 들을 자격이 있거든. 다른 사람은 없지만. 다른 사람은 이해할 수도 없고 이해한다고 해도 양해할 리 없어. 고백할 때 네가 이해하고 용서할 줄 알았어. 너는 정말로 용서해줬지. 그때 모두의 배신으로 네가 얼마나 비참해지는지 전부 봤기 때문에, 린딩딩이 류펑을 팔려고 할 때 절대 그러지 않겠다는 다짐을 받았던 거야. 결국에는 팔아버렸지만. 우리 모두가 팔았지. 너는 발언하지 않았다지만 아니야. 내가 잘못 기억할 리 없어."

배가 부를 정도로 맥주를 마시자 하오수원의 자백은 한층 구체화되었다. 사십여 년 전 그녀는 나와 사오쥔의 관계가 특별하다고 의심해 사오쥔을 유혹하기 시작했다. "흥, 남자란 유혹에 약하다는 걸 그때 벌써 알았지!"

사오쥔은 아가씨처럼 예쁘장했다. 날아갈 듯한 눈매와 부채 같이 긴 속눈썹, 도톰한 입술 때문에 다른 남성 병사들이 립스틱을 바르며 분장했을 때보다 요염했다. 나는 어떻게 그런 사람에게 백여 통의 연애편지를 썼을까? 지금 생각하면 역겹기만 하다.

"그 남자를 어떻게 유혹했게?" 하오수원이 자기도 모르겠다는 듯 어깨를 올리며 두 손을 펼쳐보였다. "사오쥔을 유혹한 건 너한테 확실히 알려주기 위해서였어. 당시 우리가 너를 별종이라고 생각한 거 모르지? 시인이자 시나리오작가의 딸이잖아. 시인은 원래가 별종이고!" 그녀는 또 킬킬대며 웃었다.

나는 허샤오만이 있었던 덕분에 별종의 역할이 내게 오지 않았던 거라고 생각했다.

사오쥔은 미모와 경솔함도 여자 같았지만 속되기도 여자 못지않았다. 원래 범속함은 민간에서 오고 민간은 땅의 기운을 받기 때문에 범속함은 생명력을 대변한다. 반면 속되지 않은 사람은 영혼이 육체보다 활동적이라 반죽음 상태라 할 수 있다. 나는 사오쥔에 대한 하오수원의 묘사를 통해서야 그들의 짧고도 속되며 생명력 넘치는 연애사를 알았다.

당시 그들은 둘 다 소대 간부라서 공개연애를 할 수 있었지만 비밀연애가 더 재미있다면서 몰래 대범하고도 제멋대로의 행각을 벌였다. 마침 사오쥔의 숙사 동료가 충칭의 가족을 만나러 이십 일 동안 없었으니 그들은 매일 밤을 잠으로 허비하지 않았다. 사오쥔의 방은 이층 복도의 맨 끝에 있었다. 하오수원은 대범하게도 썩은 나무가 삐걱거리는 계단을 살금살금 올라간 뒤 개미가 파먹어 끼익 소리가 나는 복도를 지나 호금胡琴 독주처럼 삑삑대는 낡은 나무문을 열었다. 홍루는 큰 방을 불규칙하게 작은 방으로 나눈 데다 건물이 천천히 기울고 있어서 문과 문틀이 조금씩 비틀려 있었다. 문을 여닫을 때마다 소리가 날 수밖에 없었다. 한쪽 복도에 문이 열 개 있고 방마다 용변 때문에 깨는 사람이 있을 수 있으니 우리 분대장은 참으로 용감했다! 두 사람은 모기장 안에서 끌어안고 누웠다. 모기장 안은 그들의 에덴동산으로 아름다운 자웅의 몸이…….

하오수원은 그때 위험을 무릅쓴 이유가 일종의 경쟁심 때문이었다고 분석했다. 고작 열다섯 살의 볼품없는 꼬맹이 샤오쑤이쯔가 예쁘고 성숙한 사오쥔과 반년이나 남몰래 연애편지를 주고받았다니 별종한테 대체 어떤 매력이 있어서? 입만 벌리면 엉뚱한 어휘를 쓰고 집에 편지를 보낼 때도 수십 번씩 자전字典을 찾아야 하는 사오쥔에게 매일 연필을 들게 했을까? 사오쥔은 쉬울까? 책이라고는 몇 권 읽지도 않아 단어 선택이 그렇게 힘든 사람이 편지로 연애를 한다니, 남녀 간에 그렇게 많은 글자가 필요한가? 손을 잡고 끌어안고 입을 맞추면 다음은 저절로 진행되는 거 아닌가? 스물두 살의 사오쥔이 어린애에게 힘을 빼니 내가 좀 움직여볼까, 일을 바로잡을 수 있는지 봐야겠군. 과연 손을 한 번 끌어당기니 해결됐다. 21세기의 하오수원이 계속 물었다. "정말 내가 안 미워?"

하오수원의 아름다운 몸이 모기장으로 들어왔을 때 사오쥔은 틀림없이 꼬맹이에게 들인 반년의 공이 억울하고 어린애에게 당했다고 생각했을 것이다. 이렇게 간단하고 구체적인 일을 종이와 글자로 그렇게 어렵게 했으니, 얼마나 빙빙 돌았단 말인가!

하오수원은 자기의 진솔한 얼굴을 내게 똑바로 보여주기 위해 높다란 맥주잔을 옆으로 밀었다. 그녀는 그렇게 너무나도 간단히 사오쥔이 내 연애편지를 전부 내놓도록 만들었다. 모기장에서 또 몇 번의 밤을 보낸 뒤에는 설득이 한층 더 쉬워졌다. 사오쥔이 자발적으로 내 연애편지를 연대 상사에게 제출하도록 만들었다. "그때 그 후레자식이 얼마나 조신한 척 굴던지." 하오수원이 눈을 가늘게, 살짝 음탕하게 뜨며 말했다. "지금 나더러 어떤 사람이 좋은 사람인지 말해보라고 하면 남을 팔지 않는 사람이 좋은 사람이라고 말할 거야. 내가 마지막 밤 사오쥔의 방에서 나오다가 누구를 만났는지 알아? 류펑이야."

류펑은 올라오고 하오수원은 도둑보다 더 은밀하게 발끝으로 살금살금 내려가는 중이었다. 손에 검은색 벨벳 신발까지 들고 있어서 한눈에도 방금 무슨 짓을 했는지 알아챌 수 있었다. 하지만 류펑은 그녀보다 더 송구스러워하며 한마디도 없이 스쳐 지나갔다. 숙사로 돌아온 뒤 하오수원은 밤새 잠을 이루지 못하고 속으로 '끝장'이란 말만 되뇌었다. 이튿날 류펑은 마루운동수업을 마친 뒤 그녀에게 고참이자 당원인 사람이 한밤중에 이층에 올라가면 안 좋은 영향을 줄 수 있다고 말했다. "이층은 남군 숙사인데 남들이 어떻게 생각하겠어? 그 많은 십대 아이들에게 샤오하오 같은 당원 간부가 모범을 보여야지."

류펑은 그 말을 전형적인 사상교육 어투로 했을 것이다.

하오수원은 나에 대한 사오쥔의 태도 때문에 그에게 질려버렸다고도 말했다. "인간성이 왜 그래? 아무리 편지 연애라도 진심을 다하지 않은 게 아닌데 그렇게 깨끗이 팔아넘기다니." 그는 자백으로 나를 폭로하면서 '탕자의 개과천선은 금보다 값지다'는 말을 구현한 공로를 인정받아 기본적으로 무죄 석방되었다. "그 아버지에 그 딸", "뿌리가 썩어서 싹도 검다", "자산계급의 정서로 동지 겸 전우를 유혹하고 부패시켰다" 등 그는 나를 고발할 때 연애편지를 쓰면서 향상된 자신의 문화소양을 모두 사용했다. 스물두 살의 남성 '동지 겸 전우'는 제대로 열다섯 살 소녀병의 피해자가 되었다. 하오수원은 그의 배반에서 몰염치함과 잔인함을 보고 완전히 학을 뗐다고 말했다. 그녀는 맥주 때문에 아련한 애상에 잠겨 내게 정말 사랑했느냐고 물었다. "육체적으로 사랑했든 정신적으로 사랑했든 능욕도 그렇게 철저한 능욕은 없지, 그렇지? 그런 남자를 계속 원했겠어?"

그녀에게 꿈결 같은 느낌을 주니 맥주란 참 좋았다.

하오수원이 이어서 잠꼬대처럼 말했다. "사오쥔은 나를 위해 너 샤오쑤이쯔를 배신했으니 다른 사람을 위해 나를 배신할 수도 있는 사람이야. 그 며칠 동안 정말 신나게 고발하더라. 귀신이 인간의 탈을 서서히 벗는 것 같았다니까." 그녀는 갑자기 정신을 차리더니 눈을 커다랗게 뜨며 나를 보았다. "비밀이 하나 있는데, 알고 싶어?"

나는 당연히 알고 싶었다.

"흥! 사오췬은 그냥 빛 좋은 개살구야. 그때 한창 외국 가는 게 유행일 때 자기 능력으로는 안 되니까 못생긴 박사랑 결혼해서 미국 유학을 따라갔잖아. 내가 그 개살구를 어떻게 밟아줬는지 알아? 우리 아빠한테 아빠 전우의 사단으로 옮겨달라고 부탁했어. 아빠는 늘 진짜 남자라면 연극무대가 아니라 진창을 구르며 고생해 보아야 한다고 말씀하셨거든. 그래서 아빠 전우가 사오췬을 중대로 옮겨 고생시킨 뒤 어디로 발탁할지 본다고 하셨어. 나는 아빠에게 그 남자와 진지하다고 말했어. 우리 부모님은 내가 진지한 게 얼마나 어려운지 아시거든. 내가 진지하다고 하자마자 아빠는 그 자식을 고생길로 보내버렸지." 얼굴이 새빨개지고 흰자위까지 분홍색이 된 그녀가 웃었지만 눈빛이 무척 슬퍼보였다. 젊을 때 그렇게 대단한 바탕을 가졌던 자신이 집안 체면을 깎아먹으며 건달 손에 졌다고 생각하는 듯했다. "사오췬이 아빠 전우의 독립사단으로 옮겨갈 때까지 편지를 주고받았는데 해를 넘기기 전에 그만뒀어. 젊은 때 나는 정말 대단했지? 싫증난 남자에게는 절대 미련을 두지 않고 수단도 비열했으니까!" 그녀는 또 입을 벌린 채 크게 웃었다. 피아노마저 놀랐는지 음이 틀리면서 우아하고 조용하던 분위기가 무너져 내렸다.

식사를 마쳤는데도 시간이 꽤 일렀다. 어차피 두 사람 모두 집에 기다리는 사람이 없어서 우리는 그냥 류평을 찾아갔다.

류평의 다른 주소지는 80년대 말에 지어진 직장 숙사로 나름 괜찮았다. 집집마다 베란다가 있고 양식과 재질이 각기 다르며 베란다 바깥에 화분대가 있었다. 복도에 자전거가 세워져 있고 가로등은 망가졌지만 엘리베이터 안내양이 있었다. 사람은 나오지 않아도 음식

냄새는 바깥으로 퍼지는 전형적인 소시민들 거처로, 다세대 주택을 층층이 16층까지 쌓아올린 듯했다. 한 층에는 여섯 집이 살았다. 주소에 적힌 문패를 찾아가 문을 두드렸지만 아무 응답이 없었다. 하오 수원이 맥주 덕분에 한층 커진 목소리로 외쳤다. "류펑! ……집에 있어요?"

현관문은 열리지 않고 엘리베이터 문이 뒤쪽에서 열렸다. 엘리베이터 안내양이 여기 층에 류 씨는 없다고 말했다. 어디나 그렇듯 이런 숙사의 엘리베이터 안내양은 반정보통이었다. 우리가 그럼 여기 주인의 성은 뭐냐고 묻자 그녀가 대답했다. "선沈이에요. 여자 혼자 살고 쉰 살가량인데 젊어 보여요."

순간 우리는 선 씨가 틀림없이 류펑의 여자 친구겠다고 짐작했다. 다시 말해 류펑은 시내에서 약물치료를 받을 때마다 여자 친구 집에 머무는 거였다.

엘리베이터 안내양이 말했다. "선 선생님은 그 남자와 병원에 며칠 계실 거예요."

"어느 병원이죠?"

"그건 모르겠네요."

실마리가 거기에서 끊겼다. 어느 병원에 입원했을까? 나와 하오 수원은 서로 마주보았다. 병이 심각하다는 증거이므로 결코 좋은 소식이 아니었다.

한 달이 지나도록 그 일이 계속 마음에 걸려서 나는 또 류펑의 여자 친구 집을 찾아갔다. 어떻게 이런 행운이 있나 싶게도 문을 열어준 사람은 류펑이었다! 류펑은 운동복 차림에 야구 모자를 쓰고 오른손을 주머니에 넣고 있었다. 내가 받은 첫인상은 회백색이었다. 피부와 심경 모두 퇴색해버려서 더는 신선하지 않은, 그런 참담함과 패배감. 처음에 류펑은 쑥스럽고 난감해했다. 왕푸징에서 시바허西壩河까지, 봄부터 가을까지 그렇게 잘 숨어 있었는데 결국 들켰다고 생각하는 듯했다. 그는 샤오쑤이쯔 네가 찾아올 줄은 정말 생각지도 못했다고 말했다.

그를 따라 안으로 들어가 자리에 앉았다. 집에서 약냄새가 느껴졌다. 생각해보니 류펑은 옛날에도 몸에 고약을 붙여서 늘 옅게 약냄새가 났다. 다섯 살 때부터 공중제비를 돌고 스무 살 때부터 공중회전을 받쳐주었으니 여기저기가 툭하면 쑤시고 아플 만했다. 80년대 말에 지어진 숙사는 실내장식도 80년대를 그대로 옮겨온 듯했다. 비닐장판과 유리가 끼워진 미닫이 서랍장, 공예미술상점에서 파는 꽃무늬 덮개를 등받이와 팔걸이에 걸쳐놓은 미색의 천 소파, 탁자와 그 위의 물병, 유리잔 여섯 개가 놓인 쟁반까지 전부 그랬다. 탁자 밑에도 희귀한 물건이 하나 있었다. 글자와 연대가 벗겨졌지만 '레이펑 모범'은 선명하게 남은 철제 보온병이었다. 나는 서양인삼 한 상자와 동충하초 한 봉지를 꺼내 탁자에 놓았다. 그런 보양식품이 유익한지 유해한지 몰랐지만 그냥 선물로 무작정 건넸다. 가방에는 떠나기 전에 어딘가에 몰래 넣을 삼만 위안이 든 봉투도 있었다. 요즘은 부자도 병을 앓을 수 없는 시대니 류펑처럼 늙은 베이징 표류족은 말할 것도 없었다. 류펑은 부엌에서 물 한 주전자를 끓여와 차를 우리고 견과봉지를 까서 스테인리스 접시에 부었다. 왼손만으로도 두 손 가진 사람보다 민첩하게 움직였다.

류펑은 내가 눈을 가만두지 못하고 여기저기 두리번거리는 것을 보고 그녀는 노인대학에 티베트 춤을 가르치러 나갔다고 말했다.

여자 친구가 우리와 비슷한 분야의 사람이었구나, 하고 나는 생각했다.

대체 병이 어느 정도일까? 조금 좋아졌을까? 물어봐야 할 질문을 한마디도 내뱉을 수가 없었다. 류펑은 차를 내준 뒤 사과를 하나 꺼내와 탁자의 고정 철침에 꽂고는 천천히 깎기 시작했다. 껍질이 기계를 빠져나오듯 얇고 균등하게 칼날 밑으로 떨어졌다. 한 손으로 깎는 그의 솜씨가 내 두 손보다 나았다. 철침 박은 탁자를 작업대나 공작기계로 사용하는 듯했다. 나는 류펑에게 무슨 일에든 대책을 참 잘 만든다고 말했다. 그가 웃으며 대꾸했다. "아쉽게도 너무 일찍 공부를 그만뒀어. 극단에서 공중제비를 돌며 배를 불리느라 교육을 못 받았잖아." 내가 맞장구쳤다. "그러지 않았으면 정말 대단했을 텐데요. 평생 발명특허로 먹고 살아도 남았을 거예요." 우리는 함께 웃었다.

나는 지난번 하오수원네의 모임에 대해 이야기했다. 나와 하오수원, 린딩딩이 맥주 두 상자를 마셨는데 원래 한 상자만 샀기 때문에 한밤중에 24시간 편의점에 가서 한 상자를 또 사왔노라고 말했다. 류펑이 요즘 린딩딩은 어떻게 지내냐고 물었다. 자연스럽고 평안하게 묻는 모습을 보면서 새 여자 친구 덕분에 상처가 나았나 보다고 생각했다.

"그때 안 와서 딩딩 언니가 무척 실망했어요." 그런 상황에서 내가 무슨 말을 할 수 있겠는가? 어떤 말이든 이제는 대수롭지 않았다. 어쩌면 마침내 대수롭지 않아졌으니 그를 축하해줘야 할지도 몰랐다.

류펑이 추억과 상상에 잠긴 눈으로 한바탕 웃었다.

"봄에 왕푸징에서 봤을 때 막 부르려고 하는데 금방 안 보이는 거예요……." 내가 말했다.

"내가 피했어."

"왜요?"

류펑은 계속 웃고 있었다. 내가 해명을 들을 수 없겠다고 포기할 때 그가 갑자기 입을 열었다. "큰 병에 걸렸더니 옛날 지인에게 어떻게 말해야 할지 모르겠더라."

나는 그때를 놓쳐서는 안 됐다. 류펑 스스로 병에 대해 말한 그 순간을 잡았어야 했다. 하지만 뭐라고 말했더라? "좋아질 거예요. 요즘 대장암은 완치되는 경우가 많대요. …… 약물치료 중이라고 들었는데 효과는 어때요? …… 전이가 많이 되지는 않았죠? …… 제가 도울 일이 있나요? ……."

전부 시의 적절하지 않았다.

"의사가 재발도 안 했고 전이도 안 됐대. 오 년까지 버티면 안전하다더라." 류펑은 내가 놀랄까 봐 오히려 나를 안심시켰다. "지금이 삼 년째야. 약물치료를 받는 일주일은 힘들지만 나머지는 괜찮아."

"그때 왕푸징 대로에서는 아주 좋아보였어요."

"지금은 내 안색이 나쁜가보네? 금방 약물치료를 받아서 그래. 물만 마셔도 토하거든. 일주일은 죽는 것만 못하지. 좀 쉬면 괜찮아져." 류펑은 계속 나를 안심시켰다.

"동충하초를 오리랑 푹 고면 항암효과가 좋대요……."

"뭐 하러 돈을 써? 동충하초가 얼마나 비싼데."

내가 웃었다. "비싸봤자 얼마나 비싸겠어요? 밥처럼 먹는 것도 아니고."

류평은 화제를 바꿔서 구걸 노병과 있었던 일을 이야기했다.

"며칠 동안 구걸하는 노병을 따라다니면서 구걸하지 말라고, 국가 위신과 본인의 위신을 떨어뜨리지 말라고 했어. 이렇게 큰 나라는 대형 공장 같다. 제품도 계속 바꿔야 하고 기계도 새로 들여와야 한다. 우리는 낡은 기계에 낡은 부품, 낡은 나사니까 바꿔지고 버려진 거다. 바꾸지 않고 버리지 않으면 공장은 문을 닫아야 한다. 그럼 좋은 공장들이 망하는 거 아니냐? 그렇게 되면 일꾼들도 실직하지 않겠느냐? 우리는 전투를 마치고 자리에서 내려온 거다. 어느 나라든 마찬가지다. 군인은 전쟁이 끝나면 폐기된 부품이나 낡은 나사 같다. 나사가 낡고 쓸모없어졌는데 버리면 안 된다고 말할 수 있느냐? 그건 억지 아니냐? 우리는 미국 퇴역 노병처럼 거지가 돼서 거리에서 추태를 부리지 말자. 그러면 나라 망신이기도 하지만 자기 망신도 아니겠느냐? 이렇게 말이야."

"그렇게 권했다고요?"

"응."

"그랬더니 뭐라고 했어요?"

"막 때리더라. 사실 화 풀 데가 없었던 거잖아. 나는 이 의수 덕분에 목숨은 건졌지." 류평은 하얀 장갑이 끼워진 고무손을 주머니에서 꺼내 흔들고는 도로 집어넣었다. 구멍 뚫린 그 플라스틱 손은 낡은 나사보다도 쓸모없어져 도태된 듯했다. "나도 똑같이 나갔다가 불구로 돌아온 것을 보고는 그들도 됐다며 손을 거둔 거야."

류평은 그런 생각으로 체념했던 걸까, 나는 아무 말도 하지 않았다.

류평이 갑자기 또 물었다. "샤오린은 지금 홀몸이야?"

나는 혼자라고 대답했다.

"어떻게 지내?"

방금 전에 잘 지낸다고, 어느 부자의 빈 집을 관리하면서 설렁설렁 일하고 괜찮게 번다고 대답했던 게 떠올랐다. 하지만 그런 묘사로는 류평을 만족시키지 못했던 듯싶다. 어쩌면 딩딩이 잘 지내지 못하고 쓸쓸한 데다 타향에서 의지할 곳 없이 지낸다는 말을 듣고 싶었던 건지도 모르겠다. 아니면 자세하고 생생하며 다채롭게 전해주길 바랐을까. 어떤 옷을 입고 어떤 장신구를 하는지, 살이 쪘는지 말랐는지, 노안이 왔는지 등등. 나는 휴대폰에서 지난번 만났을 때 찍은 사진을 꺼냈다.

화면 속의 작은 사진을 손가락으로 확대하면서, 여기 이게 딩딩 언니고 여기는 저요, 이건 수원 언니, 하고 말했다. 류평은 조용한 미소를 지으며 조용히 쳐다보았다.

나는 티베트 춤을 가르치는 선 선생님이 돌아올 때까지 있을 수 없었다. 류평의 표정이 멍해진 것을 봤을 때 약물치료가 우리 건강한 사람들은 상상할 수 없을 정도로 힘들다는 게 떠올라 얼른 일어나서 작별을 고했다. 떠나기 전에 나는 우리 집 주소를 남겼다. 류평은 돋보기를 꺼내 확인하고는 "여기서 안 머네" 하고 말했다. 사실 우리는 똑같이 냄새나는 건천 옆에서 살고 있었다. 그는 북쪽 끝이고 나는 남쪽 끝이었다. 그의 돋보기 도수가 얼마나 높은지 홑꺼풀 눈이 커다랗게 보였다.

류평이 현관까지 배웅을 나왔다. 현관문 오른쪽에 편지나 신문, 열쇠를 넣는 나무상자가 걸려 있었다. 빨갛게 칠한 뒤 꽃과 새까지 조각한 상자는 정교하고 정감 있었다. 조각 솜씨를 보면서 왼손을 그렇게 기술적으로 연마했다니 감탄스러웠다. 나는 류평이 문을 열어줄 때 얼른 삼만 위안과 카드가 든 편지봉투를 빨간 상자에 넣었다.

차를 몰고 돌아가는데 꽃이 조각된 빨간 나무상자가 떠올랐다. 상자는 류평의 생명에서 회백색을 지워주었다. 그건 류평이 아직 일상에 밝은 색을 더하고 자기 여자를 위해 깜짝 선물을 마련할 만큼의 흥미와 여유를 가지고 있다는 증거였다. 사십 년 전 류평은 우리를 위해 이런 저런 것을 고치고 만들어주면서 아무 성과 없는 자질구레한 일들을 끊임없이 했다. 하지만 행위는 그 자체로 성과이기 때문에 시간이 흐르면서 아무 성과도 없던 수많은 일들은 결국 그의 성과로 남았다. 지금 류평은 누구도 필요치 않고 누구도 존중하지 않는 사람이지만 그런 사람이야말로 좋은 사람이 아닐까.

다시 생각해보다가 나는 류평이 그렇게 안 좋은 눈으로는 내 휴대폰의 작은 화면 속 사진을 제대로 봤을 리 없다는 것을 깨달았다. 그때는 왜 돋보기를 쓰지 않았을까? 린딩딩을 제대로 보고 싶지 않았나? 설마 그토록 아프게 사랑했던 여자가 수십 년 뒤에 어떤 모습이 되었는지 궁금하지 않았던 걸까? 나는 한 가지 가능성밖에 없다고 생각했다. 그는 지금의 딩딩을 제대로 보고 싶지 않았던 것이다. 그날 모임에 오지 않은 것도 체력이 달려서 힘든 이유도 있었지만 살은 찌고 머리숱은 듬성해진 린딩딩을 보지 않으려는 의도가 더 컸다. 한때 너무도 사랑했기 때문에 딩딩의 변화를, 그녀의 노화를 보고 싶지 않았고 미모를 잃어버린 모습도 보고 싶지 않았던 것이다. 딩딩을 보지 않는 게 류평 자신을 위해서도, 딩딩을 위해서도 좋았다. 보지 않으면 젊은 린딩딩, 아름다웠던 린딩딩은 영원히 살아 있으니까. 최소한 한 사람의 마음과 꿈에서 영원히 살아 있을 테니까. 순간 눈앞의 신호등이 물속으로 떨어지는 듯한 느낌이 들었다. 나는 그렇게 아프게 울었다. 린딩딩에 대한 류펑의 사랑이 나까지 뒤흔들었다.

홍콩에서의 회의 사흘째 날 나는 '류펑 선생님이 2015년 12월 23일 새벽 4시 26분 베이징경찰병원에서 별세하셨습니다'라는 휴대폰 메시지를 받았다.

순간 나는 류펑 선생님이 누구인지 떠올리지 못했다. 내 전우였던 류펑은 평생 누구한테 선생님으로 불린 적이 없었다. 메시지는 조카가 보낸 게 아니었다. 나는 메시지를 보낸 사람에게 전화를 걸었다. 하지만 착신전환으로 계속 연결되지 않았다. 류펑의 조카에게 전화를 걸자 그도 방금 같은 메시지를 받았노라고 말했다. 세 시간 뒤 회의 참석자들과 저녁 만찬을 할 때 또 추도회 통지를 받았다. 하오수원에게 전화를 걸자 그녀는 류펑의 부고 메시지도 받지 못했다고 했다. 하오수원은 "이렇게 빨리? 너무 빠르잖아!"라고만 말했다. 무슨 얘기인지, 빠르고 늦는 기준이 뭔지, 대체 무엇보다 '너무 빠른지' 알 수 없었다.

두 달 전 류펑을 찾아갔을 때 그는 정말로 내가 놀랄까 봐 사실대로 말해주지 않았다. 아니면 선 씨인 여자 친구가 그에게 사실을 말해주지 않았을지도 몰랐다. 하지만 앞쪽의 가능성이 훨씬 컸다. 그의 담담함과 평온함, 그토록 고요한 미소는 모든 것을 수용했을 때, 곧 맞이할 죽음까지 포함해 모든 것을 받아들였을 때 나올 수 있는 것이었다.

밤 12시가 넘어갈 즈음 자신이 선 씨이고 류평의 친구라고 밝히는 여자의 전화를 받았다. 나는 곧바로 그녀가 절대 낯선 사람이 아니라는 것을 알아차렸다. 우리는 서로 아는 사이며 그것도 보통 친분이 아니었다. 그런 익숙함은 아득한 젊은 시절에서 풍겨왔다. 동물 특유의 신비한 생체 전기나 포착하기 힘든 숨결 같았다. 내 직감이 분석력보다 훨씬 빠르게 반응한 덕분에, 그녀가 류평의 병사 전 상태를 간단히 설명하고 내가 남긴 돈이 정말 유용했다고 감사한 뒤 나중에 만날 때라고 덧붙이는 순간 나는 담담하게 물을 수 있었다.
"샤오만 언니지?"

"……아, 응. 만나서 자세히 말할게. 상상하는 그런 거 아니야……."

내가 상상하는 그런 거? 전화를 끊은 뒤 나는 상상은커녕 생각도 할 수 없었다. 어떻게, 샤오만과 류평이? 두 사람이 어떻게 함께 있게 된 거지? 누가 먼저 찾았을까? 류평의 마지막도 수수께끼였지만 샤오만에 비하면 그의 수수께끼는 너무도 간단하고 명료했다. 샤오만이 어떻게 선 선생님이 되었을까? 유추할 수 있는 유일한 가능성은 샤오만의 아버지가 선 씨라는 거였다. 류평은 왜 내게 자기 여자 친구가 샤오만이라고 말하지 않았을까? 게다가 내가 상상한 그런 '여자 친구'가 아니라니.

이만큼 살았으니 뜻밖에 놀랄 일은 더 이상 없을 줄 알았다. 하지만 류평과 샤오만은 감정을 꾹 눌러 사십 년이란 시간으로 나와 사람들에게 정말 의외의 놀라움을 안겨주었다. 나는 홍콩의 화려한 야경이 보이는 호텔 통유리 창문 앞에 앉았다. 류평의 마지막에 관한 샤오만의 전언을 그때서야 제대로 떠올려볼 수 있었다. 샤오만은 류평이 아무 고통도 없고 미련이나 여한도 없었으며, 임종 전 혼수상태에 빠져 약을 먹은 듯 깊은 잠을 오래 잤다고 말했다. 혼수상태가 이틀 동안 지속되다가 깨어나지 못하고 사망했다는 거였다.

추도회 전날 나는 샤오만과 일단 그녀 집에서 만난 뒤 근처 '야왕'鴨王 음식점에서 저녁을 사겠다고 약속을 잡았다. 샤오만은 하얀 오리털 재킷 차림으로 아래층까지 마중을 나왔다. 아름다움의 기준이 바뀌었기 때문인지 이상하게도 나이 든 샤오만은 젊었을 때보다 훨씬 예뻐 보였다. 그녀의 검은 피부와 작은 얼굴, 한때 기이하게 여겨졌던 숱 많은 곱슬머리가 이제는 예쁘게 보였다. 그때 우리는 샤오만이 무슨 연기를 하겠어? 얼굴은 발뒤꿈치보다 살짝 크고 머리통은 주먹만 한데 무대에서 울고 웃는 표정이 관객에게 보일 리 없잖아, 하고 흉보았다. 샤오만은 원래 말수가 적어서 나와 엘리베이터를 함께 타고도 아무런 말도 하지 않았다. 수십 년의 소원함이 층이 높아질수록 낯선 감정으로 격상되고 낯섦은 다시 압박으로 높아졌다. 엘리베이터 안내양도 나이 든 여자로 바뀌어 한마디도 하지 않았다. 세 쌍의 눈동자가 표시등만 쳐다보는데 엘리베이터는 움직이지 않는 듯 한없이 느릿느릿했다.

샤오만의 두 칸짜리 집 현관에 위패를 모신 탁자가 놓여 있었다. 류평이 철침을 고정해 놓았던, 사과를 꽂아 내게 껍질을 깎아주었던 바로 그 탁자였다. 위패 옆 류평의 사진은 사십 년 전 우리가 티베트 순회공연을 갔을 때 란창강 강변에서 찍은 사진이었다. 오른손에 자동소총 손잡이를 쥐고 있었다. 그때 우리는 란창강이 메콩강으로 흘러간다는 사실도 몰랐고, 메콩강이 바다로 이어지는 접경지대에서 벌어진 전투 때 류평이 우리에게 전병을 만들어주던 오른팔을 잃을 것도 몰랐다. 우리의 공중회전을 받쳐주고 마룻바닥을 고치고 하수도를 뚫고 군복을 수선해주던 그 튼튼하고 재주 많은 오른손을…….
란창강 강변의 동일한 바위에서 우리는 한 사람씩 류펑과 똑같은 포즈로 사진을 찍었다. 가슴 앞에 든 자동소총은 운전병에게 빌렸다. 린딩딩을 따라다니던 촬영 간사가 1급 군구로 옮겨가기 전 창두昌都 군분구에서 간사를 맡고 있을 때였다. 우리는 딩딩 덕분에 한 사람씩 강가에서 기념촬영을 할 수 있었다. 사진 상태가 좋아서 위패 옆의 사진은 120필름의 원판을 사십 센티미터로 확대했는데도 아주 선명했다.

사진 속 류펑은 정말 젊고 성실해 보였다. 입가에는 깊은 겸손이 서려 있고 눈에는 의로운 빛이 가득했다. 그때 그는 가장 기세 높고 최고의 인기를 누리는, 해마다 모병병사로 선정되는 군대 전체의 총아였다. 군관구 수장은 프로그램 점검 때 류펑에게 먼저 악수를 청하며 "류펑, 노래하고 춤추는 이 녀석들은 관리하기 쉽지 않으니 모범을 잘 보이게!" 하고 말했다. 그때 류펑은 자기에게 그런 재능은 없으니 아무 성과도 못 내겠구나 생각했기 때문에 겸허해졌다. 그는 우리 모두의 뒤치다꺼리는 물론 '괄호' 같은 장애아의 뒤치다꺼리까지 자처하며 언제든 우리의 크고 작은 일, 이불솜에서 바늘을 찾는 자질구레한 일까지 도와줄 채비를 하고 있다가 그토록 열심히 도와주었다. 우리가 류펑을 귀찮게 한 것은 그가 필요해서였다. 누군가에게 필요하다는 느낌은 그에게 기분 좋은 감정이었고 스스로의 가치를 발견하고 삶을 활기차게 만들어주었다. 처음 그가 가졌던 이유 없는 자괴감이 마침내 뿌리를 드러냈다. 그러니 현명하다고 해야 하지 않을까? 스무 살 사진 속 류펑의 눈이 의로운 빛을 내는 것은 바로 그런 이유 때문이었다.

사진을 보는데 눈물이 나오지 않아 살짝 초조해졌다. 그런데 샤오만도 울지 않았다. 어쩌면 그녀의 눈물은 가슴 안으로 역행하는지도 몰랐다. 샤오만이 옆에서 입을 열더니 중요한 말을 나이 든 여자의 주절거림처럼 내뱉기 시작했다. 당시 샤오만의 병(정신이상)은 단순히 영웅 노릇의 압박 때문에 시작된 게 아니었다. 그 전부터도 정신이 오락가락했다. 전투가 시작돼 야전병원 치료소가 한 중학교에 자리를 잡았던 날, 건물 앞 운동장에는 전선으로 나갈 지원연대 사병들이 집합해 있었다. 그런데 다음날 아침 창문을 열고 운동장을 내다보니 운동장은 시체장으로 변해 있었다. 차렷 자세로 서 있던 이천여 명의 남자들이 전부 운동장에 누워 있었다. 샤오만은 창문 앞에서 멍하니 운동장을 바라보았다. 생존자가 있는지 살펴보라고 간호장이 부를 때까지 한참 동안 선 채로 바라보았는데 아무 기억도 나지 않았다. 샤오만은 시체 사이를 천천히 돌아다녔다. 누워 있는 몸을 넘어가기 싫어서 수시로 크게 굽이를 돌았다. 바람도 없고 기압도 낮았다. 피 냄새가 온기를 품은 채 가장 낮은 구름보다도 낮게 깔려서 손을 뻗으면 만져질 듯했다. 샤오만은 그때서야 운동장 가득 누워 있는 병사들이 그 군인들임을 알았다. 류펑이 속한 군인. 다시 천천히 걸으며 살폈다. 혹시 살아 있는 사람이 있는지, 혹시라도 살아 있는 사람이 류펑인지…….

샤오만이 고개를 돌려 나를 보았다. "쑤이쯔, 시체자루의 명패를 일일이 살펴봤어. 이름과 번호가 없을 때는 죽을 듯 벌벌 떨면서 자루를 열어 얼굴을 보고……."

그렇게 운동장에서 첫날에는 차렷, 열중쉬어, 우향우, 앞으로, 앞

으로, 앞으로, 태양을 향해 앞으로, 하며 훈련하다가 이튿날 아침에 누워버렸다. 누워 있는 이들 모두 크지 않았다. 염포와 비닐자루 안에 누워 있는 그들 하나하나가 모두 류펑 같고 한 사람 한 사람이 모두 그녀의 갓 결혼한 남편 같았다. 샤오만의 정신은 그때부터 희미해지기 시작했다.

샤오만은 류펑의 위패 앞에서 가슴 속 시름을 실로 자아 끊임없이 밖으로 뽑아냈다.

정신병원에 입원해 있던 삼 년 동안 샤오만의 면회는 총 다섯 번 신청되었다. 그건 주치의가 그녀에게 알려주었다. 우선 샤오만이 거러산병원으로 이송되었을 때 그녀의 어머니가 또 찾아와 어머니 혼자 두 번이었다. 임상기록에 따르면 어머니가 두 번째 찾아왔을 때는 샤오만이 약물에 심하게 취해 어머니의 접근을 거부했다. 그리고 야전병원의 정치부 주임이 샤오만 남편의 전사통지서를 가지고 찾아왔다. 하지만 샤오만은 마지막 사람이 누구인지 계속 짐작할 수 없었다. 그 사람도 두 번을 찾아와서 총 다섯 번이라고 했다. 퇴원하던 날, 정신과 보호관찰원이 면회자들이 남겨놓은 물건을 샤오만에게 건네주었다. 어머니가 가져왔던 상하이에서 유행 중이던 원피스와 정치부 주임이 가져왔던 2등 훈장, 그리고 마지막으로 글씨체가 익숙한데 누군지 떠오르지 않는 사람의 편지 한 통이었다. 편지봉투를 뜯자 두 사람이 같이 찍은 사진 한 장이 들어 있었다. 류펑과 파란 줄무늬 환자복을 입은 샤오만 자신이었다. 주치의는 그 사람이 면회 왔을 때 사진기까지 가져와 함께 사진 찍었던 일을 기억하느냐고 물었다. 샤오만은 아무 말도 할 수 없었다. 그때서야 자신의 병이 얼마나 심각했는지 알았다. 류펑도 못 알아봤을 정도였다니. 편지에 류평은 이미 전역통지를 받아서 고향으로 돌아가기 때문에 언제 또 올 수 있을지 모르겠다며 일을 처리하러 사령부에 왔다가(그의 부대 사령부도 충칭에 있었다) 들렀고, 지난번에 찍었던 사진에서 샤오만이 자기보다 잘 나왔는데 좋아하면 좋겠다고 썼다. 그리고 자기 어머니의 주소도 적어놓았다. 샤오만은 두 번을 찾아갔지만 모두 어긋났노라고 말했다.

나는 샤오만이 과거에 입으로만 말이 없었지 마음까지 조용했던 것은 아니라고 생각했다. 이제 입이 열리니 끊이지 않는 게 그녀가 얼마나 오랫동안 쌓아두고 있었는지 알 수 있었다. 그리고 이미 충분히 울었겠다고 생각했다.

샤오만은 거러산정신병원에서 퇴원한 뒤 고향으로 내려간 류펑에게 연락했다. 자신이 퇴원했으며 54육군병원에서 계속 홍보간사로 일하게 되었고 입원했을 때 면회를 와줘서 고맙다는 내용의 짧은 편지를 보냈다. 류펑도 간단하게 답장을 보내왔다. 완치돼 기쁘고 계속 군대에 남아 있을 수 있어서 기쁘다고 한 뒤, 자신은 전통극단에서 일을 시작해 수위 겸 당 지부서기가 되었으며 얼마 전에 취미로 민요를 즐기는 장거리버스 매표원과 결혼했다고 썼다. 몇 통의 편지를 주고받았을 때 류펑이 포로군인들의 후속 증인으로 부대 호출을 받았다며 그렇지 않아도 열사묘지를 짓는다는 소식에 중대 전사자들의 무덤을 둘러보고 싶었다고 했다. 샤오만은 함께 윈난에 가고 싶다는 전보를 류펑의 전통극단에 보냈고 류펑도 그러자고 동의했다.

두 사람은 청두에서 만났다. 류펑은 그 험난한 곳을 세 팔뚝으로 가니 싸우면 낭패겠다고 농담을 건넸다. 그렇게 베트남과의 국경에 이르렀지만 여전히 보상업무팀이 남아 있고 열사묘지도 완성되지 않은 상태였다. 류펑은 현지의 곡주 몇 병과 유과, 땅콩을 사서 손수레에 가득 실었다. 두 사람은 손잡이를 하나씩 밀면서 열사묘지로 향했다. 그런데 오후 다섯 시에 정문에 도착해보니 철문이 이미 잠겨 있었다. 두 사람은 철문을 붙들고 가지런하게 놓인 비석들을 쳐다보았다. 그때 류펑이 말했다. "샤오만, 그래도 우리는 운이 좋았어. 아니면 저 비석이 내 거였을 거야." 샤오만이 말을 받았다. "그럼 그 옆은 제 비석이었겠죠."

초대소로 돌아왔을 때는 이미 식사시간이 지나 있었다. 두 사람은 류펑 방에서 술과 땅콩으로 끼니를 대신하며 늦게까지 이야기를 나눴다. 대부분 어렸을 때 이야기였다. 어린 시절을 지나 스무 살이 넘어서야 고생 일색의 이야기가 끝나고 웃을 만한 일이 나왔다. 고량주 반 컵을 마셨을 때 류펑이 샤오만에게 그만 마시자고 했다. "왜요?" 샤오만이 묻자 류펑은 술 때문에 일을 그르칠 수 있다고 대답했다. 샤오만이 웃으며 그르칠 일이 뭐가 있느냐고 물었다. 류펑은 내일 아침에 성묘하러 가야 한다고 대꾸했다. 그렇게 류펑이 일어나는 바람에 샤오만도 따라서 일어났다.

위패 앞에서 샤오만은 류펑의 사진을 바라보며 말했다. "그는 그때서야 알았어. 그리고 끝내 모르는 체했지."

류펑이 무엇을 알았는지 나도 알았다. 그는 샤오만의 뒤죽박죽 범벅된 여러 감정 속에 자신을 향한 사랑이 끼어 있음을 감지했다. 사실 우리에 의해 벌목중대로 쫓겨 가기 전날 밤에 이미 눈치챘다. 하지만 류펑은 그럴 수 없었다. 한 번의 전쟁이 얼마나 많은 생명을 말살했는가? 마음속 린딩딩을 끝내 제거하지 못한 상태에서 샤오만과 어찌하는 것은 샤오만에 대한 모욕이었다. 류펑은 누군가를 모욕

할 일은 절대 할 인물이 아니었다.

이튿날 샤오만이 침대에서 일어나보니 류펑은 보이지 않았다. 마당의 손수레도 없었다. 초대소를 나왔을 때 류펑이 열사묘지에서 돌아왔다. 벌써 중대 전우들에게 담배와 술을 올리고 술이나 담배를 하지 않는 신병에게는 유과와 땅콩을 놓아준 뒤였다. 중대의 팔십 퍼센트가 굴러다니는 감자처럼 튼실한 진짜 신병이었다. 류펑이 구이저우貴州와 촨둥川東에서 데려온 신병들은 제대로 군복을 입을 줄도, 대오를 만들 줄도 모르는데 곧장 전투에 투입돼야 했다. 부모와 조부모들이 그들 아명을 부르며 따라와서는 고구마와 말린 감, 전병을 주면서 거듭 당부했다. "기율 잘 따르고 집 걱정 말고 상사 말을 잘 들어라. 부대의 좋은 음식을 괜히 축내지 말고 많이 먹는 만큼 많이 배워라." 하지만 모두들 제대로 먹을 새도 없고 배울 새도 없이 영원히 누워버렸다.

돌아가는 장거리버스에서 류펑은 나이를 속인 아이도 있었다고 말했다. 열대여섯 살인데 열여덟이라고 우겨서 5호 군복마저 밀가루 포대 같았다며 상사 말을 너무 잘 들어서 한마디 대꾸도 없이 전선에 나갔다고, 십대에 일생을 끝내고 유과도 먹어보지 못했다고 말했다.

류펑은 또 부상 때문에 떳떳하지 못하다고도 말했다. 부상 때문에 자신은 살았지만 자기가 데려온 신병은 전부 그의 뒤에 남겨졌다는 것이다.

위패가 놓인 탁자에서 몸을 돌릴 때 얼마나 서 있었는지 다리가 아팠다. 그때 내 눈에 빨간 나무상자가 들어왔다. 류펑 삶의 마지막 기쁨과 흥분이 가슴을 찔렀다. 정말 마음 아팠다. 샤오만이 빨간 상자를 보며 말했다. "그가 만들어줬어. 한 달이 걸렸지. 내가 늘 열쇠를 잃어버려서. 대문 열쇠나 자전거 열쇠를 매번 찾아다니니까 집에 들어오자마자 거기 넣으라고 했어. 그는 그때 이미 자기한테 남은 날이 많지 않다는 걸 알았어. 밥을 몇 입만 먹어도 온몸이 땀투성이가 돼서……. 어느 밤인가 잠을 통 못 자기에 딸을 부를까 하고 물었더니 아직 아니라고, 좀 더 기다리라고 하더라. 병에 걸린 게 무슨 잘못이라도 되는 것처럼, 누구도 자기를 떠올리지 않고 보지 않는 게 제일 좋은 것처럼……."

'야왕'에서 식사할 때 샤오만은 류펑이 병원으로 실려 가기 전에 옷장 행거를 바꿔주었다고 말했다. 기존 행거가 너무 가늘어서 옷을 많이 걸면 아래로 축 처졌기 때문이라고 했다. 류펑은 또 욕실의 들썩이는 바닥 타일도 그냥 두었다가는 언젠가 걸려서 넘어질지 모르고 이 나이에 넘어지면 다섯 살은 늙을 거라면서 똑바로 붙여놓았다. 냉장고의 등도 손보았다. 냉장고 안을 장님처럼 더듬어서야 되겠느냐며 안쪽 전원을 고쳐 환하게 만들어놓았다. 상태가 나빠져 구급침대에 실린 마지막 순간에는 샤오만에게 그 그릇을 버리라고 당부했다. 매니큐어로 발라놓았는데 독성이 있을지 누가 알겠느냐는 이유였다. 내가 무슨 그릇이냐고 묻자 샤오만은 두 사람이 산둥 고향에서 가져온 국그릇이라고 대답했다. 유약이 발린 가장자리의 이가 빠졌는데 샤오만이 버리려 하지 않자 류펑이 입원하기 전에 파란색 매니큐어를 사다가 칠했다는 거였다. 임종 직전 감각이 흩어지는 순간에 떠올린 일이 고작 그 그릇이라니. 샤오만은 웃으면서 내가 말아준 전병을 작은 접시에 올려놓았다. 그녀 가슴속 서글픔이 그 웃음

속에 들어 있었다.

나는 그때 두 사람이 내가 생각하는 그런 관계가 아니라고 말했는데 그럼 대체 무슨 관계냐고 물었다.

샤오만은 거실의 1인용 소파를 펼치면 싱글침대가 된다며 류펑이 자기 집에 오면 거실에서 잤다고 말했다. 류펑이 하이난에 내려갔을 때도 두 사람은 계속 연락해 일 년에 십여 통씩 편지를 주고받았다. 주로 그녀가 많이 쓰고 그는 조금 썼다. 1994년 샤오만은 그를 만나러 하이난에 한 번 내려갔다. 하이커우에서의 둘째 날, 류펑은 여자 친구에게 전화를 걸어 물건 주문과 배송, 대금 독촉을 지시한 뒤 샤오만을 데리고 곳곳을 돌아다녔다. 두 사람이 긴 의자에 앉아 바람을 쐬면서 맥도널드 햄버거를 먹을 때, 류펑이 호주에서 린딩딩이 편지와 사진을 보내왔는데 호주의 모래사장 비슷한 황토색 혼다 자가용을 새로 샀더라고 말했다. 세상에 황토색 자동차가 있는지 몰랐고 딩딩이 입은 하늘색 청치마와 잘 어울리기는 해도 어쨌든 황토색 차는 좀 이상하다고 한 뒤 그때 거처를 바꾸기 직전이라 딩딩에게 답장은 안 했다고 말했다.

나는 진실을 알고 있었다. 딩딩의 사진과 편지는 하오수원 앞으로 왔고 황토색 자가용에 대한 평가도 하오수원의 의견이었다. 딩딩은 류펑에게 편지를 쓴 적도 없고 사진을 보낸 적도 없었다. 그는 자신의 허영심과 호승심, 일방적인 마음 때문에 거짓말을 했다. 류펑도 허영심에 거짓말을 할 줄 알다니.

나중에 류펑은 베이징으로 옮겨와 조카 회사에서 일을 시작했고 샤오만도 베이징으로 왔다. 그녀가 베이징에 온 이유는 그녀 친아버지의 사촌동생 때문이었다. 미국에서 반신불수가 된 당숙은 자신이 대학을 다니고 경극에 매료되었던 베이징에서 죽어야겠다고 고집을 피웠다. 당숙의 딸은 몇 년 동안 간호사로 일했던 샤오만의 경력을 좋아라하며 노인을 보살펴달라고 청하고는 80년대 말에 지어진 고층 숙사 중 저렴한 집을 구매하고 샤오만에게 한 달에 천 달러씩 노인이 오 년 전 세상을 뜰 때까지 사례비를 지불했다. 이후에도 당숙의 딸은 샤오만에게 감사의 표시로 그 집에서 계속 무료로 지내도록 해주었다.

"두 사람 모두 홀몸인데 왜 합치지 않았어?"

샤오만이 고개를 흔들며 웃었다.

"싫었어?"

샤오만이 또 고개를 흔들었다.

그건 류펑이 원치 않아서였다. 류펑은 정신적으로 그녀를 사랑하고 아끼고 안타까워했지만 육체적으로는 사랑하지 않았다. 육체적으로 샤오후이를 사랑해도 정신적으로 사랑하지 않은 것과 같았다. 한 사람이 살면서 육체와 정신 모두 죽도록 사랑하는 사람을 만나기란 실로 어려운 일이다. 스무 살의 그가 스무 살의 린딩딩을 만난 것처럼 말이다. 세상에 사랑스러운 여자는 많지만 사랑스러운 여자는 노래를 잘해야 했다. 류펑이 사랑한 사람은 노래를 잘하는 사랑스러운 여자였다. 노래하는 여자도 많겠지만 누구든 딩딩처럼 머리가 둥글고 목이 가늘며 넘어질 때 언제라도 땅을 짚을 수 있도록 살짝 두 손을 펼친 채 걸어야 했다. 그런 조건을 모두 갖춰도 늘 위통을 호소하며 어린애처럼 "에이, 위가 공처럼 부풀었어!" 하고 말해야 했다.

하지만 류펑의 애틋한 사랑을 일으킨 그 모든 것은 가상의 린딩딩이었을지도 모른다.

"우리는 좋은 친구였어, 아주 친밀한." 샤오만이 말했다. "하이난으로 찾아갔을 때 여자 친구가 있더라. 아주 젊은 충칭 근교 사람. 류펑은 그 여자를 사랑하지 않으면서도 함께였지."

샤오만은 나중에 류펑과 긴밀히 왕래하게 된 것은 조카 덕분이라고 했다. 조카가 그에게 아내를 얻으라면서 나이가 많지 않은 여공을 계속 소개하다가 나중에는 서른 살의 벙어리까지 거론하는 바람에 류펑이 샤오만에게 도움을 요청했다. 두 사람은 함께 음식을 만들어 조카를 초대했다. 조카는 그 두 칸짜리 집에 와본 뒤 중매 설 마음을 접었을 뿐만 아니라 만족해하면서 더 이상 류펑에게 여자 이야기를 하지 않았다. 하지만 툭하면 숙부와 '숙모' 집에서 식사하고 싶다고 얘기했다. 이후 조카는 술과 안주를 가지고 자주 찾아왔고 샤오만과 류펑은 이런 저런 음식을 마련하면서 '가족의 단란함'을 맛보았다.

류펑과 샤오만의 이야기는 대부분 내 상상이다. 나는 내가 상상한 과정과 결과가 더 좋다. 사십 년이 흐르는 사이 연습실은 대로 밑에 깔리고 도시 현대화에 녹아버렸다. 그렇다면 우리 청춘의 그림자가 어린 거울은? 우리의 피아노소리와 노랫소리, 웃음소리가 맴돌던 감탕나무는? 우리의 비밀스런 연인들이 배회하던 베란다는? 전부 산산이 부서져 흔적조차 남지 않았다. 아스라이 사라진 그 뜨거운 여름, 류펑은 샤오만 곁으로 가서 두 팔을 활짝 펴고는 말했다. "자, 우리 한번 해보자." 손이 그녀의 허리에 닿는 순간, 단단하고 힘 있는 두 손의 엄지와 검지 사이로 그녀의 가는 허리가 꼭 맞게 들어갔다. 아빠를 빼고 그렇게 샤오만을 안아준 사람은 한 명도 없었다. 자신에게 포옹이 얼마나 부족한지 샤오만은 알고 있었다. 하지만 아빠를 빼고는 누구도 그녀를 안으려 하지 않았다. 처음 안긴 이후 그때에 이르는 사이 계집아이는 여인으로 성장했다. 그의 힘 덕분에 그녀는 처음으로 자신의 가벼움에 자긍심을 느낄 수 있었다. 그가 그녀를 어깨에 올렸을 때 그녀는 거울을 통해 두 사람의 조화를 보았다. 그런 조화는 신뢰였고 친근함이었다. 그녀는 다리를 한껏 높이, 최대한 예쁘게 차올렸다. 그가 어깨에 올린 것은 계집애가 아니라 제비였고 날개를 펼친 학이었다. 그녀는 또 무엇을 보았을까? 자신의 어두운 피부색과 그의 밝은 피부색, 진지함으로 살짝 달라진 그의 얼굴, 그의 어깨에 가득한 땀, 그녀 다리의 흥건한 땀. 하지만 그는 그녀에게 미끄러질 수 있다는 불안감을 전혀 주지 않았다. 거울과 거리가 꽤 멀어서 두 사람 모습은 심하게 왜곡되고 누구도 원치 않을 만큼 추해보였다. 샤오만은 아무도 자신들을 원치 않으리라는 희망을 안고 창문과 방문이 없어서 크고 작은 구멍에 침대보나 시멘트봉투를 걸어놓은 하이난의 부도난 건물로 찾아갔다. 분홍색 체크 침대보 안에서 스물서너 살의 아가씨가 나왔고 류펑은 겸연쩍게 웃으며 샤오만을 함께 전선에 나갔던 전우라고 아가씨에게 소개했다. 며칠 뒤 샤오만은 거기는 있을 곳이 아니니 그만 나오라고 류펑에게 말했다. 류펑은 그녀의 검고도 깊은 눈동자에서 미련을 발견했다. 연습실에서 그가 그녀를 안아 올렸던 때부터, 아니 그의 두 손바닥이 그녀의 허리에 닿은 순간부터, 아니 더 일찍, 그가 무리 속에서 나와 샤오만 앞에 선 뒤 양 선생님에게 주커와 자리를 바꾸겠다고 말한 때부터. 그렇다, 바로 그 순간부터 그녀는 미련을 갖기 시작했다.

거러산병원에 입원해 있는 동안에도 샤오만은 류펑의 어깨 위에 있던 그 순간을 잊지 않았다. 두 사람이 함께 전우들을 추도하러 국경에 갔던 날 밤에는 그 순간이 샤오만에게 가까워지기까지 했다. 두 사람은 류펑의 방에서 술을 마시고 땅콩과 유과를 먹었다. 좁고 긴 방에는 벽을 따라 침대 네 개가 놓여 있고 중간에 삼십여 센티미터의 통로가 있었다. 두 사람은 얼굴을 맞댄 채 침대에 걸터앉아 식탁 대용으로 네모난 걸상을 중간에 놓고는 고량주가 든 찻잔과 땅콩, 유과, 육포를 올려놓았다. 얼마나 오래 이야기했던가? 건물의 모든 등이 꺼질 때까지 떠들었다.

이야기를 마친 뒤 류펑은 샤오만을 4층에 있는 그녀 방까지 데려다주었다. 복도가 터널 같아서 샤오만은 바나나껍질을 발견하지 못하고 뒤로 미끄러졌다. 그런데 어깨와 등이 곧바로 류펑의 몸에 닿는 것이었다. 류펑이 그렇게 가까이에 있는 줄은 전혀 예상하지 못했다. 류펑의 어깨에 잠시 기대 있는 사이 류펑에게서 풍기는 은은한 파스 냄새에 샤오만은 갑자기 여자가, 류펑의 여자가 한 번 되고 싶었다. 류펑이 왜 그러냐고 물었다. 샤오만은 같은 방의 열사 가족 두 명이 오늘 고향으로 돌아갔다고 말하고는 지금 여기만 와도 이렇게 무서우니 돌아갈 엄두가 나지 않는다고 덧붙였다. 류펑의 어깨가 담담하게 그녀에게서 떨어졌다. 샤오만은 피까지 전부 서늘해졌다. 두 사람이 어둠 속에서 헤어지려 할 때 샤오만은 입술이 가볍게 자기 뺨에 닿는 감촉을 느꼈다. 청결을 추구하는 남자만 가질 수 있는 보송하고 따뜻한 입술이 술 냄새 섞인 날숨을 내뱉었다. 샤오만이 고개를 돌렸다. 158센티미터와 169센티미터, 그녀의 입은 정확히 그의 턱과 같은 높이였다. 그녀가 손을 뻗었다. 두 사람은 한 번도 손을 잡아본 적이 없었다. 하지만 샤오만이 만진 것은 의수였다. 감정에 열중한 나머지 그것조차 잊어버렸다. 류펑이 진짜 손으로 그녀의 얼굴을 쓰다듬으며 웃었다. "뭐가 무서워? 황토 밑에 누운 친구가 밤중에 마실 나와도 우리랑 남도 아닌데. 정말로 오면 데스크에 210번을 연결해달라고 해." 210은 류펑의 객실번호였다.

류펑이 베이징의 조카 회사에 취직한 이듬해 샤오만도 베이징으로 왔다. 샤오만은 류펑 때문에 자신이 생전 처음 보는 당숙을 목욕시키고 손발톱을 깎으며 간호하는 끔찍한 일을 맡은 게 아니라고 스스로에게 말했다. 대체 어떤 노인이었던가? 마더 테레사 같은 성녀의 인내심과 무조건적인 선량함이 있어야만 받아들이고 지속할 수 있는 일이었다. 보수는 나쁘지 않아도 정말 진절머리 나는 노인이었다. 가령 식비를 아끼려면 노인이 엉망으로 헤집거나 여기저기로 내던지고 남은 찌꺼기를 먹어야 했다. 류펑을 자주 볼 수 없었다면 당숙이고 당숙의 딸이고 내팽개치고 말았을 것이다. 중국 대륙 여자와 양상추를 싸잡아 전부 '대륙녀'라고 부르는 당숙의 딸은 엄청난 부자면서 대단히 인색했다.

샤오만은 류펑의 불치병을 제일 먼저 알았다. 당숙이 돌아가신 뒤 당숙 딸의 동정을 사양하지 않고 받아들여 두 칸짜리 집에서 무료로 지낼 때였다. 그녀는 류펑을 병원에서 데려와 보살폈다. 류펑이 약물치료를 받고 나서 입맛이 떨어지면 탕을 끓이고 몸도 뒤집지 못할 때는 뼈만 있는 어깨로 그를 부축해 60평방미터 안을 돌아다녔다. 샤오만은 그렇게 꼬박 삼 년 동안 우리 백여 명이 받기만 해 고스란히 빚이 된 류펑의 호의를 되갚아주었다. 특히 린딩딩이 졌던 마음의 빚을 갚았다.

샤오만은 끝내 류펑과 진정한 의미의 남녀 친구는 되지 못했다.

사랑을 아는 류펑은 린딩딩이 사람 살리라고 외쳤을 때 죽었다. 사랑을 아는 류펑은 자신의 딩딩을 떠올리고 꿈꿀 때에만 잠시 부활할 뿐이었다. 사랑을 아는 류펑을 되살려낼 수 있는 사람은 없었다. 샤오만은 자신을 포함한 누구도 그 사랑을 알고 여자의 피부에 현혹될 수 있는 류펑을 되살리지 못한다는 것을 잘 알았다. 몰래 동글동글 반죽한 전병이 몇 개였던가. 몰래 기름 솥에서 지글지글 밀어를 속삭이던 전병이 몇 개던가. 전병 속 설탕은 매달 한 사람이 받는 네 냥짜리 설탕표로 샀고, 설탕표는 식량표를 아껴서 바꿨다. 그러니 얼마나 입을 달래가며 아껴야 했을까! 식량 때문에 불쌍한 아이 류펑은 학교에도 가지 못하고 그 어린 몸으로 하루에 열 시간씩 공중제비를 넘었다. 그렇게 해서 169센티미터의 산둥 대장부가 되었다.

병원 빈소에 마련된 류펑의 추도회에는 류펑의 딸 류첸劉倩과 조카 부부, 샤오만, 나 이렇게 다섯 명만 통지를 받았다. 명단은 샤오만이 정했다. 나는 살그머니 류첸을 살펴보았다. 사분의 삼의 시간을 휴대폰만 붙들고 있어서 대범하게 살펴볼 수 있었다. 두 엄지손가락이 그 세대답게 휴대폰 화면 위에서 춤을 추고 연주하며 날듯이 글자를 쳤다. 류첸의 큰 키를 보면서 나는 류펑도 얼마든지 산둥 대장부다운 거구가 될 수 있었겠다고 상상했다. 류첸은 예쁘지는 않아도 하얀 피부와 우아한 이미지, 수려한 머리카락과 허리, 류펑이 젊을 때 제일 자랑스러워하던 하얀 치아 때문에 나름 출중해보였다. 할머니 손에서 자라 아버지에 대한 기억이 별로 없고 그나마 남은 기억도 멍청하게 남들이나 도와주는 모습뿐이었다. 결국 그녀에게 아버지는 무시해도 상관없는 노인네일 뿐이니 세상에 있어도 그만, 없어도 그만이었다.

샤오만은 류첸과 익히 아는 사이인지 만나자마자 끌어안았고 류첸은 아줌마 신세를 많이 졌다고 인사했다. 딸은 아버지와 샤오만의 관계를 제대로 몰랐다. 류펑은 샤오만을 데리고 산둥성에 갔을 때 현성縣城 사당 옆의 시장에서 가짜 문물인 그 국그릇을 샀다. 샤오만은 따스한 눈빛으로 류첸을 보면서 그녀 아버지가 늘 달고 있던 웃음, 목소리 같은 특징을 탐색하는 듯했다. 나는 샤오만이 류첸의 몸에서 그것들을 찾았으리라 믿는다.

류첸은 내가 작가라는 소리를 들었다면서 아버지도 책을 썼지만 발표하지는 않았다고 말했다. 베트남전쟁에 관한 이야기라고 했다. 나는 흥분해서 책이 있느냐고, 보여줄 수 있냐고 물었다. 류첸은 할머니가 글을 몰라서 하얀 종이 뒷면이 아깝다며 어렸을 때 그림이나 산수 문제, 글자를 연습하도록 내주었고 뒷면까지 다 쓰면 불쏘시개로 썼다고 대답했다. 그녀는 아버지와의 한 번뿐인 여행에 대해서도 말했다. 류펑은 딸을 데리고 윈난과 광시廣西의 베트남 접경지역에 갔다. 그때 류첸은 열한 살이었다. 그녀는 아버지가 열다섯 살 신병의 무덤을 찾아다녔다고 말했다. 허베이河北 출신의 쉬徐 신병은 머리는 큰데 몸은 아이 같아 특호 군화를 신었다. 쉬 신병은 현縣의 인민무력부 요리사였던 숙부가 세 살 올려 열여덟 살이라며 입대시켰다. 원래는 탁구를 치는 체육병이었는데 전투 전에 무슨 이유에서인지 공병대로 배치돼 최전선에 나가게 되었다. 전사했을 때 꼭 열다섯 살이었다. 류첸은 아버지의 말을 가만히 들었다. "쉬 신병은 기폭장치 제거를 한 번에 배울 만큼 영특한 데다 바보처럼 대범해서 두려움 자체를 몰랐어. 아무리 위험해도 감행했지. 전선에 나가 나흘 만에 포상을 받았고."

추도회는 원래 오후 2시였다. 그런데 2시 5분 전 류펑의 조카 내외가 길이 너무 막힌다며 30분쯤 늦겠다는 전화를 해왔다. 나는 그 시간을 이용해 쉬 신병의 무덤을 찾았느냐고 류첸에게 물었다. 류첸은 아버지와 갔던 열한 살 그때는 찾지 못했다고 대답했다. 그녀는 힘도 들고 샌들에 발도 까져서 자기는 초대소에서 텔레비전을 보고 아버지 혼자 열사묘지를 돌아다녔다고 했다. 나는 류펑이 그 신병에게 마음이 많이 쓰였나보다고 생각했다. 류펑은 누구에게든 마음을 쓰면 집요할 정도로, 평생에 걸쳐 신경을 썼다.

조카 내외를 기다리는 시간은 갈수록 길어졌다. 나는 쉬 신병이 어떻게 전사했는지 아느냐고 또 물었다. 류첸은 아버지가 뭔가 되풀이해 이야기했지만 너무 어렸을 때라 정확히 기억나지는 않고 아주 이상한 죽음으로 노획해온 소형 수류탄이 터졌다는 것만 기억난다고 했다. 그때 샤오만이 끼어들어 당시 부대에서 승리를 축하하던 중이었다고 말했다. 마당 가득 쌓인 전리품 속에 탁구공처럼 생긴 물건이 있었는데 중국군은 누구도 그게 뭔지 몰라서 그냥 신기하고 재미있겠다는 생각으로 공처럼 들고 놀았다. 그러다 원래 개구쟁이인 쉬 신병이 그 작고 둥근 물건을 여기저기 쑤시고 눌러보다가 터트리고 말았던 것이다. 류펑은 그게 미군이 만든 소형 지뢰로 나뭇가지에 걸 수도, 수풀에 놓을 수도 있는 데다 밟는 순간 폭발해 베트남군이 자살용으로 많이 썼다고 샤오만에게 알려주었다. 그날 대대 병사들은 마당에서 베트남 농부들이 마을에 버리고 간 돼지를 과녁 삼아 때리고 아직 덜 익은 훙샤오러우紅燒肉로 자축연을 벌이던 중이어서 구경하던 전사들 여럿이 죽었다. 류첸은 갑자기 떠오른 듯 어렸을 때 제일 인상 깊었던 게 그 부분이라고 큰 소리로 보충했다. 아버지가 잠긴 목소리로 홍샤오러우도 전리품이라 노획한 무기 위에서 줄줄이 배급 받는 바람에 쾅 소리가 난 뒤 사람과 홍샤오러우 고기가 분간할 수 없게 뒤섞였노라 말했다는 거였다.

류첸은 무섭다는 듯 말했지만 나는 그녀가 자신과 관련 없는 일로 여긴다는 것을 알 수 있었다. 원래가 아버지 세대에 속하는 일이라 그녀는 한 걸음 떨어져 있었다. 심지어 속으로 무시하며 비웃는 듯도 했다. 나는 그녀 얼굴에서 일말의 동정심도 찾아볼 수 없었다. 아버지가 찾던 열다섯 살이 평생인 그 어린 희생자는 죽은 뒤 아버지 기억에만 한 줄 흔적을 남겼을 뿐 묘비마저 없는 군더더기의 전사자였다. 그게 류첸의 태도였다. 사범대를 졸업한 중학교 국어교사 류첸에게는 멍청하게 평생을 허비한 사람이 아버지뿐만이 아니었다. 우리 세대 전부가 군더더기였다. 우리는 평범함이 곧 위대함이라고 믿는 세대였다. 평범함이 공로이고 영민함이라고 믿으며 수십 년 동안 흐뭇하게 평범함을 추구했다. 시대는 자기만의 비밀스런 의도로 우리를 평범하고 또 평범해지도록 이끌었다. 마치 우리의 평생이 아직도 덜 평범한 것처럼, 류평의 일생이 평범함 속에 매몰되지 않은 것처럼 말이다.

한편 평범함에 매몰된 것에는 솜씨 좋은 류평, 공중회전을 잘하는 류평, 성인처럼 지조 있고 고귀한 류평, 누구보다 다정다감한 류평이 있었다. 원래 류평의 평범함과 선량함은 아무것도 아니었지만 기어코 그의 평범함을 대서특필하고 그의 비범할 수 있는 부분을 무시함으로써 그의 평범함은 대리석 기단에 올릴 만큼 충분히 위대한 것으로 결론 났다. 류평은 삶의 마지막 며칠 동안 자신의 일생을 돌아보며 이번 생에 린딩딩과 어긋난 것은 전적으로 자신의 평범함, 평범한 조각상이 되어 차가운 기단에 놓였기 때문이라고 생각했을지도 모른다. 그의 평범함을 강조하고 그의 평범함을 규정해야만 그 평범함의 불변성을 확보할 수 있었다. 평범해져야 다루기 편한 법이다. 우리만 해도 평범한 류펑은 정말 부리기 쉬웠다. 그래서 그의 평생, 특히 그의 평생에 걸친 사랑을 망쳐버렸다. 그건 사실 세상 여자들이 마음속으로는 평범함을 믿지 않았기 때문이다. 특히 린딩딩처럼 천만 년 전이라면 준마와 함께 가장 사납고 용맹한 추장에게 속했을 여자가 어떻게 진심으로 평범함을 사랑할 수 있었겠는가?

여자 중에서는 오직 샤오만만 예외였다. 그녀는 수십 년을 보내면서 한 가지, 자신은 이 지나치게 선량한 남자만 사랑할 수 있다는 사실을 깨달았다.

물뿌리개를 찾으러 나갔다가 물새는 플라스틱 통을 들고 온 샤오만이 류첸의 말을 이어서 류펑은 끝내 그 신병의 묘비를 못 찾았다고 알려주었다. 병에 걸리기 전인 2012년 류펑은 베트남 접경지대를 또 한 번 다녀왔다. 샤오만과 나는 물새는 플라스틱 통을 높이 들어 물뿌리개처럼 화초에 물을 주었다.

추도회 시간이 십 분밖에 남지 않았는데 류펑의 조카 내외가 오지 않았다. 류첸은 이어폰으로 노래를 듣고 샤오만은 초조함에 일 분마다 시계를 쳐다보았다.

갑자기 입구에서 눈이 벌겋게 붓고 무척 닮은 중년 남녀 세 명이 들어왔다. 그들은 큰 소리로 노모의 영정사진을 걸어야 하는데 왜 아직까지 빈소를 정리해 나가지 않았느냐고 물었다. 샤오만은 당황하면서 빈소를 다음 가족에게 빌려줬는지 몰랐다고 대꾸했다. 류첸이 나서서 아버지 추도회를 아직 열지도 못했는데 어떻게 나가겠느냐고 말했다.

중년 여자가 자신들은 3시부터 4시까지 빌렸고 우리는 2시부터 3시까지 빌려 이제 오 분 남았으니 그 오 분 동안 영정사진을 바꿔야 하지 않겠느냐고, 조문 온 사람들이 마당에서 떨고 있다고 말했다.

류첸이 대꾸했다. "그럼 어떡해요? 차가 너무 막히는데! 가족이 못 왔으니 당연히 추도회를 연기할 밖에요! 뭐 이런 병원이 다 있담? 돈벌이에 혈안이 돼서 빈소를 시간제 호텔처럼 내주다니!"

중년 남녀가 갑자기 돌격자세를 취하더니 한꺼번에 소리쳤다. "여태 뭐 했답니까? 베이징에서 차 막히는 걸 알면 일찍 나서야지. 게다가 지금 러시아워도 아닌데 무슨 차가 몇 시간씩 막혀?" 얼마나 무섭게 목청을 높이는지 나는 중년이 되면 목소리가 나팔 같아진다는 것을 알았다.

샤오만이 이치를 따지고 들려는 류첸을 말리며 차라리 얼른 추도회를 여는 게 좋겠다고, 류펑은 평생 겸손했으니 별로 개의치 않을 거라고 말했다. 그런 다음 중년 남녀들에게 나가달라고 부탁하고는 얼른 위치를 잡았다. 샤오만이 준비한 추도사는 생략한 채 우리 세 사람은 시신 주변을 한 바퀴 돌고 세 번 절을 올렸다. 그때 상장과 흰 꽃을 단 사람들이 우르르 몰려와 문 앞이 까매졌다.

샤오만이 추도사에 뭐라고 썼는지 우리는 알 수 없었다. 그녀 손에 있던 세 장의 종이 뒷면으로 시처럼 짧은 문구들이 어렴풋이 비쳤다. 터질 듯한 감정이 샤오만 가슴속에 오랫동안 쌓여 있던 침묵을 시로 바꾼 거라면 처연한 아름다움으로 수십 년 동안 입에 올릴 수 없었던 고백을 암시할 터였다. 1977년 초가을, 우리에게 몰려서 홍루를 나가게 된 류평이 짐을 정리하던 그 밤에 샤오만은 그를 사랑하게 되었다. 어쩌면 조금 더 이를 수도 있다. 뜨거운 여름날 오후 연습실의 이지러져 보이는 거울 앞에서 남자들이 아가씨에게 "쉰내가 지독해"라고 흉보던 순간, 그들이 손가락 하나 대지 않으려 할 때 류평이 그의 선량함으로 남자들을 배신하고 무리를 배신한 채 그녀에게 그런 접촉, 뜨거운 땀투성이의 손바닥을 단단하게 그녀 몸에 올렸을 때 마음을 주었을지도 모른다. 샤오만이 눈물을 흘리며 그게 얼마나 용감한 배신이었는지 생각했다. 그녀가 류평을 위해 처음 울었던 날은 그가 누구에게도 인사하지 않고 묵묵히 홍루를 떠나던 아침이었다. 류평이 죽은 뒤에도 샤오만이 눈물 흘릴 일이 있을까?

쫓겨나다시피 빈소를 정리할 때 문득 떠오르는 게 있어서 나는 얼른 휴대폰으로 사진을 몇 장 찍었다.

파인더에 보이는 화면은 무척 엄숙하고 경건했다. 내가 가져온 꽃바구니와 류첸이 가져온 화환을 제외하면 곳곳이 샤오만이 가져다놓은 감탕나무 가지로 가득했다. 감탕나무가 빼곡하니 창문틀까지 초록 잎으로 뒤덮고 있었다. 사십 년 전 우리의 홍루 주변에 심어져 있던 나무가 바로 감탕나무였다. 어떤 품종인지는 몰라도 겨울이든 여름이든 가뭄이 들든 장마가 지든 초록 잎이 절대 떨어지지 않는 살코기처럼 통통하고 푸르렀다. 샤오만이 처음 류평을 보았을 때 류평은 자전거를 타고 감탕나무 오솔길 저쪽에서 홍루로 오고 있었다. 그건 1973년 4월 7일, 청두에 안개가 끼었던 날이라고 그녀는 기억했다.

문예예술단 청춘남녀들의 사랑과 40여 년에 걸친 인생역정!

좋은 사람은 어떤 인간인가?

《청춘, 꽃처럼 아름다운》은 이 질문을 끊임없이 반복하면서 문화대혁명 시기 예술가 부대인 문예예술단 소속 젊은이들의 치기와 욕망, 질투, 배신, 순정에 대해 이야기한다. 문예예술단 무용수로 활동했던 경험을 바탕으로 한 옌거링의 이 자전적 소설은 2015년의 시점에서 1970년대 중반을 회상하는 방식이 특히 흥미롭다. 중간 중간에 기억이 확실하지 않다거나 본인의 상상이라고 명시한 뒤 전개하는 것이다. 기억의 편집 및 변형을 겸허히 인정하면서 상상력을 가미하는 서술방식 때문에 청춘과 사랑, 영웅과 좋은 사람에 대한 그녀의 고민은 한층 입체적으로 다가온다.

소설 속에서 하오수원은 '좋은 사람'이란 '남을 팔지 않는 사람'이라고 말한다. 문화대혁명 때 주변사람을 팔아 자신의 안위를 이어가는 비극이 많았다는 점에서 그보다 더 적절한 표현이 있을까. 그 시절에는 누구도 믿을 수 없고 내가 살기 위해서는 누군가를 먼저 배신하거나 집단의 배신에 가담해야 했기 때문에 끝없는 불안과 불신의 굴레에 갇혀 있었다. 그렇게 보면 당시의 영웅이 왜 가장 평범한 사람이고, 평범함이라는 잣대로 모두의 행동에 제약을 가했는지 이해할 수 있다.

소설의 중심인물인 류펑은 당시 인민해방군에서 희생과 봉사의 상징으로 떠받들어지던 레이펑과 비슷한 인물로 그려진다. 레이펑은 스물두 살에 사망한 뒤 나중에 당과 인민에 헌신한 사실이 밝혀지면서 마오쩌둥이 극찬한 인물로 지금까지도 전형적인 영웅으로 칭송되고 있다. 그런데 소설에 따르면, 모범병사로 선발되기 위해서는 본분이나 직무와 상관없이 변소 청소나 불우이웃돕기 같은 별개의 봉사정신이 훨씬 중요하다. 아무리 맡은 일을 잘해도 전략적 이타심이 없으면 영웅이 될 수 없다는 뜻이다. 문제는 류펑은 전략적이지 못하고 정말 평범하면서 좋은 사람인데 반해 '우리'는 계산된 호의와 계획된 영웅에 익숙한 보통 사람들이라서 발생한다. '우리'는 류펑의 호의를 최대한 누리면서 그의 호의에 불순한 의도가 깔려 있을 거라고 의심하고 그의 '영웅성'을 부정한다. 늘 그가 삐끗하기만을 기다리고 바라다가 단 한 번의 실수 아닌 실수를 저질렀을 때 혹독한 질책과 무자비한 조리돌림으로 철저하게 짓밟는 것이다.

그런데 본인의 품성을 높이는 대신 상대를 끌어내리려는 시도가 과연 그때만 있었을까? 소설은 우리가 영웅을 꿈꾸고 기다리지만 영웅이 우리와 같은 시공간에 있는 것은 싫어한다고 일침을 가한다. 멀찍이 떨어져 있을 때만 기꺼이 영웅으로 칭송하는 우리의 본성이 문화대혁명 때 한층 더 적나라하고 원색적으로 드러났을 뿐 지금도 차이가 없음을 옌거링은 독특한 서술방식으로 끊임없이 상기시킨다. 그럼에도 소설을 덮을 때 위안을 얻을 수 있는 까닭은 류펑의 전략에 안타까워하고 그의 진정성을 인정하면서 호의를 되갚으려는 사람들이 있기 때문이다. 미혹과 오해 속에서 치기로 점철되기 쉬운 청춘, 그리고 전형의 틀을 강요하는 시대는 정도의 차이만 있을 뿐 늘 반복되지 않았던가.

문현선

더봄 중국문학전집 10

청춘, 꽃처럼 아름다운

제1판 1쇄 인쇄 2019년 1월 18일
제1판 1쇄 발행 2019년 1월 22일

지은이 옌거링
옮긴이 문현선
펴낸이 김덕문

책임편집 손미정
디자인 블랙페퍼디자인
마케팅 이종률
제작 백상종

「더봄 중국문학전집」 기획위원
심규호 중국학연구회 회장, 제주국제대 중국언어통상학과 명예교수(현)
홍순도 매일경제·문화일보 베이징특파원, 아시아투데이 중국본부장(현)
노만수 경향신문 문화부 기자, 출판기획자 겸 번역가(현)

펴낸곳 **더봄**
등록번호 제399-2016-000012호(2015.04.20)
12088 경기도 남양주시 별내면 청학로중앙길 71, 502호(상록수오피스텔)
대표전화 031-848-8007 || 팩스 031-848-8006
전자우편 thebom21@naver.com
블로그 blog.naver.com/thebom21

ISBN 979-11-88522-35-4 03820